W9-BHF-884

АВАНТЮРНЫЙ
ДЕТЕКТИВ

Лучшее лекарство от скуки — авантюрные детективы Татьяны Поляковой:

Деньги для киллера
Ставка на слабость
Тонкая штучка
Я — ваши неприятности
Строптивая мишень
Как бы не так
Чего хочет женщина
Сестрички не промах
Черта с два
Невинные дамские шалости
Жестокий мир мужчин
Отпетые плутовки
Ее маленькая тайна
Мой любимый киллер
Моя любимая стерва
Последнее слово за мной
Капкан на спонсора
На дело со своим ментом
Чумовая дамочка
Интим не предлагать

Овечка в волчьей шкуре
Барышня и хулиган
У прокурора век не долог
Мой друг Тарантино
Охотницы за привидениями
Чудо в пушистых перьях
Любовь очень зла
Неопознанный ходячий объект
Час пик для новобрачных
Все в шоколаде
Фитнес для Красной Шапочки
Брудершафт с терминатором
Миллионерша желает познакомиться
Фуршет для одинокой дамы
Вкус ледяного поцелуя
Амплуа девственницы
Эксклюзивный мачо
Список донжуанов
Большой секс в маленьком городе
Караоке для дамы с собачкой
Ангел нового поколения

Ангел нового поколения

МОСКВА
«ЭКСМО»
2004

УДК 82-31
ББК 84(2Рос-Рус)6-4
П 54

Оформление серии художника *С. Курбатова*

Серия основана в 2002 году

Полякова Т. В.

П 54 Ангел нового поколения: Повесть. — М.: Изд-во Эксмо, 2004. — 352 с. — (Авантюрный детектив).

ISBN 5-699-06725-6

Что бы вы подумали, получив по электронной почте послание от Азазеля — ангела смерти? Чья-то дурацкая шутка! Вот и Ульяна Осипова подумала так же. Но когда погибли две ее коллеги, получившие такое же послание, она поняла, что это — увы! — не шутка. Кто-то ловко манипулирует ею, преследуя свои явно недобрые цели. Ульяне пришлось покопаться в истории, узнать о существовании «Пятого Евангелия», увидеть труп человека, замурованного в стене, и... ничуть не приблизиться к разгадке Азазеля. Похоже, что она обречена служить злому духу. И тут появляется ее ангел-хранитель, весьма, кстати, симпатичный молодой человек. Но от этого ситуация запутывается еще больше...

УДК 82-31
ББК 84(2Рос-Рус)6-4

ISBN 5-699-06725-6

Сын человеческий идет по предназначению, но горе тому человеку, которым он предается.

(Евангелие от Луки, 22-22)

Вечер

Я отчетливо помню последний вечер моей прежней жизни. В малейших деталях, точно это было вчера. Помню запах лаванды. Я открыла пузырек с лавандовым маслом, пузырек выскользнул из рук, я успела его подхватить, но несколько капель все равно упало на ковер, этот аромат преследовал меня, я открыла окно, но и легкий ветерок, что надувал тонкую тюлевую занавеску парусом, нес с собой запах лаванды.

Лавандой пахла диванная подушка, когда я устраивалась на диване с книжкой в руках, подогнув под себя ноги и укутавшись пледом. Плед был шерстяным, теплым, в крупную клетку. Его привезла из Болгарии моя бабушка, давно, лет двадцать назад, а может, и больше. Сколько себя помню, он всегда лежал на спинке кресла в гостиной. Он был таким уютным и теперь тоже пах лавандой, как мои пальцы.

Странно, что запах держался так долго. Я боялась, что у меня заболит голова, таким насыщенным, даже одуряющим он казался. Оттого я и распахнула окно, оставив дверь в комнату открытой настежь, занавеска надулась парусом. А запах оставался. Может, дело не в нескольких каплях масла, что пролились на ковер, а в том, что пришла весна? Я вздыхала, разглядывая свои руки, длинные, тонкие пальцы, белую после зимы кожу с тонкой сеточкой вен на тыльной стороне ладони. Когда я держала их рядом с пламенем свечи, ладони казались прозрачными. А сердце вдруг начинало биться с безумной скоростью, и вновь меня мучил этот запах, наполняя грустью и ожиданием. Наверное, потому, что весна — это всегда любовь. Свою я переживала только в мечтах. Долгими длинными вечерами, устроившись в кресле или на диване в своей однокомнатной квартире, закрывала глаза, книга скользила из рук, и я уже видела себя, а не героиню, которой только что сопереживала и над судьбой которой плакала, и это была уже моя судьба. Невероятная встреча, чувства, вдруг вспыхнувшие и захватившие целиком. И вот я бегу, бегу в своих мечтах все дальше и дальше от реальности.

«А вдруг ничего не будет?» — испуганно подумала я, отрываясь от книги и шаря глазами по своей комнате, по бесконечно знакомым вещам, свече в подсвечнике в виде фигуры ангела. Он был деревянным, стареньким, краска давно облупилась, но я любила его и не желала с ним расставаться, почему-то веря, что он приносит удачу.

— А вдруг ничего не будет? — повторила я вслух, но все во мне противилось этой мысли, душа моя кричала: «Будет, будет. Непременно будет». И я вновь погружалась в чужие чувства, и они становились моими.

Я обожала Переса-Реверте. Но в тот вечер, дочитав последнюю страницу его романа, вдруг недовольно нахмурилась. Ах, какие страсти... и какой конец... сплошное разочарование. Обыденно, просто, все как в настоящей жизни. Настоящая жизнь не очень-то привлекала меня в книгах. Настоящая жизнь начиналась в семь утра, когда я поднималась на работу, и длилась до шести вечера, когда я обычно возвращалась домой. Размеренная жизнь, которую вполне можно назвать счастливой. Работа, деньги, перспективы, все это было, но разве это главное в жизни, когда запах лаванды сводит с ума? Вот сейчас распахнется дверь, и войдет он... в реальной жизни не войдет, раз входная дверь заперта, а в моих мечтах — пожалуйста.

Я закрыла глаза и начала придумывать свой конец чужого романа. И тут вдруг свеча погасла, а мой ангел упал на ковер, и его крылья, что держались на серебряном гвоздике, отвалились. При свете настольной лампы я смотрела на закапанный воском ковер, воск густел на глазах и теперь уже не походил на слезы. Ангел без золоченых крыльев взирал на меня укоризненно, и я испугалась. И даже покосилась на дверь, а потом на окно. Дверь и окно были закрыты. Я подняла золотые крылья, прижала их к спине ангела, надавила на серебряный гвоздик. Ангел вновь стал крылатым. Я поправила свечу, но не рискнула ее зажечь. Вместо этого включила верхний свет и прошлась по квартире.

Все как обычно. Если не считать какого-то странного чувства, что за мной наблюдают. На кухне я подошла к окну, выглянула во двор. Половина первого ночи, двор тонет в темноте. Высокая береза почему-то выглядит угрожающе. Голая ветвь как рука голодного, что тянется за подаянием, но в этом жесте не мольба, а требование.

Последний вечер той, прежней жизни не был спокойным. Наверное, я что-то предчувствовала и мой ангел пытался предупредить меня, что зло, или Сатана, как их там ни назови, какая разница, если суть одна, уже стоял за спиной, дышал в затылок. Потом, много позже, в больничной палате вспоминая то, что произошло, я попытаюсь понять, что это было: высшая воля или череда случайностей? Просто ли хаотичное сцепление поступков, чужих и моих? И вот происходит то, что происходит? Есть в этом мире неведомый дирижер или мы живем в водовороте совпадений? Вот, я не иду в аптеку, не покупаю но-шпу... и ничего не происходит? В это трудно поверить. Теперь, по крайней мере. Если это случайность, то все-таки неизбежная. И не отправься я тогда в аптеку, тот журнал наверняка попался бы мне на глаза. Кто-нибудь забыл бы его на моем рабочем столе, в кафе на стуле, или бы я его купила, не в силах объяснить самой себе, зачем это делаю. Просто бы купила, просто открыла и увидела...

Но как бы то ни было, за три недели до того последнего вечера моей прежней жизни я пошла в аптеку. И это стало началом моей истории...

Три недели назад

Разумеется, в тот момент я вовсе не подозревала о планах судьбы на мой счет. Я поднялась с постели ровно в семь, дождавшись, когда прозвенит будильник, сердитая и даже несчастная. Накануне мы посидели с друзьями в пивном баре, я пребывала в отличном настроении, съела слишком много соленого, что и неудивительно, когда пьешь пиво. А между тем мне следовало бы придерживаться диеты. Не скажу, что у меня серьезные проблемы с желудком, но иногда он напоминает о себе. Вечер прошел отлично, ближе к двенадцати я оказалась дома и вдруг с грустью подумала, что среди моих многочисленных друзей нет ни одного, кто мог бы стать тем единственным, о котором я мечтала.

Дверь моей квартиры — точно некий пропускной пункт, переход из мира реального в мир мечты. И вот уже нет бесшабашного веселья, громкого смеха, анекдотов, а на плечи, как мой любимый плед в клеточку, опускается печаль.

Я постояла у окна, потом приняла душ и легла спать.

Но уснуть мне не удалось. Организм начал мстить за мою беспечность, боль не утихала, и я побрела на кухню принять таблетку но-шпы. Вот тут-то и выяснилось, что баночка пуста. Проклиная себя за расхлябанность, я вернулась в спальню. Часа через два боль вроде бы утихла или я просто привыкла к ней, но я наконец уснула. Под утро я дважды просыпалась, поэтому первое, что значилось в моем плане на сегодняшний день, было посещение аптеки.

Утро началось без привычной чашки кофе. Я торопливо оделась, вышла из дома на двадцать минут раньше обыкновенного, чтобы успеть зайти в аптеку. Та, что была неподалеку от моего дома, открывалась только в девять, и я направилась к остановке. Возле офиса, где я работала, тоже есть аптека.

Троллейбус был переполнен, как всегда в это время, но теперь толпа меня раздражала, может, оттого и боль становилась все сильнее, вызывая еще большее раздражение и досаду. Троллейбус остановился метров за пятьсот до нужной мне остановки: отключили электричество. Гул голосов, всеобщее недовольство, толпа хлынула к двери, и я почувствовала себя щепкой в океане или листком на ветру. Сразу же захотелось выбраться из толпы, отгородиться, обособиться.

Я почти бежала, нервно поглядывая на часы. Аптека была открыта. Две старушки топтались у заветного окошка, долгие вопросы, терпеливые объяснения. Это тоже раздражало. «День не удался», — подумала я, и боль в моем теле тут же ответила: «Не удался, не удался». Чепуха, сейчас выпью но-шпу — и все пройдет. Боль исчезнет, я успею на работу вовремя, а троллейбусы вновь начнут ходить...

Наконец подошла моя очередь. Я купила сразу три баночки но-шпы, решив одну держать дома, другую на работе, а третью носить в сумке, чтобы не попасть впросак, как вчера. Две баночки убрала, а из третьей торопливо высыпала на ладонь две таблетки и быстро проглотила. Ну вот, еще немного терпения...

— Это вы уронили? — раздался голос за спиной, и я повернулась.

Рядом стояла женщина лет сорока. Ее я тоже помню очень хорошо. Строгое лицо, глаза за темными стеклами очков казались сердитыми, хотя голос звучал вежливо, даже ласково. Красивый низкий голос.

— Это вы уронили? — вновь спросила она. Возле моих ног лежал носовой платок.

Мы наклонились одновременно, даже на мгновение коснулись друг друга, из ее рук выскользнул журнал и упал к моим ногам. Женщина первой взяла платок, а я подняла журнал.

— Какой красивый, — сказала она, возвращая мне платок. — Такой жалко потерять. Наверное, очень дорогой...

— Нет, — улыбнулась я. — Обычный платок. Монограмму на нем я вышила сама.

— Да что вы? — Теперь взгляд ее стал изучающим, она словно сомневалась в моих словах. — Моя мама умела вышивать, — сообщила она с грустью. — А я — нет.

Я не знала что ответить, но моего ответа и не ждали. Женщина резко повернула к выходу и почти мгновенно исчезла за стеклянной дверью, и только тогда я сообразила, что все еще держу журнал, прижимаю его локтем левой руки, в которой у меня была сумка, а в правой платок. Я поспешно сунула платок в карман и вышла вслед за женщиной. Я огляделась, чтобы окликнуть ее и вернуть журнал. Но женщины нигде не было. Некоторое время я стояла, выискивая ее взглядом в толпе спешащих людей, потом перевела взгляд на машины, что приткнулись по соседству.

Эта женщина возникла в моей жизни лишь на мгновение. Случайность? Но в тот момент я думала не об этом, я взглянула на часы, на журнал в руке и зашагала к офису. У меня оставалось всего несколько минут, а журнал не кошелек.

Вот так он и оказался в моей сумке. В рабочей суматохе я о журнале, конечно, забыла. А возвращаясь домой, расплачиваясь за проезд, обнаружила его в сумке и принялась листать от нечего делать. Полчаса времени, место возле окна. Журнал выходил в нашем городе и стоил двадцать рублей. Реклама, программа телепередач, театральная афиша... опять реклама... В красной рамке большими буквами «Хочешь узнать свою судьбу?» и веночек в виде сердечек.

Хочу ли я узнать свою судьбу? Я улыбнулась. Может, она совсем рядом — моя судьба? Вон за тем поворотом или в одной из машин, что мелькают за окном? Или в троллейбусе. Может, даже в этом... Я огляделась, присматриваясь к лицам. Молодой мужчина улыбнулся, я тут же уткнулась в журнал. А если это он? Нет. Не хочу. Я нахмурилась. Под веночком из сердечек были телефон и адрес: «Вторая Ямская, 73». Я невольно посмотрела в окно. Еще одна случайность? И да и нет. Конечно, я знала, что троллейбус идет по Второй Ямской, но мне и в голову не приходило обращать внимание на нумерацию домов.

Я повернула голову и увидела пятиэтажку из желтого кирпича. Магазин «Садовод», нотариальная контора, а вот и номер на фасаде — 73. Троллейбус тормозит, и я иду к выходу. Почему я это сделала? Любопытство? Желание подтолкнуть судьбу?

Я направилась к семьдесят третьему дому. Странно, что все остальное память запечатлела плохо. Вход со двора, обычная однокомнатная квартира, женщина лет пятидесяти, она в черном платье с ниткой бус, крупные камни розового цвета, родонит, кажется. Огромный перстень в половину ладони, короткие, пухлые пальцы, толстый слой пудры на лице, румянец. Женщина была похожа на престарелую гейшу. Писклявый голос, настороженный взгляд. Я сразу пожалела, что пришла. Но повернуться и уйти сочла невежливым.

Предсказание стоило шестьсот рублей. Мой бюджет способен вынести такую трату. И я осталась. Мы устроились за стеклянным столом прямоугольной формы, и женщина достала карты Таро из резной шкатулки.

До этого я никогда их не видела. Возможно, поэтому меня так заинтересовала первая выпавшая карта. Она легла на стол, повинуясь плавному жесту пухлой руки. Я стала вглядываться в рисунок: человек подвешен за одну ногу. О значении второй карты догадаться было не трудно: символы смерти, череп, балахон, коса...

Лицо женщины приняло озабоченное выражение.

— Что это? — спросила я и потянулась к первой карте, но моя рука неожиданно замерла, и я осталась сидеть в нелепой позе, глядя на женщину.

— Вам следует быть осторожной, — вздохнула она. — И приготовиться к испытаниям. Все будет хорошо, только надо потерпеть. У вас есть недоброжелатели, — очень тихо продолжила она, голос ее звучал ласково, точно она рассказывала сказку перед сном. — Вы могли умереть, но добрые силы не позволили этому произойти. Смерть заменили двумя годами подвешенного состояния.

— Кто заменил? — мысленно усмехаясь, спросила я.

— Судьба, — просто ответила женщина, пожимая плечами.

Похоже, ей было все равно, верю я или нет. Мне

опять захотелось уйти, я не могла припомнить ни одного врага, желающего мне смерти. Если только Марина, она ревновала меня к своему парню. Однако вряд ли она столь кровожадна, тем более что доподлинно знает, как он мне безразличен.

— Что с вами произошло недавно? — спросила женщина. — Авария?

Первая мысль: как она догадалась? На моем лице никаких следов, мне тогда вообще повезло: ни переломов, ни ссадин, ни ушибов. Потом скажут, что я родилась в рубашке. Только бампер машины стал напоминать какой-то экзотический цветок, да помято левое крыло. Через неделю я должна получить машину из ремонта. А вдруг в этих картах что-то есть?

— Авария, — кивнула я под выразительным взглядом женщины.

— Вы могли погибнуть, но этого, слава богу, не случилось. Но ничто не бывает просто так. Теперь вам предстоит два года сомнений, метаний, беспокойства. Помните, их надо просто пережить. А потом все будет хорошо. Видите карту? Вы встретите свою любовь.

— Через два года?

— Нет, раньше. Но из-за вашего состояния вы долго не сможете понять, что человек рядом с вами — ваш избранник. Но когда наконец поймете, станете по-настоящему счастливы. Так говорят карты. А они не лгут.

«Что ж, за шестьсот рублей не так уж и плохо, — подумала я. — По крайней мере, мне обещано счастье». Обещанного, как известно, три года ждут, а она сказала — меньше двух, выходит, мне повезло.

— Вы сомневаетесь? — улыбнулась женщина, понаблюдав за мной.

— Нет, — пожала я плечами. Я, конечно, сомневалась, но авария не давала мне покоя. Как она догадалась?

— Вы очень романтичны, — заметила женщина. — Вам кажется, что вас тяготит одиночество, но оно вам нравится. Вы любите мечтать, а по-настоящему мечтать можно только в одиночестве. В кресле, с любимой книжкой в руках, когда горят свечи, звучит музыка... Какую музыку вы любите? Вивальди?

— Верди.

— Да-да, Верди, — кивнула она. — Травиата умирает. Белые камелии, жертвенная любовь... Горячий чай, плед в клеточку, и вы впятером...

Мне стало трудно дышать, руки вспотели, и я спросила растерянно:

— Что вы сказали?

— Одиночество впятером, — улыбнулась она. — Это совсем простая загадка. Разве нет?

— Да, наверное, — кивнула я. И потом уже не могла думать ни о чем, кроме этих ее слов. Может быть, вправду загадка совсем простая? Не может она в самом деле знать...

Когда мне было семнадцать лет, я написала стихотворение:

Мы сидим впятером
И плачем над счастьем,
И смеемся над горем.
Мы сидим впятером,
И удача над нами,
И разлука над морем.
Мы сидим впятером,
Перекинемся взглядом
И опять замолчим.
Мы сидим впятером,
Ничего нам не надо,
Никого не хотим.

Мы сидим впятером,
Обсуждаем погоду
И смущенно моргаем.
Мы сидим впятером,
Кипятим к чаю воду
И печаль запиваем.
Мы сидим впятером.
Мы одни во вселенной.
Мы сидим впятером:
Я и стены.

Конечно, она не может знать. Это совпадение, совпадение. Она еще что-то говорила, теперь я уже не могу вспомнить что. Знаю только, что разговор меня увлек и я уже никуда не спешила.

— Когда вы родились? — спросила женщина. — Хотите, я составлю ваш гороскоп? Это вам ничего не будет стоить.

— Почему же...

— Вы мне нравитесь, — сказала она. — Далеко не все, кто приходит сюда, мне нравятся.

Она, не поднимаясь с кресла, подкатила ближе стол на колесиках, раздался щелчок, крышка стола отъехала в сторону, и я увидела экран.

— Компьютер?

— Конечно. Куда сейчас без компьютера? — улыбнулась женщина.

Я пробыла у нее больше двух часов. Я много о себе рассказывала. Как-то так вышло. Никогда до этого я так много не говорила о себе. Звезды подтвердили, что некоторое время я буду пребывать в состоянии нестабильности, а потом... потом счастье, конечно.

В дверь позвонили.

— Извините, — сказала женщина и пошла встречать

очередного клиента. А мне вдруг стало стыдно. Я веду себя ужасно глупо. Визит к гадалке — сама по себе глупость, а раскрывать ей душу... Я поторопилась проститься, заплатив положенные шестьсот рублей. Домой я возвращалась пешком, все еще браня себя и даже злясь. Уже возле дома решила, что к моей сегодняшней болтовне стоит отнестись как к разговорам в купе со случайным попутчиком. Выбросить из головы и забыть. И я действительно забыла, по крайней мере не вспоминала ни об этой женщине, ни о ее предсказании.

Вечер

Но в тот последний вечер моей прежней жизни я неожиданно вспомнила наш разговор, обвела взглядом свою комнату и улыбнулась.

— Совпадение, — прошептала я, рисуя сердечко на стекле. — Совпадение и ничего больше.

Я перевела взгляд на часы: пора ложиться. Запах лаванды должен навевать романтические сны. Я поставила томик Переса-Реверте на его законное место в шкафу, легла и счастливо закрыла глаза. В одном гадалка безусловно права: мечтать лучше всего в одиночестве.

Утром будильник не зазвонил, села батарейка. Хорошо, что мой внутренний будильник никогда меня не подводил, я открыла глаза ровно в семь. Подождала звонка, удивилась, приподнялась на локте и даже потрясла будильник, который показывал половину четвертого утра. Ненужные движения, которые делаешь автоматически, не думая, а потом досадуя на себя.

— Безобразие, — сказала я, должно быть, адресуясь батарейке, и на носочках прошествовала в ванную. В детстве я мечтала стать балериной. И сейчас иногда я вижу себя Одеттой, огромный зал рукоплещет, а я превращаюсь в прекрасную белую птицу. И вот уже ни зала, ни людского шума, только бесконечный простор неба...

Душ, чашка кофе, бутерброд. Макияж, укладка волос («Я могла бы работать парикмахером», — неизменно думаю я, ловко орудуя щеткой и феном). Ежедневник в сумку, ключи от машины, распахиваю входную дверь.

Дорога на работу, легкая паника, что нет места на стоянке, первое «привет» на входе, кивки направо и налево, улыбки. Обычное утро.

Таким оно было до одиннадцати. В одиннадцать я открыла почтовый ящик и увидела сообщение. Черные буквы во весь экран: «Я на тебя смотрю. Я тебя вижу. Азазель». Я прочитала это не меньше пяти раз, пытаясь понять, что сие значит. Дурацкий розыгрыш, вот что. Я набрала в грудь воздуха, собираясь высказаться по этому поводу.

— Что за хрень, а? — разнеслось по комнате, разделенной прозрачными перегородками. Опережая меня, кричала Людка Баранова. Крайний слева стол. — Что за придурок послал мне это?

— В чем дело? — в проходе появился Сергей Юрьевич, наш непосредственный начальник.

— Я спрашиваю, кто прислал мне эту гадость? — не унималась Людка.

— Людмила, — теперь голос Сергея Юрьевича звучал укоризненно.

— Придурки... Нет, в самом деле, по-вашему, это смешно?

Она всех заинтриговала, народ потянулся к ее столу, на экране ее компьютера светилась надпись, в точности как у меня: «Я на тебя смотрю. Я тебя вижу. Азазель».

— Чушь какая-то, — нахмурилась Зинаида, глядя на экран. — Работать надо, а не шутки шутить.

— И мне такую же хрень прислали, — ритмично двигая челюстями с неизменной жвачкой во рту, сказала Ольга Лосева.

— И мне, — сказала я. — Только что обнаружила.

— А я еще утром. — Ольга недовольно оглядела коллег.

— Надеюсь, тебе не пришло в голову... — возмутилась Зинаида. Ольга ее перебила:

— Да мне по фигу. Пишет какой-то дурак от безделья. — И она направилась к своему столу.

— А мне вот интересно, что это за дурак, — возвысила голос Людмила.

— Премии за такие шутки лишать надо, — назидательно изрекла Зинаида.

— Да с чего вы взяли, что это кто-то из наших? — возмутился Сергей Юрьевич.

— А кому еще надо? — резонно ответила Людка.

— Отлично, — кивнул он. — Шутник уже слышал, будем лишать премии. А теперь давайте работать.

Все нехотя разбрелись по рабочим местам.

Где-то через час я отправилась обедать. В кафе ко мне подошла Людка.

— Что ты об этом думаешь? — спросила она хмуро, устраиваясь напротив меня за столом.

— О чем? — не поняла я.

— Кто, по-твоему, это написал?

— Понятия не имею. Ольга права: плюнь и забудь. На свете полно идиотов.

— А почему нам троим? Он что-то имел в виду. Нас ведь даже ничего не связывает, если не считать работы.

— Слушай, не забивай себе голову, — перебила я. — Кому-то пришла охота развлечься.

— Конечно. Знаешь, у меня странное чувство. Будто за мной и вправду кто-то наблюдает.

— Не валяй дурака. Из-за чьей-то глупой шутки...

— Да все я понимаю, — отмахнулась Людка, уставившись в угол. Мыслями она ушла далеко отсюда. Голубая жилка на виске заметно пульсировала, руки нервно двигались от салфетки к ножу и обратно. Непрерывное бессмысленное движение, которое выдавало ее волнение. Над верхней губой выступили капельки пота, хотя в кафе работал кондиционер. Взгляд ее был странным, точно она спала с открытыми глазами.

— Эй, — позвала я, но она не повернула головы и не отвела взгляда. Сидела, застыв, лишь руки нервно двигались, будто жили сами по себе, и это почему-то было страшно. Нелепо и страшно. Не спасал ни гул голосов, ни смех, ни улыбки, ни брошенное на ходу «привет», ни солнечный свет, заливавший пространство кафе через огромное окно. Может быть, из-за яркого солнечного света фигура Людмилы казалась скорбной, как статуя на могиле. Отрешенный взгляд, опущенные плечи. Она как будто видела свою судьбу и смирилась с ней. — Мне не нравится твое настроение, — выйдя из оцепенения, сказала я. — В конце концов, не одной тебе прислали эту гадость. Хочешь выясним, кто прислал? Хотя вряд ли... у нас умник на умнике... В общем, пьем кофе и забываем об этой глупости.

— Да, конечно. — Людмила вздохнула и попробовала улыбнуться.

Ближе к концу рабочего дня мне понадобилось сходить в архив. Наш офис находился в огромном девятиэтажном здании, где располагалось множество контор, фирм, редакции двух газет. Кабинеты шли вперемешку, несведущему человеку разобраться было нелегко, оттого стены пестрели надписями и стрелками. Стена напротив наполовину из прозрачного пластика, взгляд терялся в лабиринте больших и маленьких кабинетов. В шахматном порядке офисные лампы, вентиляторы. Отопление еще не отключили, из-за яркого солнца в помещении жарко, и вентиляторы работали вовсю, их ровное монотонное гудение было слышно даже в коридоре. Я подошла к нужной двери, вставила ключ в замок. Ключ не поворачивался. Я, как водится, подергала дверь, чертыхнулась, попробовала еще раз повернуть ключ — с тем же результатом. Проверила ключ, на связке их было пять. Ни один не подошел.

— Да что это такое? — возмутилась я, обращаясь неизвестно к кому. И вдруг поняла, что за спиной у меня кто-то есть. Чувство было неприятное. Хотя по коридору вечно сновал народ, и в том, что кто-то оказался рядом, не было ничего особенного, чувство все равно было тревожное. Я стояла, пялясь на замок, и боялась повернуть голову. А еще прислушивалась. Тишина показалась мне странной. Ровный гул вентиляторов — и все. Ни звука шагов, ни обрывка фраз. Я никогда не думала, что тишина может быть такой давящей. В памяти сразу всплыли слова «Я на тебя смотрю. Я тебя вижу». Я заставила себя повернуться. Жалюзи в кабинете напротив опущены, коридор пуст. — Какая чепуха, — пробормотала я в досаде, но чувство тревоги не проходило. Оно росло, переполняло меня, пока в конце концов мне не захотелось броситься со всех ног по коридору с громким воплем. Я увидела себя точно со стороны. Я бегу, рот открыт в немом крике, звука нет, лишь гул вентиляторов. И я с бледным лицом. Безумие. Нельзя поддаваться нелепому страху. И тут я услышала шаги. Кто-то не торопясь шел по коридору. Но вместо облегчения это вызвало у меня тревогу. Тишина была нарушена, звук испугал еще больше. Я резко повернулась и в то же мгновение услышала:

— Дверь не можешь открыть? — Ко мне шел Паша Завьялов. — Надо слесаря вызывать, заколебала уже.

Он подошел и начал возиться с замком, а я стояла рядом, с трудом сдерживаясь, чтобы не расхохотаться. Все мои страхи яйца выеденного не стоили. Невероятно, просто невероятно, как человек способен напугать сам себя.

— Ну вот, — сказал Павел. Раздался щелчок, и дверь наконец открылась.

— Спасибо, — улыбнулась я.

— Надо Сергею Юрьевичу сказать, пусть замок поменяют.

Он развернулся и пошел по коридору. Я вошла в просторную комнату, заставленную стеллажами. Подумала и закрыла дверь. Потом приперла ее стулом. Мне было смешно и страшно одновременно. Смешно, потому что глупо бояться неизвестно чего, находясь в огромном здании, где работает множество людей. Но, несмотря на доводы разума, страх не проходил, он заставлял меня двигаться быстрее, торопливо просматривать бумаги и постоянно прислушиваться. Страх гнал меня из этой комнаты, мне хотелось оказаться за своим столом, который виделся отсюда островком безопасности. Оттого, найдя нужную бумагу, я припустилась бегом к двери, дернула ручку. Дверь была закрыта. Я покрылась испариной, прежде чем поняла, что просто повернула ручку не в ту сторону. Дверь открылась, я оказалась в коридоре. Я глубоко, с трудом дышала, как ныряльщик после долгого пребывания под водой, когда грудь саднит и кажется, что никогда не сможешь надышаться. А потом приходит покой.

Я медленно шла по коридору, поражаясь тому, что

произошло со мной. А что, собственно, произошло? Да ничего. Я просто сама себя запугиваю. Это разговор с Людкой так на меня подействовал. Забыть это дурацкое послание. Что за идиот так пошутил? И почему я решила, что в этих словах заключена угроза? «Я смотрю, и я вижу». Пусть смотрит на здоровье. Я как раз подошла к своему столу, когда зазвонил телефон.

— Привет, — услышала я голос Юльки, секретаря нашего шефа.

Юлька, натура неугомонная и чрезвычайно деятельная, за что бы она ни бралась, все у нее получалось с блеском. К примеру, Юлька с детства была склонна к полноте. В восемнадцать лет это стало для нее настоящей трагедией, она часами изучала глянцевые журналы с фотографиями красоток и сурово хмурилась. «Нет, пышные формы сейчас не в моде», — вынесла она вердикт и решила худеть. Но, в отличие от многочисленных женщин, принявших то же решение, не стала истязать себя диетами, фитнесом, километровыми пробежками, а отправилась к врачу. И тот, вникнув в ее проблемы, посоветовал ей принимать «Ксеникал». По словам специалиста, только эта швейцарская чудо-таблетка могла защитить ее от главной причины избыточного веса — жирной пищи, которую мы так любим трескать ежедневно и в больших количествах.

В тот же день Юлька начала новую жизнь. На мои скептические замечания отвечала веселым «посмотрим», а вскоре скептические замечания мне пришлось оставить. Подружка не только похудела, она вся светилась изнутри, потому что теперь была довольна и собой, и своей внешностью. Парни ей проходу не давали, о чем она с гордостью мне рассказывала.

— Давай встретимся вечером, — сказала она. — У меня для тебя есть новость.

Услышав это, я решила, что меня ожидает история об очередной Юлькиной победе.

— Кого ты сразила на этот раз? Если так пойдет дальше, тебе следует написать благодарственное письмо создателям этого «Ксеникала».

— Зря смеешься. Верка Бельская, не будь дурой, пошла к моему эскулапу, послушала хорошего человека — и что?

— Что?

— Похудела.

— Ни в жизнь не поверю.

— Придется, когда ее увидишь. Вчера ее подвозил какой-то тип на иномарке. Метнулся ей дверь открывать, чуть фонарь не сшиб от усердия, а наша из машины выплыла, точно королева. Но моя суперновость не меня касается и не Верки, а тебя. Хотя, возможно, я опережаю события, но, если честно, не терпится тебе рассказать.

— Так говори, — отозвалась я.

— Не-а, только в торжественной обстановке. Угостишь меня чашкой кофе?

— Легко.

— Вот и славненько. После работы мне надо заскочить к портнихе, перезвоню тебе домой.

— Хорошо, с нетерпением жду твоей новости.

Тут я обратила внимание на плюшевого медвежонка с атласным сердцем в лапах, что примостился на мониторе компьютера. На сердце большими буквами вышито «Ульяна», между прочим, это мое имя. Я взяла медвежонка и улыбнулась. Скорее всего, подарок от Андрея. Неужели сам вышивал? Имя у меня редкое, так что скорее всего кто-то приложил старания. Я перевела взгляд на Андрея, он с усердием перекладывает бумаги на своем столе, косясь в мою сторону. Я помахала ему рукой и с улыбкой указала на медведя. Он немного замешкался, но кивнул, даже отсюда видно, как он покраснел. Если верить гадалке, то мой избранник рядом, я его просто не разглядела. Надеюсь, что это все-таки не Андрей. Он замечательный, но даже отдаленно не походит на возлюбленного моих грез. Во-первых, Андрей коротышка, ниже меня сантиметра на три, хотя я далеко не манекенщица, во-вторых, он ужасно стеснителен, а мне нравятся решительные мужчины, в-третьих, он невероятный неряха, на что просто невозможно не обратить внимание, если у него свитер вечно в пятнах, а шнурки ботинок постоянно волочатся по полу. Шутники часто на них наступают, когда Андрей идет по проходу, и он без конца спотыкается. В-четвертых и в главных, он мне просто не нравится. Как-то не верилось, что я способна в нем что-то разглядеть.

Однако подарок, безусловно, улучшил мое настроение, направив мысли в совершенно иное русло. Какое-то время я спокойно работала. Потом мне понадобилось в туалет. На лестничной клетке, недалеко от лифтов, где у нас было место для курения, стояла Людка, привалившись к перилам, в компании полной дамы. Чиркала зажигалкой, держа сигарету в левой руке. Взглянула на меня, но ничего не сказала. Я тоже поторопилась пройти мимо, боясь, что если мы заговорим, то вновь вернемся к этому дурацкому посланию. Для одного дня страхов довольно.

Я свернула в коридор и вдруг споткнулась на ровном месте. Ничего особенного, и раньше такое случалось. Но сейчас... кто-то смотрел мне в спину, нет, в затылок. Чужой взгляд буравил череп, причиняя почти физическую боль. Я резко повернулась, коридор был пуст.

— Этого не может быть, — пробормотала я, сама не понимая, что имею в виду. Не может быть, что кто-то действительно наблюдает, или наоборот, не может быть, что никто не смотрит в затылок, раз я это чувствую? А я чувствую: спиной, затылком, всем телом. Холодок по спине, плечи передергивает в ознобе. Может, какая-то из фирм установила видеокамеры? Я пошарила взглядом по потолку, стенам, никаких камер. И вдруг за одной из прозрачных перегородок увидела мужчину. Хотя почему это вдруг? Он имел полное право стоять там. Скорее всего, он находится в собственном кабинете. Жалюзи наполовину спущены, они закрывали его лицо до самого подбородка. Я видела нижнюю часть лица, черный джемпер... Видел ли он меня? Почему-то это сделалось очень важным. Он меня видит? Если жалюзи закрыты неплотно, конечно. Ну и что? Господи, с этим надо что-то делать. Нервы совершенно расшатаны. Неужели дурацкое послание способно довести меня до такого состояния? Или дело даже не в этом? И у меня предчувствие? Предчувствие чего?

И тут мужчина сделал странный жест: провел ребром ладони по своей шее. Даже сейчас, закрывая глаза, я вижу: вот его рука поднимается, а потом медленно-медленно движется поперек шеи, точно в замедленной съемке. А потом жалюзи опустились...

Не помня себя, я бросилась к ближайшей двери. Злость душила меня, злость, отвращение, обида, а главное — желание схватить этого типа за руку и заставить объясниться. Что это значит? Что это значит, черт возьми?

С трудом ориентируясь в хитросплетении чужих кабинетов, я наконец оказалась там, где недавно стоял мужчина. Небольшой коридор, дальше проход к лифтам. Два расшатанных стула, урна, табличка «Место для курения». Я беспомощно огляделась. Развернулась на каблуках, стремительно пошла к двери, из-за которой доносились чьи-то голоса, и едва не столкнулась с девушкой в цветастой блузке с кипой бумаг в руках. Желая избежать столкновения, она резко дернулась и едва не уронила бумаги.

— Извините, — пробормотала я. — Вы здесь работаете? — Вопрос глупый. Конечно, она здесь работает. Что еще она может здесь делать?

— Да, — недовольно произнесла она, приглядываясь ко мне.

— Минуту назад я видела мужчину...

— Где?

— Вот здесь.

— Ну и что?

— Вы... вы не знаете, кто он? — беспомощно произнесла я, кусая губы. Еще один глупый вопрос. Как она может знать, если понятия не имеет, о ком идет речь.

— Тут проходной двор, — ответила она. В лице ее появилась настороженность, теперь она приглядывалась ко мне. Ничего удивительного, я веду себя как сумасшедшая.

— Мужчина в черном свитере, — настойчиво повторила я.

Девушка пожала плечами и тут же спросила:

— А что, собственно, случилось?

В самом деле, что? Ответить правду? Мужчина провел рукой по горлу, а я это видела и теперь ищу его? Она непременно сочтет меня сумасшедшей, и не удивительно, если я сама так думаю.

Она ждала, в ее глазах появилось недоверие, даже настороженность. Надо что-то ответить, и я сказала первое, что пришло в голову:

— Он показался мне знакомым, возможно, он работает у вас. Я работаю в офисе напротив, — сочла необходимым добавить я.

— Я знаю, — кивнула девушка. — Я вас часто вижу. — Она сделала паузу, задумалась. — В черном свитере? Блондин, брюнет? — Вопрос, на который я не могу ответить, но девушка вновь заговорила: — Вряд ли кто из наших. У нас мужиков шесть человек, и все в костюмах. Непременное условие. Наверно, кто-то из клиентов. А потом здесь действительно проходной двор, обходить лень, и в то крыло идут через наш коридор. Хотя коридор, в общем-то, не наш, так что имеют право.

— Спасибо, — пробормотала я.

— Не за что.

Девушка зашагала к лифту, и я поплелась за ней. Ничего меня здесь не задерживало. Ясно, что этого мужчину я не найду. Впрочем, теперь я готова была усомниться в его существовании. Может, и не было никакого мужчины? То есть, конечно, был, просто стоял вот здесь и разглядывал коридор или задумался, ничего не видя вокруг. Я заметила его, и мое воображение довершило остальное. Но перед глазами вновь возник этот его жест. Неужели я сама такое придумала? Не может быть. Девушка уже была возле лифта, а я пошла в свой офис, испытывая неловкость. Девушка, нажав кнопку вызова, смотрела на меня. Я досадливо поморщилась: не стоило задавать глупых вопросов.

Людка все еще курила, теперь уже в одиночестве. Она проводила меня взглядом, когда я прошла мимо. Может быть, я странно выгляжу? Возбужденной, испуганной? Если я расскажу Людке об этом типе... Групповой психоз — да и только.

Медвежонок на моем столе по-прежнему сжимал в лапах сердце с моим именем Я подмигнула ему, предложив самой себе успокоиться. «Надо выпить кофе», — подумала я, считая, что чашка кофе отвлечет меня от глупых мыслей, и прошла к окну, где у нас стоит кофеварка.

Я как раз наливала кофе в чашку, когда раздался крик. Сначала мне показалось, что это только я слышу его. После сегодняшних событий слуховые галлюцинации нисколько бы меня не удивили.

— Что это? — спросила Ольга, поднимая голову от бумаг. — Кто-то кричал?

Чашка в моей левой руке наклонилась, я продолжала наливать кофе в переполненную чашку и поняла это, только когда Ольга окрикнула:

— Уля, ты ж себе всю юбку залила.

И тут в проходе появилась Зинаида. Лицо у нее было растерянное, голос дрожал.

— Людка упала с лестницы.

— О господи, — нахмурилась Ольга. — Сломала что-нибудь?

— Да она в лестничный пролет упала.

— Как это? — испугалась Ольга.

Я стояла не шелохнувшись, по-прежнему держа чашку в левой руке. Я же знала: что-то произойдет. У меня было предчувствие. Точно очнувшись, я поставила чашку на стол. К тому моменту все бросились к лестничной клетке, и я вышла вслед за остальными. К лифтам невозможно было пройти. Из всех офисов высыпали люди, вытягивали шеи, пытаясь что-то разглядеть, вставали на цыпочки, вполголоса переговаривались.

— Что случилось? — спросил кто-то рядом со мной.

— Девушка упала.

— Как упала?

— Не знаю, несчастный случай.

— Она жива? — спросила я.

— Шутишь, — ответила Ольга, вдруг оказавшаяся рядом. — Здесь же седьмой этаж.

Приехала «Скорая», люди стали расходиться по кабинетам. Я подошла к перилам и склонилась, точно над колодцем. Там, внизу, тело уже убрали, но на сером плиточном полу остались пятна крови.

Где-то через полчаса к нам в офис вошли двое молодых людей с целью опросить свидетелей несчастного случая. Но таких попросту не оказалось. Никто ничего толком не мог сказать, потому что в тот момент все находились на своих рабочих местах. Только два кабинета выходят к лифту, из остальных лестничную клетку увидеть невозможно. К тому же двери были закрыты, а у нас, в отличие от соседей, стены самые обыкновенные, а не из прозрачного пластика.

— Как она могла упасть? — решилась спросить я молодого человека, который задавал мне вопросы.

— Очень просто. Поскользнулась, потеряла равновесие и перевалилась через перила.

— Поскользнулась?

— А что, с вами такого никогда не бывает?

— Бывает, конечно, и все-таки... это странно, вы не находите? — робко спросила я.

— Знаете, почему говорят «несчастный случай»? — вздохнул он. — Потому что случается. И могу вам по опыту сказать: иногда такое случается... — Он пристально посмотрел на меня, вроде бы пытаясь что-то прочесть на моем лице. Или мне это лишь кажется? У меня дрожали руки, я поймала себя на мысли, что без конца перекладываю медвежонка с места на место. Руки двигаются, не повинуясь моей воле, двигаются, как у Людмилы сегодня в кафе... Может, стоит рассказать об этом молодому человеку? — Понимаю, — вдруг очень мягко сказал он. — Только что ты видел человека живым — и вдруг... В такое трудно поверить.

— А если это не несчастный случай? — тихо спросила я и откашлялась, потому что мой голос больше походил на хрип.

— Вы думаете, она могла сама прыгнуть? Что, были причины?

— Нет. То есть я не знаю. Мы не были подругами. Конечно, на работе общались, но о личных делах никогда не говорили.

— Тогда почему вы спрашиваете?

— Но ведь ее могли сбросить с лестницы, — собравшись с силами, произнесла я.

— То есть убить? — удивился молодой человек. — За что?

— Я не знаю, — ответила я со вздохом.

— Вот именно. Так что перестаньте фантазировать. Убить, — покачал он головой и усмехнулся. — Детектив, ей-богу. — И пошел прочь, а я направилась к Ольге.

Она стояла возле окна, опершись на подоконник. Лицо ее казалось раздраженным. Она взглянула на часы и поморщилась.

— Как ты думаешь, это надолго? — спросила она меня, когда я оказалась рядом.

— Не знаю.

— У меня свидание. Очень важное. Если через двадцать минут нас не отпустят, я наверняка опоздаю. Вот черт, как не вовремя.

Меня покоробило от этих слов. Наверное, что-то отразилось на моем лице, потому что Ольга сказала:

— Мы не были подругами. Конечно, Людку жалко, но это не повод... Извини, что разочаровала, но собственные проблемы меня заботят гораздо больше.

— Ты не рассказала им о послании, которое мы получили? — все-таки спросила я.

— О чем? А... об этой дурацкой шутке. С какой стати?

— Не знаю. Наверное, надо было все-таки рассказать.

— Ну уж нет, хватит этой бодяги, мне сматываться пора.

— Вдруг это важно?

— Что? По-твоему, Людка разбилась потому, что какой-то дурак написал эту хрень? Ты что, спятила? Да это ни в одни ворота не лезет.

— Боюсь, все гораздо серьезнее. За несколько минут до того, как все это случилось, я видела мужчину. И он сделал вот так. — Я продемонстрировала жест.

— Что за мужчина? — нахмурилась Ольга, с недоумением глядя на меня.

— Он стоял в коридоре напротив. — Я торопливо рассказала о том, что видела.

— А тебе не померещилось? Вы с Людкой чересчур впечатлительные. Знаешь, за что тебя наше начальство любит? Ты — творческая натура, фантазия бьет ключом. На работе это, может, и неплохо, а вот в таком деле... не вздумай рассказать кому-нибудь. Засмеют. Ты сейчас похожа на бабку, которая сидит у подъезда и пересказывает страшилки.

— А если это важно?

— Допустим, парень действительно провел ладонью по горлу и тебе это не померещилось, в чем я очень сомневаюсь. Но тогда труповозка должна была увезти тебя. А ты, слава богу, жива-здорова.

— Но... — Я пыталась найти слова, чувствуя, как глупо прозвучит то, что я пытаюсь сказать. — Мы втроем получили это послание. И Люда погибла. Что, если...

— Следующей будешь ты? — усмехнулась Ольга. — С какой стати кому-то убивать нас? Ничего глупее мне слышать не приходилось.

— Да, конечно, — промямлила я. — Наверное, мне в самом деле показалось. Это все нервы.

Я сделала шаг в направлении своего стола. Я знала, что Ольга, скорее всего, права, но почему-то находиться рядом с ней мне стало тягостно и даже неприятно. Ольга схватила меня за руку.

— Извини. Я тоже нервничаю. Сегодня у меня свидание, которого я ждала три месяца. Понимаешь? Выбрось все это из головы... Ты что, боишься? — помедлив, спросила она, приглядываясь ко мне.

— Нет. Наверное, нет, — ответила я поспешно, отводя взгляд. — Не знаю. Чувствую себя как-то... странно. Тревожно, что ли. В архиве подперла дверь стулом. Представляешь? — Я засмеялась, скорее от неловкости, но смех у меня вышел каким-то неестественным, и я досадливо поморщилась. Ольга крепче стиснула мою руку, быстро огляделась и приблизила лицо к моему лицу.

— Я вот что подумала. Возможно, кто-то вполне сознательно треплет нам нервы. Сергей Юрьевич идет на повышение. Кто-то из нас займет его место. Прикинь, у кого больше шансов?

— Ты думаешь? — растерялась я. Такой поворот событий мне даже в голову не приходил.

— Думаю, думаю, — пробормотала Ольга сквозь зубы. — У Людки критический возраст... был. Ей это место нужно было до зарезу.

— Но ведь она тоже получила сообщение...

— Ага. Могла это дурацкое сообщение нарочно отправить, чтобы на нее не подумали. Она ведь хитрая баба и особой порядочностью, кстати, никогда не страдала. Но судьба ее перехитрила. Поскользнулась девка на ровном месте... Ну, что ты смотришь? — нахмурилась она, отстраняясь. — Опять фантазии поперли? Думаешь, может, это я ее? Так я, как и ты, за своим столом сидела.

— Но зачем ей все это, скажи на милость?

— Занервничаем, начнем делать глупости, авось сорвемся... ей это на руку. Вот она на тебя страху и нагоняла. И мне пробовала вешать лапшу на уши... Впрочем, может, я это зря... О покойниках плохо не говорят, — вздохнула Ольга и, резко развернувшись, направилась к окну.

Я вернулась к своему столу. Теперь я почти была уверена, что должна рассказать милиции о послании, что мы получили. Но что-то удерживало меня, и я продолжала сидеть на своем рабочем месте, пялясь в монитор с погасшим экраном и пытаясь оценить слова Ольги. Могло в ее догадках что-то быть? «Возможно», — точно прошептали мне на ухо. Я даже оглянулась. Разумеется, никто ничего не шептал. Всего лишь мой внутренний голос. Но теперь его присутствие стало ощутимо почти физически. Это тоже было странным. В тот день все казалось странным и пугающим, даже собственные мысли.

Допустим, Ольга права. Сергей Юрьевич действительно идет на повышение, и кандидатов на его место несколько. Среди них могли быть и я, и Ольга, и Людмила. Но с таким же успехом Нина Львовна, к примеру. Начальству также ничто не мешает пригласить человека со стороны. Сергей Юрьевич о своем переходе на новую должность нас в известность еще не поставил, но слухи, вполне обоснованные, до нас докатились. Возможно, кто-то, опережая события... опережая события, можно начать интриговать. Стараться почаще попадаться на глаза начальству, улучшить показатели. Но посылать дурацкие послания... глупость несусветная. А что не глупость? Кто-то пугает всерьез? А смысл? Избавиться от потенциального конкурента? У Сергея Юрьевича очень приличная зарплата. О такой многие могут лишь мечтать. Плюс открывающиеся перспективы. Может это послужить поводом для грязной игры? Послушать Ольгу — вполне.

Людмилу здесь особо не жаловали. Если быть откровенной, не любили, считая особой склочной, способной под горячую руку сказать гадость, наябедничать начальству. В общем, грехи у нее были, хотя профессионал она хороший и у начальства могли быть на нее виды. И она все это затеяла, чтобы?.. А парень в коридоре? Неужто он мне привиделся? А что, если это кто-то из знакомых Людки? Специально явился, чтобы придать нашим страхам некую достоверность?

Чисто физически выполнить это не трудно, у нас здесь действительно проходной двор: с десяток фирм и контор, и это лишь на седьмом этаже. Человек может довольно долго бродить по коридорам, пока на него хоть кто-то обратит внимание.

Предположим, Людка меня ему показала, а он, дождавшись, когда я буду одна... Нет, это никуда не годится. Я не могу поверить, что она все это придумала, а потом случайно упала с лестницы. А во что я могу поверить? Что ее убили?

От этой мысли спина у меня похолодела от страха. Убили? Кто, за что? Но ведь не из-за желанного места начальника отдела? О ее личной жизни я понятия не имею, могло быть в ней что-то... Одно несомненно: Людмилу испугало это послание. А если она просто делала вид, что напугана? Если делала вид, значит, послание — ее затея, а смерть — случайность. А если послание испугало ее по-настоящему, значит, оно никакого отношения к ее личной жизни не имеет, раз, кроме Людмилы, его получили еще двое. Значит, ее, как и меня, напугала чья-то глупая шутка. И нет никакого убийства. Но этот парень в коридоре...

— Ты домой не собираешься? — тронула меня за плечо Нина Львовна. Я с удивлением огляделась и обнаружила, что мы остались вдвоем. Нина Львовна пристально посмотрела на меня. — Да... ужасное несчастье, — произнесла она тихо и поджала губы. — Постарайся не принимать чересчур близко к сердцу, —

помедлив, вздохнула она. — Тут уж ничего не поправишь.

Нина Львовна ждала меня возле двери, я вышла, и она заперла дверь на ключ. Ключи мы сдавали на вахту на первом этаже. Раньше я об этом не думала, а сейчас мне вдруг пришло в голову, что попасть в любой из кабинетов легче легкого. Ночью в огромном здании только два охранника, которым, наверное, положено время от времени совершать обход и проверять помещения. Только делают ли они это, еще вопрос. При желании любой, кто умеет обращаться с отмычкой, запросто войдет в кабинет. В кабинете начальства, кажется, есть сигнализация, у нас она точно отсутствует. Да и что здесь можно взять? Компьютеры? Впрочем, для кого-то и это хорошая пожива.

— Ты думаешь о ней? — помолчав немного, спросила Нина Львовна, когда мы спускались в лифте.

— Что? Нет. То есть да. Я... — Дыхание у меня перехватило, наверное, все-таки от волнения, и сердце забилось так, точно я смотрела в бездонное ущелье. Все-таки странно, что мне стоило такого труда решиться сказать Нине Львовне о своих сомнениях. — Я думаю об этом послании, — сказала я и сразу пожалела об этом.

— О чем? — нахмурилась Нина Львовна. Мы как раз выходили из лифта, она вышла первой, остановилась и с недоумением взглянула на меня.

— Помните, утром... Мы получили компьютерные письма... — По выражению ее лица стало ясно: она не в состоянии понять, о чем я. — Людмила еще возмущалась...

— А-а-а... шутка получилась весьма неудачной. Думаю, шутнику сейчас очень стыдно... — Она вновь притормозила и взглянула на меня как-то иначе. С сомнением, что ли. — Хотя... в письме ведь не содержалось никакой угрозы.

— Азазель — ангел смерти, — заметила я. Нина Львовна отдала ключи и расписалась в журнале.

— Да-да, конечно.

Мы направились к стеклянным дверям. При нашем приближении они бесшумно открылись.

— Но ведь это глупость. Я имею в виду — какой тут ангел смерти, когда двадцать первый век на дворе. Все эти библейские штучки... Как твоя машина? — спросила Нина Львовна.

— На днях получила из ремонта.

— Влетело в копеечку?

— Влетело. Но ведь могло быть и хуже.

— Это конечно. — Она внимательно посмотрела на меня, как будто видела впервые. — Хочешь, поедем ко мне? Выпьем чаю.

— Спасибо. Сегодня ко мне подруга придет в гости, — поспешно ответила я, сообразив, что ее приглашение продиктовано просто желанием отвлечь меня от горьких мыслей. — Я думаю, мы поступили неправильно, не рассказав милиции об этих письмах.

— Ульяна, да ты с ума сошла, — ахнула Нина Львовна. — Ну какое отношение к этим письмам имеет... Ты что, боишься? — нахмурилась она. — Боишься, что... Милая моя, я уверена, все это полнейшая чушь. Я тебя умоляю, не забивай голову ерундой. Ты у нас натура чересчур впечатлительная, а то, что произошло, — несчастный случай... Ты ведь видела Людмилу буквально за несколько минут до трагедии... Бедная моя девочка. Успокойся. Сходи куда-нибудь с подругой. Может быть, все-таки ко мне заедем? Мои сегодня явятся поздно. Если хочешь, можешь остаться ночевать у меня.

— Спасибо. Не беспокойтесь. Наверное, я действительно слишком много думала об этих письмах.

— Выброси все из головы, — наставительно изрекла Нина Львовна. — И не вздумай рассказывать об этом в милиции. Зачем? Они сочтут это ерундой, а ты... не стоит забивать себе голову.

— Да, конечно, — пробормотала я.

— До свидания, — кивнула Нина Львовна. — И запомни: выброси эту чушь из головы. И никакой милиции.

«А что, если письмо написала она? — подумала я, садясь в свою машину. — Нина Львовна вполне могла рассчитывать на место начальника отдела и теперь боится, что если милиция начнет выяснять, кто отослал письмо, подозрения падут на нее. Подозрения в чем? В убийстве? Так не было никакого убийства. Несчастный случай. Пространство между перилами широкое, там слон пролетит, не только человек, а перила не так уж и высоки. Мне доходят до пояса. Людка сантиметров на семь выше меня, плюс высоченные каблуки, которые она так любит... любила», — поправила я саму себя, подъезжая к дому.

Войдя в квартиру, я села на диван, не снимая пальто, потерла лицо руками. Конечно, она могла упасть. Действительно, поскользнулась на каблуках и упала. Она ведь стояла, привалившись спиной к перилам, то есть не спиной, конечно, раз перила не доставали до спины. Я вдруг совершенно отчетливо увидела эту картину и едва не закричала от ужаса, потому что на мгновение мне показалось, что это не Людмила, а я лечу в лестничный пролет с высоты седьмого этажа.

— Господи, — прошептала я и вновь потерла лицо руками. — Надо как-то прекращать все это... Я стану неврастеничкой, вот чего я добьюсь...

Когда я пошла в архив, Людмила стояла на лестничной клетке с какой-то женщиной из другой фирмы. Потом я увидела парня. А когда возвращалась, на лестнице Людмила была одна. С того места, где я увидела парня, до лифтов несколько метров, до Людки чуть больше. Вызвал лифт, столкнул ее... Не о письмах я должна рассказать в милиции, а об этом парне, которого видела в коридоре. В коридоре, а не на лестнице. Но я не могу быть уверенной, что он пошел в сторону лифта. Я ни в чем не могу быть уверенной. К примеру, мужчина провел по шее рукой, прикидывая, стоит ли побриться. А я, под впечатлением письма и разговора с Людмилой, увидела в этом жесте нечто угрожающее...

Зазвонил телефон. Уйдя в свои думы, я вздрогнула от неожиданности. А потом испугалась. Смотрела на телефон и боялась поднять трубку. Потом вспомнила, что мне хотела позвонить Юлька. Услышав ее голос, я с облегчением вздохнула, как будто убереглась от большой опасности.

— Слушай, я не смогу заглянуть к тебе сегодня, мы тут с Вовкой... А хочешь, приезжай к нам. Мы в «Кристалле».

— Спасибо за предложение. Я собиралась заняться уборкой, — поспешно ответила я.

— Да? Ну ладно. Ты давно пришла с работы?

— Только что.

— Менты задержали? У нас они тоже были, но я быстренько слиняла. От нас до лестницы далеко. Людка мне никогда особо не нравилась, но все равно ужас... Грохнуться с такой высоты... бр-рр...

— Ты о чем поговорить-то хотела? — поспешила я сменить тему.

— Поговорить? А-а... о тебе, конечно. Слышала, как мой шеф беседовал с вашим Юрьичем, интересовался, кого, мол, тот видит на своем месте. Ты ведь знаешь, что его повышают. Ну, тот в ответ, кандидатура, мол, на его взгляд, только одна. Отгадай, чья?

— Не хочу отгадывать. Просто скажи.

— Настроение дохлое? Понимаю. Короче, он тебя рекомендовал. И шеф покивал, мол, вполне-вполне. Так что жди повышения. Надеюсь, теперь настроение у тебя улучшилось?

— Да. Спасибо.

— Не слышу радости в голосе.

— Но ведь меня еще не назначили, — поторопилась отговориться я.

— Конечно, лучше об этом пока помалкивать, чтоб не сглазить. Ну, давай. Целую.

Мы простились. Я и в самом деле пробовала заняться уборкой, но вскоре поймала себя на мысли, что то и дело поглядываю в сторону своего кабинета. Кабинетом я гордо именовала бывшую кладовку, в просторечии именуемую «темнушкой». Я ухитрилась впихнуть туда стол, на который водрузила компьютер, повесила на стену три полки, осталось место для кресла на колесиках, настольной лампы и металлического стеллажа для дисков. Однако и таким кабинетом я была довольна, квартира маленькая, однокомнатная, спальня одновременно являлась гостиной, так что закуток для компьютерного стола оказался весьма кстати.

Некоторое время я пробовала бороться с искушением, но потом подумала, что лучший способ избавиться от искушения — уступить ему. Я устроилась в кресле, включила компьютер и набрала пароль. Сердце вдруг забилось с такой силой, точно я бегом поднялась по лестнице на двенадцатый этаж. Во рту пересохло, и дышала я с трудом. Закрыла глаза и попыталась успокоиться. «Нет никаких оснований считать, что Людмила погибла не случайно», — напомнила я себе. Меня расстроил разговор с ней, я испугалась, и мое воображение услужливо довершило остальное. Это только мои фантазии. Фантазии — и ничего больше. «В вашем ящике нет новых сообщений», — прочитала я и щелкнула мышью под словом «входящие». Утреннего послания в моей почте не оказалось. С полминуты я пялилась в монитор, пытаясь сообразить, могла ли я стереть сообщение? Возможно, и стерла, в том состоянии, в котором я пребывала сегодня, не удивительно забыть об этом. Обратный адрес я помнила прекрасно, потому что, проверяя корреспонденцию, удивилась, от кого оно могло прийти? Адресат «Аза» был мне неизвестен. Теперь ясно, что это сокращенное от «Азазель». Я напечатала адрес и задумалась. Что я хочу ему сказать? Ему или ей... неважно что, лишь бы убедиться, что Азазель существует, то есть не Азазель, конечно, а человек, подписавшийся этим именем. «Ты видишь, и что?» — быстро напечатала я. «Ваше письмо отправлено», — появилась надпись на мониторе. Значит, адрес существует.

Ответили мне почти мгновенно, точно человек с нетерпением ждал моего письма. «А ты еще не поняла?» — обнаружила я встречный вопрос. «Что тебе надо?» — набрала я, испытывая крайне неприятное чувство: мне вновь показалось, что кто-то наблюдает за мной. Я резко оттолкнулась от стола и вместе с креслом очутилась в комнате. Привычные вещи действовали на меня успокаивающе. Я вздохнула, растерянно оглядываясь. Он или она не задержались с ответом. Он был лаконичен: «Твою душу». На этот раз я не испугалась, скорее разозлилась. Кто-то затеял гнусную игру, сознательно меня запугивая. И это вовсе не Людмила, в чем пыталась убедить меня Ольга, Людмила погибла и шутить, хорошо или скверно, не может. Но в одном я теперь не сомневалась: Ольга, скорее всего, права, и запугивание как-то связано с моим предполагаемым повышением. А что, если это Ольга и есть? Лучший способ отвести от себя подозрение — вести себя как пострадавшая, то есть одна из жертв. Она же сама говорила, что Людмила написала себе письмо, чтобы ее не заподозрили в этой скверной шутке. А если не Людмила, а именно Ольга?

Вновь мелькнула мысль, что смерть Людмилы не случайна, но я прогнала ее. Это несчастный случай. А с шутником, кто бы им ни был, я разберусь.

Может, есть смысл обратиться в милицию? Когда человек пишет, что ему нужна твоя душа, это больше похоже на запугивание, чем на глупую шутку. Только вряд ли в милиции будут заниматься подобными пустяками. Мои страхи никому не интересны.

Я выключила компьютер и прошлась по квартире. Уборка перестала меня интересовать. Я постояла возле окна, выпила чаю, невольно возвращаясь мыслями к человеку, написавшему письмо. Что он надеется выиграть, запугав меня? Занять мое место. Допустим. Не очень-то я жажду получить повышение, то есть я не против, но ведь не такой ценой. Но для кого-то повышение очень важно. Настолько важно, что человек решился... А если я ошибаюсь и шутнику наплевать на кадровые перестановки? Тогда он просто псих. Человек, назвавший себя Азазель... Я не очень-то сильна в Священном Писании, но вот Булгакова читала и точно помнила, что Азазель — злой дух пустыни, ангел смерти (правда, это имя у Булгакова дано на итальянский лад — Азазелло), следовательно, «я хочу твою душу» можно понять лишь в одном смысле «я хочу твоей смерти». О господи! Я вновь подумала о Людмиле и ее странной гибели. Вернулась к компьютеру, набрала «Азазель» и щелкнула мышью. «Азазель, — вскоре прочитала я, — в представлениях иудаизма — демоничное существо.

В Библии Азазель упоминается в связи с описанием ритуала «дня искупления», в этот день грехи народа перелагались на двух козлов, один из которых предназначался в искупительную жертву Яхве, а другого отводили в пустыню, где обитал Азазель, злой дух пустыни. Другой источник сообщал, что «козла отпущения» как раз и называли Азазель. Представление о пустыне как жилище демонического начала есть и в Новом Завете: рассказ об искушении Иисуса Христа дьяволом. И в житиях святых, где монахи, избравшие пустынные места для духовного подвига, также искушаемы дьяволом».

Покопавшись еще немного, я узнала, что в «книге Еноха» Азазель выступает как падший ангел, совратитель человечества, научивший мужчин войне и мастерству оружейника, а женщин блудным искусствам раскрашивания лица и вытравливания плода. Ангелы вступали в связь с дочерьми человечества, в чем тоже вина Азазель, и от этих связей рождались исполины, которых и вдохновил на мятеж против Бога Азазель, за что был скован архангелом Рафаилом. После Страшного Суда он будет брошен в огонь. В талмудической литературе Азазель иногда отождествляется с Сатаной».

Вот так. И какое все это имеет отношение ко мне? Решив довести начатое до конца, я отыскала «книгу Еноха» и прочитала то место, где говорилось об Азазеле.

Разумеется, ясности это не внесло. Я подняла голову и, взглянув на часы, убедилась, что они показывают второй час ночи. Мне давно пора ложиться спать, а я трачу время на какую-то ерунду. Я вдруг почувствовала досаду и даже разозлилась на себя. Нина Львовна права: какой Азазель в двадцать первом веке? Вера в подобную чушь намекает на душевное нездоровье.

Через полчаса я уже была в постели, уснула почти мгновенно и спала без сновидений.

На работе все разговоры только и были о вчерашнем несчастном случае. Этим я и объяснила свое несколько нервозное состояние. Я как будто чего-то ждала. Возможно, очередного послания. Когда все ушли на обед, я подошла к столу Людмилы и проверила ее почтовый ящик. Письмо от Азазеля исчезло. Впрочем, его могла стереть сама Людмила. Я не удержалась и проверила почтовый ящик Ольги. Я сидела за ее столом, и меня била нервная дрожь. Теперь я понимала, что чувствуют шпионы, сующие свой нос в чужие секреты. Послание от Азазеля отсутствовало, что меня не удивило. Зачем Ольге его оставлять, тем более что она, в отличие от меня, ничуть не сомневалась, что прислал его кто-то из коллег, обеспокоенных грядущей перестановкой кадров в компании. Я быстро проверила ее почту, то и дело косясь на дверь. Если кто-то заметит меня за чужим столом, придется объясняться, а Ольга решит, что я и есть таинственный отправитель. Но мои подозрения на ее счет требовалось проверить, оттого я и рискнула. В ее почте не было ничего особенного. Обычная деловая переписка.

Я поспешно выключила компьютер и отправилась обедать. В здании было три кафе, но я предпочитала пиццерию через дорогу.

Покинув здание, я дошла до угла и тут заметила Ольгу, она сидела возле окна в баре «Сова». Увидев меня, помахала рукой, предлагая присоединиться. Я вошла в бар и направилась к ней. Ольга сидела за столом не одна. Симпатичная девушка улыбнулась мне, а Ольга сказала:

— Знакомьтесь, это моя подруга Анастасия Довгань. А это Ульяна Осипова. Мы с ней вместе работаем.

— Очень приятно, — кивнула я.

— Присаживайся, — пригласила Ольга. С некоторым

удивлением я заметила на столе водку «Довгань». — У Анастасии сегодня день рождения. Мы давно не виделись, а по такому поводу грех не выпить. Присоединяйся.

— Я не большой любитель водки, — пожала я плечами.

— А это водка особая. Дамская. Хотя и крепкая, но вкус мягкий и пахнет приятно. А что за запах такой нежный? — обратилась она к Анастасии.

— Это настой яблок и винограда, который добавляют в воду, — ответила та.

— Вот... — кивнула Ольга. — Выпить в разумных количествах — одно удовольствие.

Я подозвала официантку, сделала заказ, а Ольга разлила водку по рюмкам и улыбнулась.

— Мы теперь только ее и пьем с легкой руки Анастасии. Что ж, твое здоровье, подруга.

Мы выпили.

— Понравилась? — спросила Анастасия, я кивнула. — Очень рада.

— Не удивляйся, — сказала Ольга. — Анастасия имеет к этой водке самое непосредственное отношение. Это ее рецепт, точнее, ее предков. У ее прадедушки было поместье на юге России, с собственной винокурней. Один из напитков очень полюбился дамам, поэтому водку назвали «Дамская легкая». Пьется легко и без утренних похмельных мучений. Анастасия нашла рецепт в архивах деда. Вот и появилась водка «Довгань Дамская».

— Довгань — фамилия известная, — пожала я плечами, Анастасия нахмурилась.

— К нам этот человек никакого отношения не имеет. Что ж, мне пора, — поднимаясь, сказала она и поцеловала Ольгу. — Увидимся вечером.

— Я ее не обидела? — спросила я.

— Нет, что ты. История почти детективная. Некий

предприимчивый однофамилец, заполучив старинные рецепты, использовал дворянское имя в своих интересах. Заметь, все рецепты, кроме «Дамской». Его нашла в архивах Анастасия, как я уже сказала, и восстановила историческую справедливость. А незадачливому предпринимателю ничего не осталось, как продать свой бизнес... Как дела? — вдруг спросила Ольга и посмотрела на меня как-то странно, оценивающе, что ли. Может быть, от нее все же не укрылся мой интерес к ее компьютеру, хотя вряд ли, обедать она ушла рано.

— Нормально, — пожала я плечами, чувствуя, что веду себя немного неестественно. «Знаешь за собой грех, вот и нервничаешь», — недовольно подумала я.

— Да? — Ольга взглянула на меня исподлобья, мой ответ, казалось, ее удивил. Или разочаровал. Она вертела пустую рюмку и явно о чем-то думала. Наверное, о малоприятном, потому что на ее переносице появилась складка, она все больше хмурилась, вроде бы не замечая этого. — И... и ничего такого? — Ее слова повисли в воздухе.

Мы смотрели друг на друга, я с недоумением, она скорее с недовольством, только вот я не знала, чему приписать это ее недовольство: моему непониманию или досаде на то, что она задала этот вопрос.

Она ждала моего ответа, и чем дольше я молчала, тем настороженнее она становилась.

— У меня... неспокойно на душе, — наконец смогла сказать я. — Вчера весь вечер думала о Людмиле.

Ольга кивнула, но настороженность не исчезла из ее глаз. Она вновь заговорила, чувствовалось, что слова она подбирает с трудом и далеко не все ей нравятся.

— Я не думаю, что это ты. Мне кажется, ты на такое не способна. Возможно, я ошибаюсь. И ты просто умело пудришь всем мозги. Интеллигентная, милая девушка, добрая, готовая прийти на помощь. Ты ведь запросто можешь прикидываться. — Она начала злиться, кусала губы, уставившись мне в глаза. Это было неприятно, но я уговаривала себя быть терпеливой. Ясно, Ольгу что-то беспокоит. Возможно, произошло еще что-то, о чем я не знаю.

Ольга неожиданно замолчала, и теперь пришла моя очередь подбирать слова.

— Если ты имеешь в виду эти письма, то я их не писала. И я понятия не имею, кто их мог написать. Я хочу получить повышение, но мне и в голову не придет действовать подобным образом.

— Это какой-то извращенец, — почти выкрикнула Ольга. Хорошо, что в людском гомоне на это мало кто обратил внимание, к тому же она сразу понизила голос.

— Ты получила еще одно письмо? — осторожно спросила я, почему-то сомневаясь, что она ответит правду. На этот раз она молчала довольно долго, я не знала, стоит ли повторить вопрос или лучше прекратить разговор. Когда я уже решила, что вопрос повторять не стоит, она вдруг заговорила.

— Нет. Но... Слушай, — она подалась ко мне, но смотрела не на меня, а куда-то выше моего плеча. Это почему-то пугало. — Мне кажется, за мной следят. Вчера я возвращалась домой и слышала чьи-то шаги. Кто-то шел за мной. Я достала газовый баллончик, на всякий случай, но... никого не было. Я слышала шаги, но никого не видела.

— Ты просто испугалась, — вздохнула я и тут же вспомнила свои ощущения. Несмотря на абсурдность происходящего, я очень хорошо понимала, что она имеет в виду. Разве не те же страхи преследовали меня со вчерашнего утра?

— Возможно, — кивнула Ольга. — Совсем недавно я говорила себе то же самое. Но я... слышала голос.

— Что? — спросила я чересчур поспешно, получилось это у меня как-то испуганно. Ольга закусила губу и даже покраснела от досады.

— Смешно? Мне тоже смешно. Реальные глюки.

— Но... но что ты слышала?

— Азазель, — помедлив, ответила она.

— Азазель?

— Да. Просто Азазель. И ничего больше. Как будто кто-то звал из темноты. Я ночевала у мамы. Боялась оставаться в квартире одна. Представляешь? — Она усмехнулась, а потом даже попробовала засмеяться, но быстро оставила эти попытки и вновь заговорила серьезно: — Я всю жизнь потешалась над всякой чертовщиной, а теперь готова поверить...

— Во что поверить? — робко спросила я.

— Что в самом деле... вдруг это существует? Что-то неподвластное нашему разуму?

— Ты вчера сама говорила, кто-то собирается занять место Сергея Юрьевича...

— Говорила, — перебила она и поморщилась, как будто я напомнила о чем-то постыдном. — А если все сложнее?

— Но ведь ты не думаешь... — начала я, но тут к нашему столу подошла Нина Львовна, и мы, не сговариваясь, замолчали.

— У вас вид заговорщиков, — заявила она, устраиваясь на свободном стуле. — Обсуждаете вчерашнее? Мне всю ночь кошмары снились. Я думаю, чем скорее мы забудем эту печальную историю, тем будет лучше для всех нас.

«Она только что появилась в баре, — подумала я, — хотя из офиса ушла одной из первых. Она сюда часто заглядывает или увидела нас в окно и решила присоединиться?» Похоже, это меня действительно занимало, я становлюсь подозрительной. Нина Львовна могла зайти в аптеку, сходить в магазин, просто выйти на улицу подышать воздухом. Если так пойдет и дальше, я начну пугаться собственной тени.

Я поспешила закончить обед, в офис мы вернулись вместе с Ниной Львовной, Ольга ушла раньше. В тот день мы с ней больше не разговаривали, хотя еще раз оставались наедине. Но она избегала смотреть в мою сторону, и я не решилась к ней обратиться.

На следующее утро Ольга ждала меня у входа в здание, стояла у самых дверей, нервно оглядываясь. Заметив меня, торопливо пошла навстречу.

— Привет, — сказала она, поравнявшись со мной, быстро огляделась и взяла меня за руку. Я ожидала, что она скажет еще что-то, но она замолчала, просто шла рядом, и я не задавала вопросов, хотя мне не терпелось узнать причину такого ее поведения.

Мы торопливо пересекли огромный холл. В кабине лифта нас было четверо, я подумала, вряд ли Ольга заговорит при посторонних.

— Как прошел день рождения? — спросила я, чтобы разрядить обстановку.

— Отлично, — ответила Ольга, чувствовалось, что эта тема ее не занимает.

Накануне вечером я отправилась в кино, домой вернулась поздно и сразу же легла спать, запретив себе даже смотреть в сторону компьютера. Утром выпила кофе и только раз вспомнила о письме, порадовавшись, что оно вроде бы перестало волновать меня. Но стоило мне увидеть Ольгу, как все изменилось. Я почувствовала беспокойство, ожидание становилось невыносимым, я уже повернулась к ней, намереваясь задать свой вопрос, но тут лифт остановился, мы вышли и оказались одни в длинном коридоре.

— Ты получила письмо? — шепотом спросила Ольга, быстро оглядываясь. Я заметила, как странно она шла, втянув голову в плечи и без конца оглядываясь. То теребила волосы, то терла подбородок — беспокойные нервные движения, вряд ли она сознавала, что делает.

— Письмо? — спросила я, приглядываясь к ней. — Ты получила письмо?

— Да. А ты нет? — Она замерла и с недоверием смотрела на меня. Или со страхом? Я покачала головой.

— Нет. Что было в письме?

— То же, что и в прошлый раз. «Я на тебя смотрю. Я тебя вижу». И подпись «Азазель». Полная чушь. Странно, что это так действует. Знаешь, о чем я подумала сегодня: я становлюсь шизофреничкой. Все принимает какое-то особое значение. Чье-то слово, просто жест... Кто бы ни был этот шутник, но он мастер. Пойдем покурим? — предложила она.

— Я не курю.

— Да, конечно. Я помню. Просто постой рядом.

Я взглянула в сторону лестничной клетки, где в последний раз видела Людмилу, и невольно поежилась.

— Нет.

— Ты что, боишься? — быстро спросила Ольга. — Боишься, что Людка... что она не просто так упала?

— Мне не нравится это место. И в этом нет ничего удивительного, раз там погиб человек.

— Ты просто боишься, — зашептала она, вновь хватая меня за руку. — Слушай, я вчера пошарила в Интернете. Этот Азазель... только не думай, что я спятила. Впрочем, я и сама начинаю думать, что спятила. Знаешь, кто-то был в моей квартире.

— Что? — не поняла я.

— Кто-то был в моей квартире, — прошептала Ольга, отпустила руку и сделала шаг назад.

— Ты кого-то видела?

— Нет. Но там кто-то был. Кто-то перевернул фотографию на моем столе.

— Она могла упасть. Или ты сама ее перевернула.

— Да-да. Конечно. Всему есть простое объяснение. Никакой мистики. Я сама перевернула фотографию. Вчера я целый вечер твердила это. А утром получила письмо.

— Ну и что? — вздохнула я. Чувствовалось, что Ольга испытывает огромное напряжение, а еще страх, и я не знала, что ей сказать, чтобы успокоить.

— Ты ведь тоже им интересовалась? Ты знаешь, кто он?

— Азазель? Мифологическое существо. То, чего нет. Как, например, нет домовых, леших, Бабы Яги.

— Ужасно смешно, — покачала головой Ольга и повторила: — Ужасно смешно. Я не верю в Бабу Ягу, но почему-то поверила в Азазеля. Чепуха. Нет, хуже. Идиотизм. Я никому этого не говорила: два года назад я сделала аборт. Срок был большой. Я даже узнала пол ребенка. Девочка. — Она замолчала, я с недоумением смотрела на нее, не в силах понять причину этой внезапной откровенности. Зачем мне знать все это? И тут Ольга заговорила вновь: — Как думаешь, это может быть связано?

— С чем? — растерялась я, поймав себя на мысли, что Ольга действительно похожа на сумасшедшую: говорит загадками, смысл которых мне недоступен.

— Ты читала о нем. Читала? Он научил женщин красить лицо и вытравливать плод.

— О господи, — пробормотала я, наконец-то поняв причину ее волнения. — Допустим, кто-то узнал об этом. Но ведь аборт — это не преступление.

— По законам — да. Но это страшный грех. А за грехом следует расплата. Что, если...

— Замолчи, — перебила я. — Неужели ты не понимаешь? Ты сама пугаешь себя. Тебе просто пришло письмо. Загадочное. На самом деле глупое. Все остальное ты придумала сама и продолжаешь придумывать. Я никогда не делала аборт, но этот Азазель и мне написал. Я думаю, шутником надо заняться всерьез.

Я не могла понять, произвели впечатление мои слова или нет. Ольга смотрела на меня так, точно видела впервые. Мимо проходили люди, кое-кто из наших с удивлением поглядывал на нас, должно быть, пытаясь понять, по какой причине мы стоим у лифтов, мешая движению, и не спешим в офис, хотя до официального начала рабочего дня осталась минута.

— Ты сегодня проверяла почту? — резко спросила Ольга. — Может, письмо все-таки есть.

Я вздохнула, сокрушаясь из-за ее упрямства и вместе с тем отлично понимая, как нелегко избавиться от собственных страхов, и пошла в офис. Ольга проследовала за мной к моему столу и терпеливо ждала, пока я включу компьютер и проверю почту. Писем было несколько, но ни одного с подписью «Азазель». Ольга молча развернулась и направилась к своему рабочему месту.

Мы с ней усердно избегали общества друг друга, я — потому что ее страх невольно передавался мне, отчего она — не знаю. Иногда я наблюдала за ней. Она казалась вполне спокойной. Несколько раз даже улыбалась, с кем-то разговаривая по телефону. На обед я пошла, когда она уже вернулась из кафе, чтобы случайно не встретиться с ней. Где-то около пяти, подняв голову, я вдруг обнаружила Ольгу возле своего стола.

— Письма не было? — спросила она.

Ничего не отвечая, я проверила почту. Взглянув на

монитор, Ольга ушла. Когда я вновь подняла голову, на рабочем месте ее не было. Из сотрудников остались лишь я, Нина Львовна и Сергей Юрьевич, который, насвистывая, что-то искал в ящиках громоздкого шкафа, стоящего возле двери.

— Девочки, — позвал он, — рабочий день давно закончился. Я ценю ваш трудовой порыв, но...

— Я задержусь еще на полчаса, — не поднимая головы от бумаг, ответила Нина Львовна.

— Ну, как знаете. А я, пожалуй, пойду. — Он с грохотом задвинул ящик, бросил ключ в пустой цветочный горшок на подоконнике, который мы использовали для хранения всяких мелких предметов, и пошел к выходу. Я тоже стала собираться. Я не любила оставлять на столе беспорядок, и на уборку у меня ушло довольно много времени. Когда я покинула офис, Сергея Юрьевича возле лифтов уже не было.

А меня поразила тишина. Коридор был пуст, из-за дверей не доносилось ни звука. Время позднее, сотрудники давно покинули здание. Сейчас на всех этажах от силы с десяток сотрудников. Я сделала несколько шагов по коридору, хотя намеревалась идти к лифту. Что меня заставило так поступить? Предчувствие? Возможно. Помню только, что в тот момент я вовсе ни о чем не думала, просто шла по коридору, вслушиваясь в тишину. А потом раздался этот странный звук. Быстрая дробь. Будто кто-то отбивал ритм пальцами по стеклу. И в тот же миг я почувствовала: кто-то на меня смотрит. Я даже успела подумать, что этот кто-то насмешливо улыбается. Резко повернула голову и увидела его. Лицо, как и в прошлый раз, скрыли жалюзи. Темный свитер. И этот жест. Медленно, точно испытывая мое терпение, человек провел ребром ладони по горлу. На мгновение я замерла, глядя на него и еще не веря, что все это происходит в реальности. Так же медленно он отступил в глубь комнаты, а я, точно очнувшись, бросилась к лифту, куда, как я помнила, вел коридор. Но стеклянная дверь была закрыта, что не удивительно, раз сотрудники покинули офис. Я вернулась назад, бегом достигла двери с надписью ООО «Альтаир», но она тоже оказалась заперта. Я надавила кнопку звонка. Тишина коридора была нарушена, но в офисе не появилось никакого намека на движение. Однако я была уверена, что мужчина все еще там. Я вернулась к лифту, спустилась на первый этаж. Охранник устроился в кресле неподалеку от входной двери, второй сидел за высокой стойкой. Должно быть, что-то было в моем лице: испуг, недоумение, один из них, заметив меня, сразу поднялся навстречу.

— Там, на седьмом этаже, в «Альтаире» какой-то мужчина, — скороговоркой произнесла я.

— Проверь, там кто-то остался? — обратился охранник к коллеге. Через полминуты тот хмуро ответил:

— Никого там быть не должно. Все ключи сдали.

— Оставайтесь здесь, — сказал охранник и пошел к лифту.

Тип, которого я видела, не сможет покинуть здание. Впрочем, почему не сможет? Я работаю здесь три года и до сих пор плохо ориентируюсь в хитросплетении коридоров. В этом огромном здании наверняка есть еще выходы. Или нет? Охрана должна знать. Прошло минут двадцать. Я сидела в кресле, напряженно вслушиваясь в тишину.

Заработал лифт, я ожидала увидеть охранника, а увидела, как к стойке подходит Нина Львовна. Она сдала ключи, расписалась в журнале и только тогда заметила меня.

— Ты чего здесь? — спросила она с удивлением. Я не знала, что ответить. В какой-то миг мне показалось, что правда прозвучит невероятно глупо. Но отвечать ничего не пришлось, вслед за Ниной Львовной в холле появился охранник.

— Там никого нет, — косясь на меня, сказал он. — Я проверил весь этаж. Вам показалось, — обращаясь ко мне, добавил он, точно извиняясь.

— Возможно, — поспешно кивнула я. — Извините. — И пошла к выходу. Нина Львовна шла рядом.

— Ты на машине? — спросила она, приглядываясь ко мне.

— Да.

— Из-за этого происшествия мы все немного нервничаем.

Я решила ничего не отвечать на это замечание.

До стоянки мы дошли молча и здесь простились. Оказавшись в машине, я некоторое время сидела, уставившись в окно. У меня нет причин не верить охраннику. Он осмотрел весь этаж и ничего не заметил. Но своим глазам не верить я тоже не могу. Там кто-то был. Я его видела. Он покинул офис или где-то спрятался. За двадцать минут немыслимо проверить все кабинеты на этаже, а ему ничего не мешало спуститься или подняться на другой этаж. У него могут быть ключи не только от кабинетов, которые занимает «Альтаир». «Могут, конечно, могут», — усмехнулась я, вопрос в другом: зачем кому-то оставаться в пустом офисе, прятаться от охраны? Просто чтобы напугать меня? Чепуха. Кому и зачем это надо? «Азазель», — прошелестело в мозгу, точно кто-то подкрался сзади и шепнул имя мне на ухо.

— Массовый психоз, — закусив губу, покачала я головой. — Сначала Людмила, потом Ольга, теперь и я начинаю трястись от страха. Но Ольга ничего не говорила о том, что ее посещают видения. Она якобы слышала шаги и чей-то голос, но никого не видела. Выходит, формы психоза у нас все же разные.

Я завела машину и медленно выехала со стоянки, поймав себя на мысли, что тревожно оглядываюсь, высматриваю в толпе людей на тротуаре парня в черном свитере. Как, интересно, я надеюсь его узнать, если ни разу не видела его лица?

Я свернула на светофоре и вскоре тормозила возле торгового центра. Поход по магазинам должен отвлечь меня от дурных мыслей. Я вошла в торговый центр и свернула в ближайший отдел. Покупать я ничего не планировала, но не спеша обходила отдел за отделом. «Это похоже на бегство, — с грустью подумала я. — Я боюсь возвращаться домой и боюсь собственных мыслей».

Внезапно я увидела в витрине за своей спиной силуэт мужчины в темной ветровке и с трудом сдержалась, чтобы не закричать. «Здесь кругом люди», — напомнила я себе. Мужчина разглядывал выставленные в витрине украшения и не обращал на меня внимания. Я попятилась от него, а потом почти побежала к выходу.

В кафетерии выпила кофе и вроде смогла успокоиться. «Все, что происходит, происходит в моем воображении, — помешивая ложкой кофе, думала я. — На самом деле ничего нет. То есть я придаю происходящему совершенно другое значение. Я его видела, — саму себя перебивая, с тоской подумала я. — Он там был. Он был там, когда погибла Людмила. И сегодня опять...» Поверить в это — значит, скоро оказаться в клинике для душевнобольных. Надо ехать домой, заниматься привычными делами, а не забивать голову чепухой.

Через полчаса я была дома. Приготовила ужин, устроилась в кресле с книгой. Встала, задернула шторы на окне. Включила свет во всей квартире, даже в туалете. Несколько раз прошла от входной двери до окна напротив. Я боялась. Я не знаю, чего я боялась, но страх не давал расслабиться, думать о привычных вещах. Я торопливо придвинула телефон, позвонила знакомому, с которым никогда больше не собиралась встречаться, и через полчаса он ждал меня в кафе. Мы поужинали, затем он проводил меня домой и с моего молчаливого согласия поднялся в квартиру. Я не хотела, чтобы он оставался, но еще больше не хотела оставаться одна. Позднее, когда он уснул, я думала о том, какая я идиотка, что позволила нашим отношениям зайти так далеко, злилась на себя, на него и уж точно ничего не боялась.

Утром я усиленно изображала хорошее настроение. В конце концов Дима ни в чем не виноват: ни в моих страхах, ни в отсутствии у меня чувств к нему, то есть чувства были, симпатия, к примеру, но он ждал от меня другого. Раскаяние заставляло меня растягивать губы в улыбке и прятать взгляд.

— Отвезешь меня на работу? — спросил Дима.

— Конечно, — ответила я. Нам было по пути.

Возле офиса, где он работал, мы простились. Все мои силы ушли на то, чтобы придумать правдоподобное объяснение, почему мы в ближайшее время не сможем увидеться. Хороша же я буду, если сегодня вечером сама позвоню ему. Я качала головой и вздыхала, размышляя над этим.

Подъезжая к месту работы, я поймала себя на том, что высматриваю Ольгу. Ее машины на стоянке я не заметила, возможно, она еще не приехала, я сегодня оказалась у офиса довольно рано.

Заняв место за своим рабочим столом, я проверила почту. Ничего необычного. Признаться, это меня удивило. По неведомой причине я пребывала в страшном напряжении, хотя правильнее было бы назвать это ожиданием. Стрелки показывали девять часов, а Ольга так и не появилась. У нее могла быть назначена встреча. Правда, начальство мы предупреждали заранее, опоздания не приветствовались, и на опоздавших смотрели косо.

— Здравствуй, Ульяна, — подошел ко мне Сергей Юрьевич.

— Доброе утро, — отозвалась я, не удержалась и спросила: — У Ольги сегодня встреча?

По тому, как он перевел взгляд на ее стол и нахмурился, я угадала ответ раньше, чем он произнес:

— Мне об этом ничего не известно.

Он пошел дальше, а я досадливо поморщилась. Что, если Ольга просто опоздала? А я, обратив на это внимание Сергея Юрьевича, подвела ее? Прошло полчаса, потом час. Ольга не появилась. Когда Сергей Юрьевич вновь оказался в досягаемой близости, я спросила:

— Ольга не звонила?

— Нет. — Он задумался, пожал плечами. — Странно.

В самом деле странно, в случае болезни сотрудники незамедлительно сообщали о том, что не выйдут на работу.

— Кто-нибудь знает, что с Ольгой? — не выдержала я.

— Что, до сих пор не пришла? — отозвалась Нина Львовна.

— Кажется, у нее встреча, — крикнула Аня Куликова, потому что находилась довольно далеко.

— Это точно? — не унималась я.

— Ну... она что-то говорила вчера... если заболела, так сообщит.

Прошел еще час.

— У кого есть номер ее мобильного? — громко спросила я.

— У Сергея Юрьевича, — ответила Нина Львовна, глядя на меня с беспокойством. — По крайней мере должен быть.

Она решительно направилась к кабинету начальника. Вернулась минут через пять.

— Дома ее нет, сработал автоответчик. Скорее всего, действительно встреча. Вот номер ее мобильного. Она не отвечает.

Я кивнула и набрала номер, сверяясь с цифрами на бумажке, которую положила на стол Нина Львовна. «Аппарат вызываемого абонента выключен». Маловероятно, что Ольга отключила мобильный. Хотя, возможно, встреча представляется ей исключительно важной, и она в самом деле выключила телефон, чтобы не помешали разговору.

В течение следующего часа я звонила еще дважды. Нервозность моя росла. Я готова была бросить все и бежать на поиски Ольги, если бы представляла, где она может находиться. Тут в нашей комнате, разделенной перегородками, появился Сергей Юрьевич.

— Девчонки, — сказал он неуверенно. Все подняли головы от документов и уставились на него. Аня и Нина Львовна быстро переглянулись.

— Наконец-то, — зашептала за моей спиной Зинаида. — Сейчас поведает, что нас покидает. Может, скажет, кого назначат?

По тому, с каким интересом все смотрели на Сергея Юрьевича, стало ясно: не одна Зинаида так думает. Но почему-то я была уверена, что нас ожидает другое известие. Сергей Юрьевич выглядел растерянным и даже подавленным. С таким выражением лица не сообщают, что уходят на долгожданное повышение.

— У нас... даже не знаю, как сказать... В общем, с Ольгой Лосевой несчастье...

В наступившей тишине кто-то выронил папку с бумагами, листы разлетелись по проходу. Я напряженно наблюдала за ними, пока последний лист не опустился чуть в стороне, и тогда смысл сказанного дошел до меня.

— Что с ней? — громко спросила я, все дружно повернулись в мою сторону.

— Авария... не справилась с управлением.

— Где она сейчас? — вновь спросила я. — В больнице?

Сергей Юрьевич кашлянул, точно стыдясь того, что собирался сообщить.

— В морге, девочки. Вот такие у нас дела, — развел он руками.

Я сидела не шелохнувшись, все еще сжимая авторучку в правой руке, левая лежала на столе. Кажется, ничто на свете не способно заставить меня сменить позу. У меня просто нет сил сделать малейшее движение. «Только не говори, что ты удивлена, — с каким-то извращенным удовлетворением подумала я. — С самого утра ты ожидала чего-то подобного... Нет, не с утра. Со вчерашнего вечера, когда вновь увидела того парня. Азазель, злой дух пустыни. Вестник несчастья. Я думала, что беда грозит мне, а погибла Ольга. Случайно погибла? Что это за случайность, о которой некто знает заранее?»

— О господи! — воскликнула Нина Львовна, и этот возглас привел меня в чувство.

Остаток рабочего дня все только и обсуждали эту новость. Два несчастных случая подряд, не слишком ли много? Я пошла в кафетерий выпить чаю, раз все равно невозможно сосредоточиться на работе, вскоре там появилась Юлька.

— Слышала новость? — спросила она, подсаживаясь ко мне.

— Слышала.

— Не могу поверить. Подробностей никто не знает.

Сегодня мать Ольги позвонила шефу и сообщила о ее гибели. — Юлька нервно ерзала, присматриваясь ко мне.

— Думаю, мне надо идти в милицию.

— Зачем? — удивилась она, что, в свою очередь, удивило меня.

— Рассказать о письмах, которые мы получили.

— Письма-то здесь при чем? Слушай, не надо никакой милиции, — перешла она на шепот, тревожно оглядываясь.

— Понимаю, тебе эти письма кажутся ерундой, — кивнула я. — Но...

— Да не в этом дело, — перебила Юлька. — Произошел несчастный случай, то есть целых два несчастных случая. И очень хорошо, что в милиции так решили.

— Что-то я тебя не пойму, — растерялась я.

— А если им придет в голову, что несчастный случай кто-то подстроил? Кто, по-твоему, первый попадет под подозрение? Начнется следствие... — Я смотрела на нее, не понимая, куда она клонит. — Что ж ты такая бестолковая, — вздохнула Юлька. — Шеф рассматривал кандидатуры трех человек на место вашего Юрьевича. Твою, Людкину и Ольгину. Теперь двое погибли. Что, по-твоему, решат в милиции?

— Да ты спятила, — с трудом оправившись от услышанного, пробормотала я.

— Ничего подобного. Я-то как раз рассуждаю здраво. Если им понадобится козел отпущения, они легко его найдут, стоит лишь переговорить с шефом. Я-то тебя хорошо знаю, а вот менты нет. Задолбают вопросами. Где вы были вчера в восемь часов вечера?

— Она погибла в восемь? — спросила я.

— Не знаю я, когда она погибла.

— Я вчера весь вечер провела с парнем.

— Рада, что у тебя есть алиби, — хмыкнула Юлька. —

Не смотри на меня так. Я вовсе не думаю, что ты имеешь какое-то отношение к несчастным случаям. Но люди могут решить иначе. На фига тебе неприятности? Шеф завтра подпишет приказ...

— Юлька, — сказала я.

— Ну...

— Ты веришь, что кто-то мог...

— Я даже думать об этом не хочу, потому что тогда выходит, что где-то рядом бродит псих, к тому же убийца. Все начнут подозревать всех. И выйдет палата № 6, а не трудовой коллектив. Нам же здесь работать.

— Скажи, кто-то в самом деле... — начала я, тщательно подбирая слова. — Кто-то действительно думает, что я...

— Если только законченный идиот. А вдруг один такой отыщется в милиции? Ты ведь не считаешь, что Ольгу убили? — приглядываясь ко мне, спросила Юлька.

— Убить можно по-разному. Можно испортить тормоза в машине, а можно довести человека до такого состояния, что он сам в столб въедет.

— Вот-вот. Скажи это ментам, и тут такое начнется...

— Я знаю, что после гибели Людмилы Ольга здорово нервничала. И боялась.

— Чего?

— Азазеля, — поморщилась я, прекрасно понимая, как глупо это звучит.

— Я и говорю, палата № 6. Слушай, ты что, тоже боишься? — вдруг озарило ее. — Ты боишься, что... ведь и ты получила письмо.

Я не знала, что ответить. Я боюсь, потому что меня преследует злой дух? Это серьезный повод обратиться к психиатру. Я боюсь человека, который называет себя Азазель? Допустим. Только вот с какой стати неведомому мне человеку желать моей смерти? Когда я произнесла это вслух, получилось еще глупее.

— Да-а, — покачала головой Юлька. — Просто не знаю, что сказать на это. Допустим, кто-то имеет виды на место Сергея Юрьевича и сознательно доводит людей до такого состояния. Кто это может быть?

Я пожала плечами.

— Я даже не уверена, что это имеет отношение к работе.

— Ну, милая... тогда я не знаю, что и думать.

— Можешь узнать фамилию парня, что расспрашивал нас о Людмиле?

— Без проблем. Позвоню в отделение. Только не говори потом, что я тебя не предупреждала...

— Узнай побыстрее. Я хочу пораньше уйти с работы.

Через полчаса Юлька положила на мой стол лист бумаги.

— Борисов Олег Михайлович, — прочитала я.

— Это тут неподалеку, — сказала она. — На Тимирязева. Хочешь, пойду с тобой?

— Пошли, — пожала я плечами. Но идти мне пришлось одной. Шеф, по словам Юльки, завалил ее работой.

Улица Тимирязева действительно находилась неподалеку от нашего офиса. Я не была уверена, что застану Олега Михайловича, и потому волновалась. Впрочем, причин для волнения было более чем достаточно. Мысль о том, что кто-то может решить, будто я причастна к происходящему, откровенно меня пугала, но я-то знала, что это не так. Собственные доводы казались несерьезными, а история, которую я собиралась рассказать, попросту нелепой.

Я была готова свернуть на полдороге, но еще сильнее

во мне было желание все рассказать. На мгновение замешкавшись, я с тяжелым сердцем вошла в здание. У дежурного узнала, где найти Борисова. В кабинете он был один, разбирал бумаги, сидя за столом, лицо его казалось усталым, и я вдруг испугалась. Зря я сюда пришла, он не будет меня слушать. И не сбежишь теперь.

— Здравствуйте, — робко сказала я.

Он поднял голову и неожиданно улыбнулся.

— Здравствуйте. Проходите. Ульяна, кажется?

— Вы меня помните? — удивилась я и тут же испугалась, с чего это ему меня помнить? Или Юлька права: меня действительно подозревают?

— Еще бы не помнить такую красивую девушку. И имя у вас редкое. Вы тогда были очень расстроены, иначе бы заметили, что своей красотой сразили меня наповал.

— Вы шутите, — нерешительно улыбнулась я.

— Нет. Присаживайтесь. Одну минутку. — Он вскочил. — Лучше на этот стул. Тот расшатанный, на нем сидеть неудобно. Ну, вот... Слушаю вас очень внимательно.

— Я... я пришла поговорить с вами.

— Хорошо, — кивнул он. Кажется, ситуация его забавляла.

Я пригляделась к нему. Он прав, в прошлую нашу встречу я была так потрясена гибелью Людмилы, что его лицо не осталось у меня в памяти, теперь я точно впервые видела его. Симпатичный молодой человек лет двадцати семи. Обручальное кольцо на пальце отсутствует. Впрочем, это ничего не значит. Хотя... возможно, я действительно вызываю у него симпатию, и у меня появляется надежда, что он хотя бы выслушает меня. Выслушать он обязан. Молчание затягивалось, я почувствовала еще большую неловкость, вздохнула и сказала:

— Вы, наверное, знаете. Еще одна девушка погибла.

— Какая девушка? — не понял он. — Что, кто-то еще упал с лестницы?

— Нет. Разбилась на машине. Ольга, Ольга Лосева. Так вы не знаете? — Ясно, что не знает. А может, притворяется?

— Девушка работала вместе с вами?

— Да. И вчера она разбилась.

— Вы думаете, это как-то связано? — вкрадчиво спросил он, а я опять испугалась.

— Довольно странно: два человека, которые вместе работают, погибают в течение двух дней.

— К сожалению, несчастные случаи не такая уж редкость. Но ведь есть еще что-то, что вас насторожило?

— Так вам рассказали?

— О чем?

Я вздохнула, сообразив, что мы очень долго будем задавать вопросы друг другу.

— В тот день мы получили электронные письма. Абсолютно одинаковые...

Он слушал не перебивая, смотрел на меня, хмурился, а я, начав рассказывать, почувствовала облегчение. И мой рассказ вовсе не казался мне глупым, а доводы, которые я приводила, были убедительны, по крайней мере для меня самой. Я очень надеялась, что для него тоже.

— Что ж, — когда я замолчала, произнес он, выдержав паузу. — Впечатляет. Кто-то запугивает людей, они теряют контроль над собой и гибнут. А предполагаемая причина, по которой некто это делает, место начальника отдела. Все правильно?

— Причина вам кажется незначительной?

— У нас вчера мужика убили. Стукнули по голове обрезком железной трубы. Знаете, что не поделили? Ворованную куртку. Говорите, оклад у начальника приличный? Вполне могли убить. Вы посидите здесь немного, я сейчас.

Он вышел из комнаты, а я осталась рассматривать стены, облезлый стол, сейф в углу, полку, заваленную папками. Кабинет выглядел поразительно унылым, но мне не хотелось его покидать.

Олег Михайлович отсутствовал довольно долго. Я терпеливо ждала, разглядывая уже знакомые предметы, дверь открылась, он вошел, улыбнулся и устроился за столом.

— Лосева Ольга Леонидовна, вчера в 23.25, находясь в состоянии алкогольного опьянения, не справилась с управлением... Скорость была километров сто двадцать — сто тридцать, немудрено не справиться, да еще в состоянии опьянения.

— Вы считаете, я все выдумала? Начиталась детективов и...

— А вы любите детективы? — улыбнулся он. Ему хотелось разрядить обстановку, но вместо благодарности у меня это вызвало досаду.

— Иногда читаю. Редко.

— Успокойтесь. Я вам верю.

Признаться, я растерялась. Смотрела на него, не зная, что на это сказать.

— Девушка была напугана, выпила, чтобы снять напряжение. Потом решила, что ничего страшного не произойдет, если она сядет за руль. Возможно, кто-то именно на это и рассчитывал.

— Значит, вы будете искать этого человека? — боясь поверить в удачу, спросила я.

— Ульяна... как вас по отчеству?

— Можно без отчества.

— Отлично. Тогда я тоже просто Олег. Так вот, у нас

нет никакого основания считать, что эти происшествия не являются несчастным случаем.

— Даже после того, что я вам рассказала?

— Вы ведь сами говорите, что были напуганы и даже согласны с тем, что молодой человек...

— Плод моего воображения, — усмехнулась я. — Ничего подобного...

— Поверьте мне, для моего начальства одних ваших слов мало. Я вот что подумал. Если следовать вашей логике, этот Азазель обязан себя проявить. Может, нам повезет, и мы найдем шутника.

— Мы?

— Ага. Хотите, буду вас охранять в свободное от основной работы время?

— Не хочу, — ответила я, поднимаясь.

— Я серьезно, — вроде бы обиделся он. — Вам будет спокойнее.

— Мне уже гораздо спокойнее. Теперь я буду знать, что, если завтра мне случайно упадет на голову кирпич, вас это, возможно, заинтересует.

— Ну зачем вы так, — вроде бы огорчился Олег Михайлович.

Наверное, он действительно испытывал ко мне симпатию и даже не прочь был помочь, но при этом считал, что меня мучают глупые страхи. Две женщины погибают одна за другой, и в вещах обычных или случайных мне видится чей-то злой умысел. Ах, как бы я хотела, чтобы Олег оказался прав. Сама я уже не сомневалась в том, что злой умысел существует.

— Я провожу вас, — предложил Олег. — Рабочий день у меня закончился, а нам по пути.

— Откуда вы знаете?

— Уверен. Где бы вы ни жили, нам все равно по пути.

Он сумел меня рассмешить.

— Я на машине, — улыбнулась я. — Так что могу вас подвезти.

— Вот здорово.

Конечно, нам оказалось не по пути, но я отвезла его домой, по дороге мы даже заглянули в бар, где выпили по чашке кофе и перешли на «ты». Я чувствовала, что тема подозрительных несчастных случаев не очень-то его занимает, он предпочел бы поговорить о чем угодно, лишь бы не о предполагаемых убийствах, и это было понятно. Я тоже говорила о них без удовольствия. Я боялась впасть в панику и стать беспомощной. Пока я способна рассуждать здраво, пока я способна держать себя в руках, я... что? Тешу себя надеждой, что справлюсь с ситуацией?

— Ульяна, — позвал Олег, касаясь моей руки. — Может, не стоит так переживать? Я верю, что у тебя есть основания... но ведь это действительно может быть совпадением.

— Да-да, конечно, — кивнула я.

На следующий день Олег появился в нашем офисе. Его приход вызвал недоумение у сотрудников, из чего я заключила: вряд ли кто из них связывает между собой два несчастных случая. Вопросы, которые задавал Олег, казались им по меньшей мере странными.

— Парень интересовался, намечались ли у нас кадровые перестановки, — с едва скрытой усмешкой рассказывала Нина Львовна, когда мы обедали в кафе. — Скажи на милость, при чем здесь кадровые перестановки? И зачем вообще эти вопросы? В милиции как будто сомневаются, что это несчастный случай?

Олег своим поведением не дал людям повода думать, что мы встречались помимо этих стен, на беседу со мной потратил столько же времени, что и на других, был подчеркнуто вежлив и обращался по имени-отчеству. Так что вопрос Нины Львовны меня немного удивил. Почему она решила, что мне известно больше, чем другим? Или ничего она не решала, а просто болтает за обедом? В другое время болтала бы о погоде, а сейчас на уме у всех гибель девушек. Похоже, я становлюсь чересчур подозрительной, в самых обычных словах мне видятся скрытые намеки.

— Откуда же мне знать? — ответила я резче, чем мне бы хотелось.

— Ну, вы дружите с Юлькой. Может, начальству что-то известно?

— О чем? Что может знать начальство о несчастных случаях?

— Этот парень здесь появился не зря, — перешла она на шепот. — С какой это стати ему тратить свое время, если дело выеденного яйца не стоит?

— Не нам судить, что должна делать милиция в таких случаях, — ответила я, стараясь дать понять, что тема меня не занимает. Еще немного — и я начну подозревать, что Нина Львовна не просто так завела этот разговор.

Я вдруг подумала, что, в сущности, ничего о ней не знаю. Впрочем, так же как и о других своих коллегах, за исключением разве что Юльки. А что я знаю о Юльке? Знаю, как зовут ее парня, знаю, что она мечтает купить джип «Чероки» зеленого цвета, любит шоколадное мороженое и мартини и прочее в том же духе, но все эти сведения не давали ответа на вопрос: как поведет себя Юлька в ситуации, подобной нашей. Смогла бы она, к примеру, сделать пакость, если бы усмотрела в этом для себя выгоду? Вопросами морали она не очень себя утруждала, но все-таки мне не хотелось бы думать о ней плохо. В общем, выходило, что и о Юльке я ничего не знаю наверняка, что же говорить о прочих? Я могу более-менее объективно сказать, каким специалистом является тот или иной мой коллега, а все остальное...

Я взглянула на Нину Львовну и подумала, что в поисках ответа пытаюсь прочитать ее мысли. Если бы это было возможно... А может, наоборот, это благо, за которое мы должны благодарить бога? Что, если бы я точно знала: вот сейчас Нина Львовна думает: «Я хочу, чтобы ты исчезла, растворилась, чтобы тебя не стало, тогда у меня будет шанс получить повышение». Да, неуютно. А читать мысли любимого... «Боже, как ты мне надоела», ведь все мы хоть однажды думаем так даже о самых дорогих нам людях. Стыдимся этих мыслей, прячем их... Если верить Юльке, Нину Львовну в числе кандидатов на повышение не называли. Но сама она вполне может надеяться на повышение. И с этой целью?.. У нее милое лицо. В молодости наверняка была красавицей, да и сейчас мужчины, скорее всего, обращают на нее внимание. У нее должен быть сообщник, парень в черном свитере. Почему парень? Мужчина. Может ли человек с таким лицом, как у нее, хладнокровно убить? А кто может? «Прекращай все это», — с тоской подумала я.

— И все-таки странно, — нахмурилась Нина Львовна. Заплутавшись в своих мыслях, я так и не поняла, что она имеет в виду.

Часов в пять Олег позвонил мне на мобильный.

— Ульяна, я сегодня полдня провел в вашем офисе...

— Я знаю.

— Конечно, знаешь. В общем, никакого парня в свитере никто на этаже не заметил. Но у вас там действительно проходной двор. Свидетелей падения девушки тоже нет, она осталась одна всего на несколько минут, именно тогда все и произошло. Если честно, у меня не возникло ощущения, что кто-то... Я почти уверен, ты беспокоишься напрасно. Но чтобы быть абсолютно уверенным, я сегодня поговорю по поводу этой аварии.

— Спасибо, — сказала я, испытывая неловкость, даже не потому, что прибавила ему хлопот, было обидно думать, что он считает меня истеричкой или особой с чересчур развитым воображением. Одно ничуть не лучше другого.

— Я перезвоню тебе домой, — сказал он, а я опять поблагодарила.

Вернувшись домой, я приготовила ужин. Я боялась выходить из кухни, потому что меня неудержимо тянуло к компьютеру. Салат остался недоеденным. Досадливо отбросив салфетку, я пошла в свой закуток. Послания не было, что меня не удивило, я проверяла почту на работе.

Позвонил Олег.

— Я могу к тебе зайти?

— Можешь.

Он приехал минут через двадцать, я ждала его, нервно вышагивая в узкой прихожей.

Я включила компьютер, открыла почту. Олег смотрел на монитор и молчал. И вдруг я поняла, что он испытывает неловкость. Конечно, в этом обмене посланиями он не видел ничего угрожающего.

— По крайней мере он выражается дипломатично, — вздохнул Олег, переводя взгляд на меня. Он улыбнулся, точно извиняясь. Наверное, и мне, да и ему было бы легче, если б в письме содержалась откровенная угроза. — Знаешь что, постарайся меньше думать об этом. Тебе любой психолог скажет... — Он вдруг придвинул клавиатуру, пальцы привычно задвигались, а я стояла за его спиной и читала. «Пошел к черту, придурок». Он дал команду «отправить» и получил ответ «укажите правильный адрес». Адрес был тот же, просто он более не существовал. — Шутник, — усмехнулся Олег.

— Скорее всего, он не хочет говорить с тобой, — заметила я.

— Со мной? — насторожился он. — По-твоему, он... Прекрати. Это уже не смешно. Ты сама себя запугиваешь.

— Расскажи мне об этой аварии, — сменила я тему.

— Машину заметил таксист. Она обогнала его на сумасшедшей скорости возле универмага. Точно за ней черти гнались, как он выразился. Он свернул в Костерин переулок, забрал пассажира и поехал в сторону цирка. Пассажир ждал его возле подъезда, так что потратил он на дорогу минут пять. За это время все и произошло. Он вызвал милицию и «Скорую», но «Скорая» не понадобилась.

— Никаких других машин он не заметил? — спросила я.

— Машины, конечно, были, но движение в это время не такое оживленное, иначе она просто не смогла бы лететь как угорелая. Но то, что ее никто не преследовал... Ульяна, — вздохнул он. — Она была пьяной, такой пьяной, что вряд ли соображала...

— Да. Ты уже говорил.

Я предложила ему чаю. Обсуждать то, что меня сейчас волновало и мучило, бессмысленно, вести беседу о пустяках выше моих сил. Чай давал возможность избежать разговоров, оставаясь гостеприимной хозяйкой.

Олег пытался меня развлечь, но быстро понял, что это не в его силах. Простился и ушел. А я, до того момента с нетерпением ожидавшая, когда же это наконец произойдет, вдруг испугалась. Было просто невыносимо оставаться в квартире одной. Я переоделась и вышла во двор. Моя машина находилась на стоянке неподалеку от дома. Я подошла к ней, достала ключи и вдруг попятилась, машина выглядела угрожающе. Я не могла понять, что изменилось, но точно знала, что она таит угрозу. Я резко повернулась и направилась к троллейбусной остановке.

Я поехала в кинотеатр, фильм шел тот же, что и в прошлый раз, я смотрела на экран, но не понимала, что там происходит, да и не очень-то меня это волновало. В темном зале я могла расслабиться и думать спокойно. Права я или нет, но Олег тоже в одном, безусловно, прав: я не должна распускаться, впадать в панику. Спокойствие и здравый смысл. Я непременно во всем разберусь.

Я зябко поежилась. В том состоянии, в котором находилась Ольга, она вполне могла прибегнуть к выпивке, чтобы расслабиться. Олег говорит, что машина была исправна и Ольга просто не справилась с управлением из-за большой скорости и замутненного алкоголем рассудка. Вот только что заставило ее сесть за руль в таком состоянии? Или ей было до такой степени все равно?

Фильм внезапно кончился, говорю — внезапно, потому что, по моим представлениям, прошло совсем немного времени. Оказалось — два часа. Я поднялась и пошла к выходу. Площадь возле кинотеатра быстро пустела, я направилась к остановке, но неожиданно передумала и решила прогуляться. Я шла, сунув руки в карманы пальто, слыша стук собственных каблуков по асфальту. Вечер выдался теплым, и я незаметно для себя принялась мечтать. Мечты увлекли меня, я не заметила, как свернула к дому.

И вдруг все изменилось. Я сбилась с шага, потому что почувствовала: кто-то смотрит мне в затылок. Тяжело смотрит, точно готовясь нанести удар. Я резко оглянулась. Улица была пуста. Ни людей, ни машин. За каждым окном люди, много людей, но чувство одиночества навалилось на меня с такой силой, как будто я была одна во всем мире. «Ерунда, — подумала я. — В окнах свет, я могу закричать, и меня услышат, кто-нибудь непременно услышит». «Я на тебя смотрю», — вспомнила я и зябко передернула плечами. Двор тонул в темноте, здесь свет в окнах уже не горел, время позднее, а в доме живут в основном пенсионеры.

Я быстро направилась к подъезду, стараясь думать о чем-то приятном. О чашке чая при свечах, о любимой книге. Но страх не проходил, он вгрызался в меня, леденя спину, и я вдруг поняла его причину: я слышала шаги. Стук моих каблуков и еще чьи-то тяжелые шаги, которые отбивали секунды моей жизни. Одна, две, три... Я бросилась бежать. Уже возле двери решила оглянуться, двор был пуст. Я напряженно вслушивалась в тишину, прижавшись к двери спиной. «Это игра воображения, я сама себя пугаю. Здесь никого нет. Никого». И все-таки я чувствовала взгляд. Он здесь, он просто затаился. Вон там, в кустах. Смотрит на меня.

— Кто здесь? — крикнула я, но крика не получилось. Хрип, шепот. Я попыталась сбросить оцепенение, заставить себя открыть дверь и вдруг шагнула назад. Второй шаг, третий... Я уже возле кустов. Безумие, безумие... что я делаю? С громким мяуканьем из кустов выскочила кошка, я отшатнулась, а потом бросилась бежать, опомнилась, лишь оказавшись на остановке. Вот так сходят с ума. Ольга села в машину, пытаясь убежать. От кого? От самой себя, своих страхов? Я достала платок, вытерла вспотевшее лицо. Я не знаю, как преодолеть темный двор. Я боюсь темноты, а еще больше своих мыслей. Это только мои мысли. Помни, ты сама себя пугаешь. Если ты сейчас не пойдешь домой, ты уже никогда не сможешь туда вернуться. Никогда. Сжавшись в комок, готовая закричать в любую минуту, я вошла во двор. Кошка сидела у подъезда и жалобно мяукала, глядя на дверь. Это неожиданно меня успокоило. Все как обычно, теплый вечер, и я возвращаюсь одна. Я открыла дверь и сказала кошке:

— Заходи.

Она грациозно прыгнула вперед и вдруг яростно зашипела, выгнула спину и бросилась прочь от подъезда. Я растерянно отшатнулась. В подъезде не горел свет. Такое часто случалось, и я успела к этому привыкнуть. Начала подниматься по лестнице, держась за перила, с трудом нащупав их в темноте. На меня нашло странное безразличие, мне казалось, что даже страха во мне не осталось. Я сделала на ощупь еще несколько шагов и остановилась.

— Здесь есть кто-нибудь? — прошептала я. Тишина, потом тихий стук. Раз-два, раз-два. Мне надо добраться до ближайшей квартиры и позвонить. Или закричать. Прямо сейчас. Но я молчала, медленно поднимаясь по лестнице. Свет не горел во всем подъезде, но когда я достигла лестничной клетки, темнота уже не казалась абсолютной, из окна между первым и вторым этажом пробивался свет, нет, не свет, просто само окно казалось светлее. На ходу я достала ключи из сумки, долго не могла попасть в замок. Дверь со скрипом открылась, я уже хотела войти в квартиру, но вдруг повернулась и едва не лишилась чувств. На фоне окна был четко виден силуэт мужчины. Не помню, как я влетела в квартиру, включила свет и заперла дверь. В следующий момент я оказалась перед зеркалом, я видела свое бледное лицо — не лицо, маску ужаса, с перекошенным ртом, безумными глазами. Это я? Неужели это я?

Зазвонил телефон, я испуганно вздрогнула и схватила трубку.

— Ульяна, — услышала я голос Олега, — ты где была? Звоню в пятый раз.

— Я... я его видела, — пробормотала я и тут же пожалела об этом. Придется что-то объяснять, а я не смогу, не сумею.

— Кого видела? — насторожился Олег.

— Не знаю. Мужчину. Он шел за мной. Я слышала его шаги, а потом увидела его в подъезде. Он стоял у окна.

— Он что, напал на тебя? — растерялся Олег.

— Нет. Просто стоял.

— Он вошел вслед за тобой в подъезд?

— Наверное. Нет. Я думаю, он уже был там. Дверь подъезда не хлопнула. Я не слышала, как он поднимался по лестнице, но увидела его возле окна.

— Я сейчас приеду и разберусь с этим типом.

— Вряд ли он еще там. Почему-то его вижу только я. Скажи, я сумасшедшая?

— Не болтай глупостей. Кто-то тебя пугает. И ты знаешь почему. Кто-то хочет занять твое место. Мы этого шутника найдем, вот увидишь.

— Да, конечно. Спокойной ночи. — Мне хотелось побыстрее закончить разговор, потому что я не видела в нем смысла. Олег будет говорить какие-то слова, наверное, правильные, а я буду соглашаться, осознавая их бессмысленность.

— Может, мне все-таки приехать?

— Нет, — отмахнулась я и повесила трубку.

Сняла пальто, не зажигая света в комнате, разобрала постель, легла и натянула одеяло на голову. Свет в прихожей оставила включенным. Я боялась, что не смогу уснуть, но заснула, кажется, мгновенно. В ту ночь мне снился сон, который уже давно не приходил ко мне и который, как мне казалось, я успела забыть. Жаркий летний день, деревенский пруд, стайка ребятишек плещется возле берега. Вон та маленькая девочка — это я. На мне желтые трусики и резиновая шапочка. Она мне очень нравилась, я всегда надевала ее, когда шла купаться, хотя волосы все равно намокали. Я старательно собирала волосы в пучок и натягивала шапочку. Из-за этой шапочки я казалась себе очень взрослой. Может, потому, что у моей двоюродной сестры была точно такая же, а она уже большая девочка. Мальчишки катят к воде камеру, так накачанную воздухом, что она не проминается под руками. Камера падает в воду, брызги разлетаются во все стороны. Дети визжат, отворачиваясь, закрывая лица худенькими загорелыми до черноты руками. Потом залезают на камеру, толкаясь, пихаясь, сбрасывая друг друга, весело визжат. В конце концов их остается четверо — двое мальчишек и две девочки — одна с косичками, другая в зеленой шапочке. Они садятся поудобнее, свесив ноги, отчаянно колотят ими по воде, камера с детьми все дальше и дальше уплывает от берега. Мне, не той маленькой девочке, а сегодняшней, взрослой, становится горько, потому что я знаю, что будет дальше. Вот спрыгнул один мальчишка, потом второй, они наперегонки плывут к берегу. «А ты плавать не умеешь», — слышу я насмешливый голос девочки с косичками. «Это ты не умеешь». — «Я умею, а ты нет». Я встаю на четвереньки и отважно бросаюсь в воду. Девочка с косичками, не удержавшись, тоже падает в воду, камера от толчка переворачивается и задевает ее по голове, девочка исчезает под водой, но та, другая, в зеленой шапочке, этого не видит. Вытянув шею и отчаянно колотя руками по воде, она плывет к берегу, счастливо крича: «Попробуй догони». Но та, вторая, ее не слышит. Раскинув руки, она медленно опускается на дно. Сквозь зеленоватую воду я вижу ее лицо, ее раскинутые руки, открытый рот. Я хочу крикнуть: «Помогите!», кричу, но меня никто не слышит, невозможно докричаться до прошлого.

Дети, там, на берегу, ничего не замечают, мальчишки спорят, кому плыть за камерой, а девочка в зеленой шапке, довольная, гордая своей победой, бежит по тропинке, размахивая руками: «Не догонишь, не догонишь».

Я проснулась от собственного крика. Вскочила и быстро огляделась. В прихожей горит свет, за окном ночь. Это просто кошмарный сон. Ничего нет. И никогда не было. То есть этот сон снился мне и раньше, теперь я совершенно отчетливо вспомнила. И сам сон, и как я просыпалась с залитым слезами лицом, а мама, обняв меня, шептала: «Не бойся, это тебе приснилось». А сон приходил вновь и вновь. Мама повела меня к врачу. Седые волосы выбивались из-под белой шапочки, женщина казалась мне старой и очень строгой, хотя говорила со мной, ласково улыбаясь. Голос ее звучал тихо, успокаивающе. «Снов не надо бояться, деточка».

Сколько лет мне тогда было? Пять, шесть? Я вдруг очень отчетливо представила лицо утонувшей девочки. Две косы, банты вечно развязываются, и красные ленты болтаются за ее спиной. «Ты — Улька-зверулька», — кричит она, и это кажется мне невероятно обидным, слезы душат, я сжимаю кулаки, крича в ответ: «А ты, а ты...», и ничего не могу придумать. «Ленка-пенка», — наконец озаряет меня, я вытираю слезы, довольная собой. «А тебя зовут, как старенькую бабушку», — кричит она. В ее устах мое имя как оскорбление, и я опять начинаю реветь, потому что Лена звучит совершенно обыкновенно, вызывая у меня страшную зависть к обладательнице этого имени.

— Ее звали Лена, — пробормотала я, нащупав ногами тапочки. Я сидела, опершись ладонями в колени, сердце бешено стучало, я слышала звук своего дыхания, тяжелого, с хрипом, и вдруг точно ветер прошел по комнате, касаясь моих плеч, а меня сковал ужас, я отчетливо ощущала чье-то присутствие, я не могла этого объяснить, но точно знала, что рядом кто-то есть, незримый, но всевидящий. Я сцепила зубы и замерла, боясь, что закричу от ужаса. Я знала, что крик не поможет, зажмурилась, сжалась в комок.

Не помню, сколько я так сидела, небо за окном начало сереть, я смогла глубоко вздохнуть и подняться. Включила свет, убежденная, что это не поможет справиться со страхом, в темноте или при свете, он рядом. Нечто, не поддающееся определению, то, чему не было слова в привычном языке. Может быть, Азазель? Пожалуй, я даже была готова смириться с его присутствием, не это меня сейчас волновало.

Я достала из шкафа альбом со своими детскими фотографиями. Вот мне три года. В то лето мы ездили в Евпаторию. Ботанический сад, кусты роз... опять море. Так, это уже следующий год, мое четырехлетие. Новогодний утренник в детском садике. День рождения двоюродной сестры, мой день рождения, опять утренник. А вот летние фотографии, под ними подпись «Геленджик» и дата. Здесь мне уже шесть лет. Каждое лето мы ездили куда-то отдыхать, и после каждой такой поездки непременно оставались фотографии. Я пролистала альбом до конца. Вот здесь я уже в третьем классе, прекрасно помню эту поездку в Судак. Только на память об одном лете не осталось фотографий, лето, когда мне исполнилось пять лет. Я проверила другие альбомы, хотя прекрасно знала, что, если бы какие-то фотографии остались, они были бы в первом альбоме. Моя мама отличалась невероятной аккуратностью, все было разложено по годам и подписано. Я вновь вернулась к первому альбому. Лето, новогодние утренники, день рождения, а вот мы на даче у моей тетки, желтая листва, трехколесный велосипед. Велосипед мне купил папа, когда я пошла в подготовительную группу детского сада, то есть здесь мне уже шесть лет. Выходит, мама все же перепутала фотографии, эти должны быть после Геленджика. Я аккуратно вынула верхнюю. Фотографии явно переставляли местами. А вот и подпись, тщательно зачеркнутая. Три фотографии зачем-то поменяли местами. Или те, что были здесь, убрали, а на их место определили сделанные годом позже?

Я включила настольную лампу, поднесла к ней альбом. Я держала его так, чтобы свет падал снизу на нужную страницу. Двадцать лет назад мама тщательно зачеркнула подпись под фотографиями и даже передвинула фотографии, чтобы скрыть зачеркнутые надписи. Она зачеркнула надпись шариковой ручкой, за это время черная паста заметно поблекла, надпись под ней была сделала синими чернилами, я угадывала контуры букв. «Завидово» — пришло как озарение. Конечно, так называлась деревня, где мы отдыхали. А вот и дата. Все сходится. Это не мой ночной кошмар, я действительно была в этой деревне. Я помню. Зачем-то маме потребовалось убеждать меня в том, что мы там никогда не были. И даже переклеить фотографии в альбоме. Вряд ли фотографии, сделанные в то лето, сохранились, если даже надпись в альбоме она решила зачеркнуть. А если бы сохранились? Что бы я увидела на этих фотографиях? Мне стало трудно дышать. И воспоминания нахлынули одно за другим. Не воспоминания, обрывки воспоминаний, но вполне отчетливые. Вот мы входим с мамой в кабинет врача. Женщина с седыми волосами пристально смотрит, улыбается. Я боюсь врачей, я ненавижу их вопросы, мне хочется кричать и топать ногами, но мама просит ласково: «Доченька, пожалуйста, доктор с тобой просто поговорит». Что это за доктор?

Я бросилась к стеллажу с книгами, там внизу моя медицинская карта, когда меня переводили из детской поликлиники во взрослую, она каким-то образом оказалась дома и до сих пор лежит невостребованной. На здоровье я никогда не жаловалась. В последние годы не было даже простуды.

Я искала медицинскую карту, боясь, что во время очередной уборки просто выбросила ее. Но нет, она лежала в самом низу под документами на квартиру. Особенно пухлой ее не назовешь, я и в детстве не очень-то болела. Выписка из роддома, прививки, ОРВ в два года, когда меня отправили в ясли. Осмотр врачами перед школой. Опять прививки. В пять лет я ничем не болела, если верить вот этим бумагам. Может, врачи — тоже ночной кошмар? Я облизнула губы и взглянула на часы. Еще слишком рано, чтобы звонить маме.

Мои родители вот уже полтора года жили в Мексике. В последнем нашем разговоре папа намекнул, что, скорее всего, они останутся еще на год. Я позвоню маме и спрошу. О чем? О том, что мне вновь приснился кошмар, который, судя по всему, не давал мне когда-то покоя? Мама мастер задавать вопросы, придется ей както все объяснять. Нет, это не годится. Кто еще может знать? Тетя. Конечно, она должна знать, что произошло в то лето. Вот только захочет ли рассказать.

Я вышла на кухню, приготовила кофе. Несмотря на бессонную ночь, спать не хотелось. Страх внезапно покинул меня. Я была полна решимости все узнать. «Все узнать, — повторила я с усмешкой. — Все?»

В девять я была в офисе. Ко мне подошла Нина Львовна.

— Сегодня похороны Людмилы, — сказала почему-то шепотом. — Юрьевич говорит, надо ехать всему отделу. Ты как?

— Конечно, поеду.

— А у меня работы по горло... честно говоря, терпеть не могу похороны.

— Кто-то должен остаться здесь, — пришла я ей на помощь.

Через несколько минут, когда все уже были на своих рабочих местах, Сергей Юрьевич сообщил, что возле дома Людмилы нам надлежит быть в 10.30.

— Сегодня, как вы понимаете, не до работы, но помните, что эту работу за нас никто не сделает, так что...

Когда мы подъехали к дому, где жила Людмила, там уже стоял автобус с музыкантами. Музыканты прошли к подъезду, старательно обходя разбросанный по асфальту лапник. Женщина в черном платке вынесла две табуретки.

— Идем в квартиру? — нерешительно предложил Сергей Юрьевич.

— Я здесь подожду, — покачала я головой, убежденная, что и без нас в квартире сейчас тесно. Однако очень скоро выяснилось, что родни у Людмилы немного. Похоронами распоряжалась женщина лет сорока, оказавшаяся ее дальней родственницей. Ей помогали три женщины-соседки. Была еще девушка лет двадцати пяти, подруга Людмилы. Все остальные — досужие зрители.

Гроб вынесли четверо мужчин, как выяснилось, специально нанятые для этой цели. Прощание вышло сухим и очень коротким. Родственница была занята различными приготовлениями, то и дело перешептываясь с соседками: «А водку взяли?» — «Взяли. Три бутылки. И этого за глаза, такие деньги дерут».

Сергей Юрьевич, откашлявшись и чувствуя себя не в своей тарелке, сказал несколько слов. Гроб поставили в машину и поехали на кладбище.

— Я и не знала, что Людмила одинокая, — тихо сказала Зинаида, сидевшая рядом со мной. — Чудно, столько лет вместе работали, а я вообще ничего о ней не знаю..

— Жизнь такая, — с печалью отозвался Андрей за моей спиной. — У всех свои дела, свои проблемы...

На кладбище все произошло еще быстрее. Нетрезвые мужики опустили гроб в могилу и забросали его землей. Меня охватила странная апатия, я разглядывала искусственные розы на венках и думала о том, как это нелепо. Я затруднялась объяснить, что конкретно считаю нелепым, просто чувствовала, что так не должно быть.

— Наверное, нам пора, — наклоняясь ко мне, заметил Сергей Юрьевич, но тут родственница Людмилы схватила его за руку.

— Куда вы? А поминки? Я стол в ресторане заказала. Поедемте. Деньги заплачены.

От этого «деньги заплачены» мне стало вовсе не по себе, но Сергей Юрьевич кивнул, и мы поехали.

Стол в ресторане был уже накрыт, мы оказались одни в зале. Выпили, разговор не клеился, лишь родственница перешептывалась с одной из соседок. Так получилось, что я оказалась рядом с двумя другими соседками Людмилы. Одной было лет шестьдесят, другой чуть меньше. Они с аппетитом ели, не особо обращая внимания на окружающих.

— Вот так, схоронили, — сказала одна из них, ее звали Ирина Петровна. — Недолго пришлось Людмиле одной-то пожить. Не в пользу пошло, значит...

— Ладно тебе, Ирина, в такой день...

— Да я чего... теперь квартира-то Полине достанется?

— А кому еще? Вроде племянник какой-то есть, Володи, отца Людмилы. Да он из тюрьмы не вылазит, может, и вовсе сгинул.

— Значит, Полине? Что ж, повезло, квартира хорошая, больших денег стоит. Не зря она так суетится.

— Перестань, тебе говорят.

— Да я что, я просто к разговору.

Пользуясь тем, что на меня мало кто обращает внимание, я встала из-за стола и вышла на улицу. Накрапывал дождь, я стояла под козырьком и ежилась от холода, но возвращаться в зал не спешила. Появилась Ирина Петровна с пачкой сигарет в руке.

— Курите? — спросила она меня.

— Нет.

— А я вот никак с дурной привычкой не расстанусь.

Она закурила, поглядывая на меня с интересом, как будто что-то собиралась сказать и не решалась. Скорее всего, ее мучило обычное любопытство.

— Как же это она упала-то? — наконец спросила она, а я пожалела, что не ушла чуть раньше.

— Никто не видел, — пожала я плечами.

— Ага.... поскользнулась, говорят? Чудеса.

— Там перила низкие.

— Ага... может, и поскользнулась, а может, совесть замучила.

— Совесть? — нахмурилась я, но уходить уже не спешила.

— Конечно. Вы, поди, не знаете, что она родную мать голодом уморила.

— Разве такое возможно? — не поверила я.

— По-вашему, я выдумываю? Ничего подобного. Людкина мать парализованная была. И так здоровья кот наплакал, а тут еще обезножела. Сказали, месяца два от силы протянет, а она год пролежала. Конечно, Людке забота. Прибеги, покорми, убери за матерью. А она жениха нашла. Тот, конечно, нос воротит. Запах, видишь ли... Ну, мать в тягость, конечно, Людке стала. Не знаю, сама додумалась или ухажер подсказал, в общем, они ее кормить перестали. Воды дадут, и слава богу.

— Но... если вы знали об этом... это ведь убийство, разве нет?

— Конечно, убийство. Только попробуй докажи, если Таисия Ивановна дочку выгораживает. Зайду к ней вечером, принесу пирог там или еще какого угощения, она ест да все на дверь косится. Я ей и говорю: «Что-то ты похудела. Может, тебе питание усиленное надо?» А она: «У меня все есть, и мясо, и творог, Людочка, доченька, обо всем заботится». Потом я не выдержала и с Людмилой поговорила, но только хуже сделала, она меня больше в квартиру не пускала. Вы, говорит, о нас сплетни распускаете, так и нечего ходить. Я, конечно, врачу сказала, что к Таисии Ивановне ходила, врач ее выспрашивала, но та знай свое: доченька заботится. А сама тает на глазах. Забрали ее в больницу, но уж она и там есть не могла, кормили через трубку. И умерла в три дня. А Людка придумала, что у матери депрессия, жить она, видишь ли, не хотела и сама себя уморила. Вот так. Но на пользу ей это злодейство не пошло, сначала дружок ее сбежал, а теперь вот...

— В милиции считают, что это несчастный случай, — заметила я.

— Много они понимают... — Женщина резко развернулась и скрылась за дверью.

Я, немного выждав, последовала за ней. За столом ощущалась неловкость, всем хотелось уйти, и никто не решался сделать это первым. Беспомощно оглядывались, тянули время.

— Что ж, нам еще на работу, — кашлянув, тихо сказал Сергей Юрьевич и поднялся. Все точно ждали сигнала. Родственница Людмилы произнесла «посидели бы еще», но скорее для приличия. Мы вышли на улицу.

— Сергей Юрьевич, не возражаете, если я не поеду в офис? — вдруг решилась я. — Мне к четырем к зубному.

— Да-да, конечно.

Я села в машину, хлопнула дверью и ненадолго задумалась. Потом доехала до ближайшего киоска Роспечати и купила карту области. Деревень с названием Завидово оказалось две, в разных районах. Хотя ничто не мешало нам отдыхать двадцать лет назад не в своей области, а в соседней или вообще за тысячу верст отсюда. Сколько деревень в России с тем же названием?

Кажется, это был единственный год, когда мы отдыхали в средней полосе России, а не поехали на юг. Возможно, у родителей возникли финансовые проблемы или отпуск был только у мамы, а без папы на юг ехать она не хотела. Так что вряд ли мы уехали далеко от дома. На дачу нас мог пригласить кто-то из знакомых или родни. Я продолжала рассматривать карту. Первое Завидово находилось всего в двадцати километрах от города, на северо-востоке. Второе южнее, и до него, если верить карте, шестьдесят семь километров. Логичнее было проверить первое, но на светофоре я свернула в южном направлении, не отдавая себе отчета, почему так поступаю. Если честно, я даже не могла понять, зачем я туда еду, что я там надеюсь найти. Вряд ли моя детская память сохранила облик деревни, так что я, скорее всего, не могу даже определить, то ли это Завидово, что я видела в своих снах.

Пруд я помню отчетливо, в малейших деталях, но где явь, а где мои фантазии? К тому же пруд за эти годы мог так измениться, что узнать его будет невозможно. А если не было никакого пруда? И это действительно ночной кошмар, который через столько лет внезапно повторился? «Ты сама в это не веришь, — будто кто-то шепнул мне на ухо. — Ты знаешь, почему тебе приснился этот сон». «Я смотрю на тебя. Я тебя вижу», — повторила я, но теперь с недоумением или страхом, сейчас эти слова стали вдруг понятны. Я смотрю. И я вижу.

Я хмурилась, следила за дорогой, боясь проскочить нужный поворот. Странное дело, все здесь мне казалось знакомым. Неужели человек способен так отчетливо помнить то, что видел в раннем детстве? Невероятно. Я свернула и лишь тогда увидела указатель «Завидово, 12 км», вот сейчас из-за перелеска появится колокольня церкви. Я ехала по проселочной дороге, напряженно вытянув шею. Вот и колокольня. Слева колодец, а вон там, ближе к лесочку, пруд. Сейчас к нему вела дорога с набитой колеей. Я оставила машину и дальше пошла пешком.

Это был тот самый пруд. Сомнения меня оставили. Правый берег, где раньше был луг, зарос кустами, на той стороне, возле воды, видна раскидистая ива, сейчас почти засохшая. Голые ветки безобразно торчат из воды, точно просят о помощи. Мостки, с которых любили нырять деревенские мальчишки, сгнили, на их месте один столб.

Я подошла ближе и вдруг почувствовала, что все перед глазами начало меняться, будто художник быстро и умело подправил рисунок. Мне ничего не приснилось, я была здесь. Я была девочкой в зеленой шапочке и ненавидела ту, другую, с косичками.

Сунув руки в карманы пальто, я вернулась к машине и по дороге спустилась к церкви. Теперь я не удивлялась, что деревня кажется мне знакомой, точно я покинула ее не много лет назад, а всего несколько дней. Вот на том крыльце я сидела, играя с котенком. Как его звали? Васька? Нет, Васька — соседский кот, серый, огромный. А котенок был рыжим, и звали его Мурзик. А вот в этом доме напротив жила Лена. Кажется, на окнах те же занавески, белые наличники, и выкрашен он, как и тогда, синей краской. Впрочем, дом покрасили недавно, год, два от силы. Возможно, здесь живут уже другие люди. Я подошла к крыльцу. Дверь, как это часто бывает у деревенских, не заперта, стучать в дверь, обитую дерматином, неудобно, да и вряд ли услышат, я толкнула ее и оказалась в сенях. Рыжая кошка сидела возле ведра и умывалась. В доме вроде бы разговаривали люди, а может, работал телевизор. Дверь резко открылась, и я увидела девушку лет двадцати.

— Здравствуйте, — поспешно сказала я, неизвестно чего испугавшись.

— Здравствуйте, — ответила она, с интересом приглядываясь ко мне. — Вам кого?

Что я могла ей ответить? Я ищу девочку, которая утонула двадцать лет назад? После такого ответа меня заподозрят в сумасшествии и вряд ли захотят разговаривать.

— Извините, — не спеша произнесла я, надеясь придумать что-то убедительное. — Несколько лет назад мы отдыхали здесь неподалеку, и вот я хотела узнать, нельзя ли снять дачу на лето? На месяц.

— Дачу? — вроде бы удивилась девушка. — Мама, — крикнула она, отворачиваясь, и тут же сказала: — Проходите.

Я вошла и встала возле порога, из передней появилась женщина лет пятидесяти. Я была уверена, что раньше ее не видела, и почему-то расстроилась. В доме сменились хозяева, и эта женщина и ее дочь к той Лене не имеют никакого отношения.

— Здравствуйте, — нараспев сказала женщина, приглядываясь ко мне.

— Я по поводу дачи, — торопливо сказала я. Вышло как-то испуганно, мне казалось, что женщина видит меня насквозь: и мое притворство, и мою досаду, что я зачем-то зашла в этот дом, вру этим людям. Какой во всем этом смысл, раз они ничего не знают о той девочке?

— А вам на какое время надо? — спросила она.

— В июле, числа с десятого и до пятнадцатого августа, — с упрямством продолжала врать я.

— Вы проходите, садитесь, — вдруг засуетилась женщина.

— Спасибо. Я на минутку, не буду вам мешать. Просто проезжала мимо, увидела вашу деревню, живописные места у вас.

— Это да. Художники приезжают. Из Москвы и из Питера двое были. Тот год все лето жили. Не у нас, у Самойловых, дом напротив. Они на все лето сдают, бабушка умерла, а сын в городе, хотел дом продать, а теперь передумал, говорит, выгодное это дело, если жильца найдешь с весны до осени.

— Мне только на месяц.

— Ага. Я живу здесь постоянно, но у нас есть пристройка летняя. Хорошая, светлая. Можете там жить или здесь живите, а я туда уйду.

— Пристройка мне вполне подойдет.

— А вы как, с ребенком, или тоже художница? — Она все-таки настояла, чтобы я прошла в переднюю. Я вошла, оглядываясь: печь, старый комод, зеркало в резной раме, диван с подушками, расшитыми крестиком, за деревянной перегородкой кровать, шифоньер, круглый стол посередине, над ним абажур оранжевый, с кистями. — Настя, поставь чаю, — сказала женщина дочери.

Я запротестовала:

— Что вы, не беспокойтесь.

— Какое же это беспокойство, — улыбнулась она и пошла в кухню, а я подумала, что раньше у нее были длинные волосы, она заплетала их в косу и укладывала наподобие короны. Теперь волосы едва доставали до плеч, жесткие тугие кольца химической завивки, волосы совсем седые, седина с неприятным желтоватым оттенком. Но улыбка осталась прежней, и я едва не вскрикнула. Может, от неожиданности, что вдруг увидела в ней ту, прежнюю.

Тогда она казалась мне красавицей, Василисой из сказки, может, из-за косы, которую она укладывала короной. У меня защемило сердце, точно встретилась с человеком, которого долго искала и вот через годы наконец нашла, а он тебя не узнает, и хочется плакать от обиды и несправедливости.

— Тетя Валя, — прошептала я и испугалась, что она услышит, но она не слышала, о чем-то разговаривая с дочерью, а я перевела взгляд на фотографии в рамках в простенке между окон, подошла ближе и увидела Лену. Девочка в белом платье с огромным бантом на голове смотрела на меня очень серьезно. На фотографии она казалась старше. Что я почувствовала в тот момент? Наверное, облегчение. Это звучит странно, но так оно и было. Потому что многое теперь становилось понятным, не в банальном житейском смысле, а в чем-то ином, чему пока я не находила названия, но подумала: «Все правильно». — Это ваша дочь? — спросила я, когда женщина заглянула в комнату.

— Да. Старшая. Леночка.

— Живет в городе? — Мне хотелось, чтобы она что-то сказала о ней, вот я и спросила.

— Она утонула. Давно. Сейчас бы ей было двадцать семь.

— Какое несчастье, — пробормотала я, хотела спросить, как это случилось, но побоялась.

— Не знаю, как я смогла пережить такое. Потом вот Настя родилась. Слава богу, понемногу отпустило, но все равно этот пруд до сих пор видеть не могу, за версту обхожу. Пойдемте в кухню чай пить.

Мы пили чай и обсуждали условия моего будущего проживания здесь. Я старательно отводила глаза. Я вру этой женщине, а она потчует меня чаем, заботливо пододвигает печенье и не догадывается, кто перед ней. «Я сделала это нарочно, — хотелось сказать мне. — Я ее ненавидела и сделала это нарочно...»

— Большое спасибо, — сказала я, поднимаясь. — Значит, договорились.

Они вышли на крыльцо, чтобы проводить меня, а я, отъехав на километр от деревни, не выдержала и разревелась.

«Неужели я убила ее? Мог ли пятилетний ребенок... Господи, господи... прости меня. Я всегда знала, я всегда чувствовала: что-то со мной не так. Я мечтала о любви, но почему-то точно знала, что недостойна ее. Я боялась этого и знала, что всю жизнь проживу одна, прислушиваясь к шуму дождя за окном или глядя на пламя свечи. Счастье получают достойные...»

Я вытерла слезы, постаралась успокоиться. Девочка не сон, она действительно погибла.

Я вернулась домой и сразу позвонила тетке. Странное дело, врать я не любила и, как мне казалось, не умела, но, начав, продолжила увереннее и даже с фантазией:

— У моей знакомой проблемы с ребенком, им советовали обратиться к психиатру. Помнишь, мама водила меня к врачу? Не могу вспомнить фамилию. — На мгновение мне показалось, что тетка все поняла и в мои россказни не поверила, в трубке царила тишина. Однако тетя, должно быть, успокоилась, вспомнив, сколько прошло лет, даже если и подозревала меня в хитрости. В общем, она ответила:

— Латунина, она заслуженный врач. Но что-то я о ней последнее время ничего не слышала. Ей сейчас должно быть лет шестьдесят пять — семьдесят. Возможно, уже и не практикует. Ковалева неплохой врач. Можно к ней. Если надо, я договорюсь.

— Я тебе перезвоню, — сказала я и поторопилась проститься, сославшись на то, что у меня сидит подруга.

На поиски Латуниной у меня ушло не так уж много времени. Через полчаса я уже знала, что принимает она трижды в неделю в первой городской поликлинике. Позвонила туда, но регистратура уже не работала. Завтра суббота, но, возможно, мне повезет, врачи работают и по субботам.

Утром я встала в восемь и сразу же позвонила в поликлинику. Латунина принимала с девяти. Я быстро выпила кофе и на такси отправилась в Западный район, где находилась поликлиника. В длинном коридоре с кушетками, обитыми бордовой искусственной кожей, не было ни души. Я нашла дверь с нужной мне табличкой и постучала, после чего открыла дверь.

— Здравствуйте, — кивнула мне женщина, сидящая за столом. В кабинете она была одна, я не знала, полагалась ли медсестра врачу-психиатру, но забеспокоилась, женщина выглядела молодой, лет тридцати пяти от силы, а тетка говорила, что Латунина гораздо старше. — Присаживайтесь, — кивнула она на стул напротив. Сомнения меня оставили, она врач. Либо тетка перепутала фамилию, либо та Латунина и эта — однофамильцы.

— Простите, двадцать лет назад я лечилась у психиатра с такой же фамилией, как у вас. Ведь вы Латунина?

— Да. Латунина Лариса Львовна, а вы, скорее всего, лечились у моей мамы, Ольги Вениаминовны.

— Да-да. Именно так. Извините ради бога, но у меня к ней дело. Вы не скажите, могу ли я с ней поговорить? По телефону или при личной встрече. Это очень важно для меня.

— К сожалению, это невозможно, — вздохнула Лариса Львовна. — Мама умерла восемь месяцев назад.

— Извините. Я не знала, — пробормотала я, понятия не имея, что делать дальше. Я надеялась поговорить с врачом, выяснить, что было правдой в моем сне. О чем я думала тогда, что чувствовала? Господи, о чем может думать пятилетний ребенок? И все же я хотела знать. — Простите, наверное, я спрашиваю глупости, но, как я уже сказала, для меня это очень важно. Вдруг остались какие-то записи...

— А что, собственно, вас интересует?

— Двадцать лет назад меня преследовал один сон, то есть это родители убедили меня в том, что мне снятся кошмары. Теперь этот сон неожиданно вернулся, но я думаю, что это воспоминания. Я думаю, что была свидетелем убийства, об этом я и собиралась поговорить с вашей матерью.

— Я бы очень хотела вам помочь, но не в силах этого сделать. То есть как практикующий врач я вам, конечно, помогу. Но что касается бумаг... Выйдя на пенсию, мама собиралась писать книгу, у нее был собран огромный материал. Но после ее смерти, когда потребовалось срочно освободить ее квартиру, мы временно перевезли все бумаги на дачу. А дача сгорела. Говорят, бомжи подожгли. Ничего не осталось. Только головешки.

— Ясно, — кивнула я. — Извините. — Я поднялась и

направилась к двери под испытующим взглядом женщины. — Простите, — уже взявшись за ручку двери, спросила я. — А может где-то сохраниться история болезни или что-то в этом роде? Я не знаю, как это назвать правильно.

— Двадцать лет назад мама работала в областной больнице. Двадцать лет — большой срок, но вполне возможно... обратитесь к ним.

— Спасибо, — кивнула я и покинула кабинет.

Я возвращалась домой пешком. Мне не удалось поговорить с врачом, и я по-прежнему не знала, что я чувствовала двадцать лет назад, но одно несомненно: я виновата в смерти Лены. «Я на тебя смотрю. Я тебя вижу».

Автомобильный сигнал заставил меня вздрогнуть, я резко обернулась и увидела машину, которая прижалась к тротуару. Левая передняя дверь распахнулась, и появился Олег.

— Ульяна, — окликнул меня он и широко улыбнулся. — Привет. Я тебе звонил, мобильный не отвечает.

— Я забыла его дома. Ты на работу?

— Побойся бога. У меня тоже бывают выходные. Может, сходим куда-нибудь?

— Куда? — спросила я. Вопрос, конечно, дурацкий, задала я его машинально, потому что думала о другом.

— Ну... не знаю. Можно в кафе или в кино. А можно просто прогуляться по городу.

— Хорошо, идем в кафе, — точно очнувшись, сказала я. — Угощу тебя кофе. Любишь капуччино?

— Я больше чай люблю, — засмеялся он.

— Чай там тоже хороший, — кивнула я. — Кафе в переулке, перегоняй туда машину.

Я свернула в переулок, Олег подъехал следом.

В маленьком кафе, которое я очень любила, мы оказались единственными посетителями в этот час. Нам принесли наш заказ, я пила капуччино и смотрела в окно.

— Ульяна, — начал Олег. — Я вчера поговорил кое с кем об этих... несчастных случаях...

— Не надо, — не отрывая глаз от окна, перебила я.

— Что не надо? — вроде бы растерялся Олег.

— Ничего, — пожала я плечами. — Это совсем не то, что ты думаешь.

— Что-то я не пойму. Объясни, пожалуйста.

— Я считала, что это убийства. Кто-то сознательно доводит людей... Впрочем, ты знаешь, мы ведь говорили об этом. И я считала, что возможная причина — предстоящие изменения в расстановке кадров. Чушь какая... — Я невольно засмеялась и покачала головой. — Дело не в этом.

— А в чем? — нахмурился Олег, а я поняла, как нелепо прозвучит то, что я собиралась ему сказать, вздохнула и ответила уклончиво:

— У каждого из нас есть свой скелет в шкафу. Мы старательно оберегаем свою тайну, прячем ее от людей, иногда сами о ней забываем... — Я вдруг задумалась, глядя в окно. Я думала о Людмиле и ее матери, Ольге и ее неродившемся ребенке.

— Эй, — усмехнулся Олег. — Что с тобой?

— Извини, — вздохнула я, оглядываясь с некоторым удивлением. — В общем, теперь я уверена, что это не имеет никакого отношения к тому, кто будет начальником отдела. Мы никого не найдем.

— Постой. А парень в черном свитере? А тот тип в подъезде?

— Его нет, — вздохнула я. — То есть он, конечно, есть. Но его нет.

— Что-то слишком заумно для меня. Кто есть и кого нет?

— Азазель. Он сам себя так назвал. Назови это страхом расплаты. Какая разница? Спасибо тебе за то, что хотел мне помочь. Но теперь я в помощи не нуждаюсь. Я сама.

— Что сама?

— Сама как-нибудь справлюсь. Милиция здесь не поможет.

— А я не милиция. Я просто друг. Другу ты можешь довериться?

— Наверное. Только... я не хотела бы тебя разочаровывать.

— Так, — кивнул Олег, сосредоточенно разглядывая мою физиономию. — У тебя этот самый скелет в шкафу тоже есть, как я понял?

— Есть. Мне очень жаль, но нам не стоит видеться.

— Из-за твоего скелета? — Олег злился, хотя и пытался скрыть это.

— Из-за него тоже.

— Хорошо, я не буду спрашивать тебя о твоем скелете в шкафу, но о том, что ты узнала об этих двух женщинах, ты можешь мне рассказать?

Я пожала плечами.

— Если ты этого хочешь... Я думаю, Людмила была уверена, что убила свою мать. Уморила голодом парализованную женщину, которая не хотела для дочери неприятностей и молчала об этом. Ольга переживала из-за того, что ей пришлось убить своего неродившегося ребенка.

— Подожди, подожди, — поднял руки Олег. Не знаю, чего он ожидал, но услышанное его явно разочаровало. — Ты хочешь сказать, что они погибли из-за... Хорошо, допустим, угрызения совести из-за смерти матери — это объяснимо, но аборт... чушь, миллионы женщин...

— Ты не понял, — вздохнула я, хотя непонимания ожидала и была к нему готова. — Неважно, миллион или два, важно, как ты сам к этому относишься. Он пришел, чтобы напомнить...

— Кто он? — перебил Олег. — Эй, очнись. Кто пришел? Азазель? Дух пустыни? Только мистики мне и не хватало. Послушай, послушай меня... черт. Ты-то кого убила, а? Котенка дверью прихлопнула или сбила собаку на дороге? Вовремя не полила цветок, и он завял? Точно, цветок. Над собакой или котом ты бы до сих пор рыдала. Значит, цветок загубила. Или разбила чью-то чашку.

— По-твоему, то, что ты сейчас говоришь, смешно? — поморщилась я.

— Расскажи мне о своей страшной тайне. Ну... — потребовал он, а я вдруг разозлилась и сказала:

— Двадцать лет назад из-за меня погиб человек. Девочка. Утонула в пруду. Я ее терпеть не могла. Она постоянно меня дразнила, смеялась... Кажется, я ее ненавидела. И сделала так, что... баллон, на котором мы катались, перевернулся и ударил ее по голове. И никто не заметил, как она ушла под воду.

— Двадцать лет назад? — протянул Олег. — Сколько лет тебе тогда было? Два, три?

— Пять. И я убила человека. Этого на моем лице не написано? Извини, мне надо идти.

— Подожди, — схватил он меня за руку. — Сядь. Пожалуйста. Если честно, я занялся этим делом... просто ты мне понравилась, и я хотел... короче, ты понимаешь. Я хотел, чтобы в твою голову не лезла всякая чепуха и ты бы жила спокойно. А теперь я вижу, что все не так просто. Этот тип... этот Азазель, черт бы его побрал. Он очень умело манипулирует людьми, он... он настоящий убийца. И я его найду. Слышишь? А ты мне поможешь. Потому что этот гад...

— Успокойся, — попросила я. — Хочешь провести расследование, пожалуйста. В конце концов, это твоя работа. Но... очень жаль, что ты не понял главного...

Я поспешно поднялась и пошла к двери. Слава богу, он остался сидеть за столом. Не знаю, что еще мы могли сказать друг другу.

Я шла по улице и против воли возвращалась к словам Олега. При мысли, что мы расстались с ним навсегда, мне было немного грустно, но оттого, что он рядом, становилось только хуже. Я не знала, что будет со мной завтра, зато я знала, что заслуживаю кары. Но казалось слишком несправедливым, что расплачиваться придется в тот миг, когда долгожданное счастье наконец улыбнулось мне. Одной проще. Просто уйти, пока его присутствие не стало необходимым, как воздух.

Не успела я войти в квартиру, как зазвонил телефон.

— Ульяна, — голос Олега звучал решительно, и я пожалела, что сняла трубку. — Я вот что подумал. Откуда этот тип мог узнать о том, что произошло двадцать лет назад? Ты кому-нибудь об этом рассказывала?

— Нет. Ты ничего не понял, — вздохнула я. — Азазель существует. Назови его больной совестью. Что изменится?

— И ты уверена, что гибель девушек — несчастный случай? То есть никто их не убивал? А вот я теперь в этом очень сомневаюсь. И хочу, чтобы ты была осторожна. На самом деле я хочу... быть рядом, потому что боюсь, что этот гад появится...

— Успокойся. Даже если он появится, на него вряд ли наденешь наручники.

— Прекрати немедленно. Что за чушь ты вбила себе в

голову? Этот парень из плоти и крови. И он убийца. Черт знает, что ему надо, но он убийца.

— Хорошо, — не желая продолжать разговор, ответила я. — Если он напомнит о себе, я позвоню. — И повесила трубку.

Я вошла в свой импровизированный кабинет и включила компьютер. Проверила почтовый ящик, писем не было, и это вдруг меня огорчило. Хотя я понимала, что уже задала свой вопрос и мне ответили, но все же... трудно объяснить, чего я хотела. Возможно, просто сказать, что я поняла...

Машинально я набрала слово «Азазель», долго смотрела на экран. Затем напечатала: «Я на тебя смотрю. Я тебя вижу» и щелкнула мышью. «Одно совпадение» выдал компьютер. Я вновь щелкнула мышью, экран потемнел, а из динамика полилась странная музыка. От неожиданности у меня перехватило дыхание. Я смотрела на экран, на котором медленно проступали силуэты волков. Волчья стая в заснеженной степи выла, задрав морды к звездному небу. Так это была не музыка, а волчий вой. Я перевела дыхание, следя за экраном. Сайт экстрасенса Владимира Горбовского.

Сайт, в общем-то, оказался вполне обычным. Советы экстрасенса на все случаи жизни, затем что-то вроде психологического практикума. Два занятия бесплатно, желающие продолжить должны заплатить. Занятия показались мне довольно интересными, но продолжить вряд ли бы захотелось. Я нашла в тексте интересующую меня фразу. Здесь она не звучала зловеще, скорее просто являлась напоминанием, что наши поступки не случайны и выстраиваются в логические цепочки, и за каждый свой поступок мы несем ответственность, и не только моральную. Говоря попросту, за них придется расплачиваться. «Помните, бог, абсолют, назовите его как угодно, взирает на нас. Я на тебя смотрю. Я тебя вижу. Мы должны постоянно помнить, что есть высший судья». Я на всякий случай просмотрела текст еще раз, но Азазель здесь ни разу не упоминался. Далее шло приглашение принять участие в семинаре, а также сообщение о наборе в платную группу. Желающим записаться в группы необходимо позвонить по телефону. Код моего города, а ниже приписка «магический салон «Азазель», ул. Новомосковская, д. 16». Это совсем рядом, три троллейбусные остановки. Что это, совпадение? Или в этом есть какой-то смысл? Закодированное послание? Я знала, что в том состоянии, в котором я нахожусь, все происходящее видится под иным углом, и боялась доверять своим чувствам. Но теперь я также знала, что ничего случайного в моей жизни нет. Мои сны, одиночество, внезапное беспокойство, отчаяние — это все следствие, та самая логическая цепочка, о которой пишет здесь Горбовский. Я записала номер и побрела в прихожую, где у меня стоял телефон. В салон я дозвонилась сразу.

— Здравствуйте, — услышала я приятный женский голос, и на мгновение все, что я делаю, показалось мне ужасной глупостью. Но я все же решила довести начатое до конца.

— Я хотела бы встретиться с Владимиром Горбовским. Это возможно?

— Сожалею, но он отсутствует.

— А когда...

— Не могу вам сказать...

Я поняла, что сейчас она положит трубку, и вдруг встреча с Горбовским показалась мне очень важной, я чувствовала себя так, точно от этой встречи зависела моя жизнь.

— Я корреспондент «Комсомольской правды», пишу

статью о ведущих экстрасенсах, мне просто необходимо с ним встретиться. Может, вы свяжетесь с ним и передадите мою просьбу?

— Хорошо, — после непродолжительной заминки ответила девушка. — Оставьте свой телефон.

Я продиктовала номер мобильного, и мы простились.

Я прошлась по квартире, не зная, чем заняться. Я чувствовала себя как пассажир в аэропорту, когда вдруг объявляют, что рейс задерживается. Жизнь в режиме ожидания. Хочется побыстрее прожить эти часы. Я их проживу, и что дальше? Я достала из тумбочки ключи и пошла на стоянку за своей машиной. Подходя к ней, с удивлением обнаружила, что во мне нет никакого страха. Что это, желание испытать судьбу или убежденность, что возмездие тебя настигнет, как бы ловко ты от него ни пряталась?

Что бы это ни было, но, оказавшись за рулем машины, никакого трепета я не ощутила. Выехав со стоянки, свернула на светофоре и вскоре уже покинула город. За рекой начинался огромный лесопарк, туда я и отправилась. Свернула на одну из многочисленных проселочных дорог и оказалась возле родника с резным навесом и металлической кружкой на веревке. Шум большой дороги сюда не доходил. Я сидела на корточках, привалясь спиной к шершавому стволу сосны, и смотрела в небо. Слова сами собой складывались в рифмованные строчки, а я улыбалась, мне казалось, что стихи получаются хорошие, но я не стремилась их запомнить.. В этом счастливом состоянии духа меня и застал звонок на мобильный. Голос был мужской, незнакомый.

— Здравствуйте, я — Горбовский Владимир Федорович, мне передали...

— Да-да, — торопливо ответила я, признаться, я не

ожидала, что он позвонит так быстро, точнее, я надеялась, что он, возможно, позвонит, и теперь с беспокойством поняла, что не готова к разговору с ним.

— Огромное спасибо, что откликнулись. Я... мы могли бы встретиться? Это не займет много времени.

— Честно говоря... в понедельник я улетаю в Америку. У меня масса дел.

— Пожалуйста, я вас очень прошу, — перебила я, стараясь быть максимально убедительной. Главное, ничего не пытаться объяснить по телефону. Он просто решит, что я чокнутая. Хотя ему-то как раз положено верить в сверхъестественное.

— Ну, хорошо, — вздохнул он. — Вот что. Приезжайте ко мне. Я живу на Луговой, дом восемь, квартира восемнадцать. Через полчаса. Вас устроит?

— Да. Спасибо огромное.

— Вы, кстати, не представились. Как вас зовут?

— Ульяна, — торопливо ответила я и добавила: — Я не прощаюсь.

Не зная фамилии, он не сможет проверить, есть ли среди корреспондентов «Комсомольской правды» некая Ульяна. Скажу в крайнем случае, что приехала из другого региона. Впрочем, если он настоящий экстрасенс, то сразу обнаружит обман. Что бы я предпочла? Я бы очень хотела, чтобы нашелся человек, который объяснил мне, что происходит. Разве я сама не знаю? Знаю. Просто хитрю. Хочу знать, почему это произошло со мной, именно со мной, разве только я... впрочем, я опять хитрю: есть еще Людмила, Ольга... Как неудачно я подумала: не есть, были...

Я сосредоточилась на дороге, чтобы успеть за полчаса, следовало поторопиться. Несмотря на все старания, я все-таки опоздала на пять минут.

Первый этаж дома, где жил Горбовский, занимал

«Винный подвальчик». На самом деле огромный магазин, в котором можно было купить практически любой алкогольный напиток, от текилы до норвежской медовухи. Магазин пользовался популярностью, стоянка была забита машинами до отказа. Я въехала во двор, но и там удача мне не улыбнулась, приткнуть машину было негде, пришлось вновь выезжать на улицу и бросать ее там. Из-за всего этого я и опоздала еще на пять минут.

Дверь подъезда оказалась деревянной, без привычного кодового замка или домофона, выкрашенная масляной краской, она еще сохраняла следы былого великолепия: резьбу и мозаику из разноцветного стекла в верхней ее части. Дом был старым, в стиле «русский модерн», с окнами в виде восьмигранника. Мне нравился этот стиль. Несмотря на близость винного магазина и отсутствие кодового замка, подъезд оказался чистым. Полукруглое окно и лестница с резными перилами, квартир на первом этаже не было. На лестничную клетку второго этажа выходило четыре квартиры, восемнадцатая оказалась ближайшей слева. Возле звонка бронзовая табличка «Горбовский В.Ф.».

Я позвонила, мысленно придумывая извинения за опоздание. Тяжелая дверь открылась, и я увидела мужчину лет тридцати пяти. В первое мгновение я растерялась. По моим представлениям он должен быть старше и вообще выглядеть иначе. Как ни странно, он тоже казался растерянным или удивленным. Если его облик не ассоциировался у меня с экстрасенсом, то и я, скорее всего, с его точки зрения, мало походила на корреспондента газеты.

— Вы Ульяна? — спросил он, впрочем, вполне доброжелательно.

— Да. А вы Владимир Федорович?

— Он самый. Проходите.

Я оказалась в большой прихожей, оклеенной красными с золотом обоями. Мебель антикварная, вполне под стать дому. Но меня больше интересовал хозяин. Я почему-то всегда представляла экстрасенсов брюнетами и обязательно с бородой клинышком. Горбовский — блондин, светло-серые глаза, без намека на гипнотизм. Одет он был в темные брюки и стеганую малиновую куртку с воротником-шалькой из бархата. Выглядел человеком, вполне довольным собой и своей жизнью. «Он меня выгонит, — с тоской подумала я. — Как только узнает, что я не из газеты. Он рассчитывал на рекламу, а не на пустую болтовню с сумасшедшей девицей».

Между тем Горбовский помог мне снять пальто и проводил в кабинет. Темные шторы на окнах, старинный письменный стол с зеленым сукном, настольная лампа начала прошлого века, безделушки, тоже антикварные, тяжелое пресс-папье. Книги в шкафах, кожаный диван, два кресла и низкий столик с огромной пепельницей. Стоял запах сигар и мужского одеколона. Кабинет больше бы подошел юристу или писателю... Впрочем, я мало что знала об экстрасенсах, по крайней мере все мои представления о них оказались ошибочными.

— Присаживайтесь, — показал он на кресло и сам устроился напротив. — Что вас привело ко мне?

— Я... видите ли... если честно...

— Вы не журналистка, — кивнул Владимир Федорович.. — Это я понял сразу. Так что же все-таки вас привело ко мне?

— Фраза, которую я прочитала, когда заглянула на ваш сайт. «Я смотрю на тебя. Я тебя вижу».

Брови его чуть приподнялись.

— И что дальше?

— Вы не могли бы сказать, откуда эта фраза?

— Так сразу и не вспомню. Какой-то библейский текст, кажется, пророчество Иеремии. С моей точки зрения, она как нельзя лучше передает мою мысль. Бог есть. И он смотрит на нас. От него не скроется даже малейшее движение наших душ.

— Бог? — переспросила я, глядя в его глаза. — Или Азазель?

Теперь он нахмурился.

— Азазель — ангел, восставший против бога? Честно говоря, когда понадобилось придумать название для салона... я счел это имя наиболее подходящим. Красиво и мало кому известно, кто он на самом деле.

— А вы знаете? — осторожно спросила я. Он замолчал и с полминуты разглядывал меня.

— Вы ведь спрашиваете не просто так. И вы не похожи на сумасшедшую. Так что у вас произошло?

— Мы получили письма по электронной почте...

— Мы? — тут же перебил Владимир Федорович.

— Мы. Я и еще две женщины, которые работали со мной в одном отделе. «Я на тебя смотрю. Я тебя вижу». И подпись «Азазель». На следующий день одна из женщин погибла, упала с лестницы прямо в офисе. Вторая разбилась на машине еще через день.

— И вы считаете, что я каким-то образом...

— Я надеялась, вдруг вы сможете мне помочь, — с грустью улыбнулась я.

— А вам не приходило в голову, что это всего лишь совпадения?

— Их гибель? Допустим. Только кому понадобилось писать эти письма?

— Возможно, у вас есть враги, о которых вы даже не подозреваете, — пожал он плечами, я в ответ кивнула. «Возможно, и есть. Глупо было приходить сюда. На что я в самом деле надеялась? Хорошо, что он хоть выслушал меня, а не выгнал сразу, приняв за сумасшедшую». — А вы... вы пробовали обратиться в милицию? — вдруг спросил он, вроде бы слегка стыдясь своего вопроса.

— Да, конечно. — Теперь я уже жалела, что не ушла пять минут назад, я трачу его и свое время. Что, если мне отпущено его очень мало? День? Несколько часов?

— Они решили, что ваши догадки... — Он смутился.

— Они не назвали меня сумасшедшей. Один молодой человек даже вызвался помогать. Он подозревает, что некто в нашем отделе, желая занять место начальника, освобождается от конкурентов, запугивая их.

— Что ж, это более правдоподобно... хотя... Послушайте, вы ведь тоже получили письмо, вы...

— По сценарию я должна скончаться со дня на день, то есть по-настоящему еще вчера, но на этот раз он почему-то медлит.

— Кто? Убийца?

— Азазель. Вы в него верите? Как, по-вашему, он существует?

— Я верю в то, что очень многое вокруг нас мы еще не успели познать. Есть вещи необъяснимые, мистические. А как их назвать... Вот что, расскажите мне все подробно с того момента, когда все это началось. Знаете, у меня странное чувство. Я вдруг понял сейчас, что ждал вас. Известия, которое вы принесете. Я понимаю, как странно это звучит, но иногда движения души невозможно выразить словами.

Я не очень верила, что мой подробный рассказ так уж необходим. Возможно, человек просто желает удовлетворить свое любопытство. Впрочем, я могу быть не права, и он искренне хочет помочь. В любом случае я ничего не теряю. Мою историю он слушал очень внимательно, с интересом, я наблюдала за его лицом, за сменой выражения: от настороженно внимательного до растерянного.

— Если вы правы... — когда я замолчала, начал он и вновь смутился. Ему не хотелось обижать меня, но и в духа пустыни поверить трудно, хотя он и был экстрасенсом и считал, что вокруг много непознанного. А я сама верю? Неужели верю? — Вы убеждены, что о вашей истории, я имею в виду гибель девочки, никто не знает?

— Мама уничтожила все фотографии. Вряд ли она кому-то рассказывала об этом случае. За исключением психолога, конечно. Но та женщина умерла. А ее бумаги, если верить дочери, сгорели.

— Психолога? — Он еще больше нахмурился. — Знаете, это напомнило мне одну историю, она произошла несколько лет назад. Если бы я не был уверен, что... — Я так и не узнала, что он собирался сказать. В дверь позвонили. — Извините, — поднимаясь, бросил Владимир Федорович. — Это, наверное, сантехник. У меня кран в ванной течет. Одну минуту.

Он ушел, плотно прикрыв за собой дверь кабинета. А я, оказавшись одна, начала разглядывать корешки книг, стоящих в книжном шкафу напротив. Книги были старинные, в дорогих переплетах. Я сидела, сложив руки на коленях, и вдруг почувствовала беспокойство, которое очень быстро переросло в страх. За спиной кто-то был. Я знала, что это невозможно, раз я сижу спиной к стене, кресло придвинуто к ней почти вплотную. «Там кто-то есть», — подумала я, боясь повернуть голову. Я едва сдержалась, чтобы не позвать на помощь. Сжала пальцы до ломоты в суставах, зажмурилась, боясь шевельнуться. «Почему он так долго не возвращается? Это только кажется. Для тех, кто ждет, время всегда тянется медленно». На самом деле прошло минут пять, максимум семь. Это для меня время растянулось на полчаса, я жду, исходя дрожью от страха. Я могу выйти из комнаты и позвать Горбовского. Скажу, что у меня нет времени ждать. Да, именно так, мне позвонили, у меня срочное дело. Господи, какая тишина в квартире. Почему я не слышу голосов? Они же должны разговаривать. Ни звука голосов, ни шороха... Только слабый звук улицы доносится из-за окна. Я перевела взгляд на часы, стрелка двигалась чересчур медленно. Встать и уйти. Просто уйти без всяких объяснений. Я смотрела на дверь и начала шептать:

— Открывайся, открывайся... пусть он войдет.

Поток холодного воздуха вдруг коснулся моих ног, и сердце забилось с бешеной силой, я хотела закричать, я даже открыла рот и в то же мгновение услышала протяжное: «А-а-а...», совсем рядом, за дверью. Я вскочила и бросилась бежать, толкнула тяжелую дверь кабинета и в первое мгновение увидела только женщину напротив у распахнутой входной двери. Женщину в сером пальто, с волосами цвета спелой вишни, яркая помада, распахнутый в крике рот. Она прижимала к груди руки, в левой была хозяйственная сумка. Женщина перехватила ее двумя руками, потому что она, должно быть, была тяжелая, и продолжала кричать. Это выглядело нелепо и даже смешно до тех самых пор, пока я еще кое-что не увидела. На полу, возле ее ног, лежал Горбовский. Лежал лицом вниз, подобрав под себя руки. Он был неподвижен, и эта неподвижность испугала меня больше, чем крик женщины.

— Что случилось? — спросила я. Голос мой звучал хрипло, и мне пришлось откашляться. Она подняла на меня глаза, в них был страх и недоумение, но кричать она перестала, только тяжело дышала, открыв рот.

— Кто вы? — в свою очередь спросила она.

— Знакомая Владимира Федоровича. — Я старалась, чтобы мой голос звучал спокойно. — Что произошло?

— Не знаю, — отчаянно замотала головой женщина. — Я иду, а он лежит здесь. Он же мертвый. Мертвый?

— Где телефон? — больше не слушая ее, спросила я, она что-то ответила, но я уже достала мобильный, торопливо набрала 03. Вопросы женщины из «Скорой помощи» звучали деловито и спокойно, должно быть, это подействовало на меня, я задышала ровнее и смогла объясниться вполне здраво.

«Скорая» появилась через несколько минут. Все это время мы молча стояли над трупом, не в силах что-то произнести или хотя бы покинуть прихожую. «Он мертв», — думала я, и меня ничуть не удивляло, что здоровый молодой мужчина несколько минут назад разговаривал со мной, а теперь лежит у моих ног бездыханным. Удивления не было, но был страх, не перед смертью даже, а перед абсурдностью происходящего. Точно я в один момент лишилась всех знаний об этом мире и теперь могла передвигаться лишь на ощупь, пугаясь, вздрагивая и ожидая западни.

Когда появилась бригада «Скорой помощи», я была близка к обмороку. Женщина выглядела не лучше, стояла, привалясь к дверному косяку, входная дверь была все еще распахнута настежь, чтобы закрыть ее, пришлось бы передвинуть труп.

— Что тут у вас? — спросил мужчина лет сорока, не дожидаясь ответа, присел перед Горбовским на корточки, чуть приподнял голову и досадливо крякнул: — «Скорая» ему без надобности.

Все поплыло у меня перед глазами, я попятилась в глубь квартиры, увидела стул и поспешно села. В чувство меня привел вопрос, обращенный к женщине:

— У него были проблемы с сердцем?

— Он перенес инфаркт год назад, — ответила она, мне казалось, что я ничего не слышала из предыдущего разговора, но откуда-то знала, что она не родственница и не соседка, а домработница и зовут ее Аглая Тимофеевна.

— Последнее время на здоровье жаловался?

— Нет. Он к здоровью относился серьезно. Таблетки пил. По-моему, все было в порядке.

— Может, нервничал... — пожал плечами мужчина. Оба они, и мужчина, и женщина, посмотрели на меня. — Вы присутствовали при приступе?

— Я была в кабинете. В дверь позвонили, он пошел открывать. А потом я услышала крик и бросилась сюда...

— Понятно. — Мужчина пошел к двери.

— Подождите, — испугалась я. Я даже не знала, смогу ли уйти, а оставаться здесь было страшно. — Отчего он умер? — пролепетала я. Мужчина вроде бы удивился, но ответил:

— От сердечного приступа.

— Но... но этого не может быть... мы же разговаривали, он вышел...

— Да, да. Я знаю. Видите ли, девушка, в этой жизни может быть все. И такая смерть не исключение. Особенно если у человека проблемы с сердцем.

Похоже, у него не было сомнений. Человек умер от сердечного приступа. Сомнения были у меня. Нет, я не сомневалась, что его сердце вдруг остановилось. Только вот почему это произошло? «Это как-то связано», — билось в моем мозгу, я не знала, как продолжить мысль. С чем связано? Как связано? А еще меня очень пугал звонок в дверь. Кто-то позвонил, Горбовский открыл дверь и рухнул лицом вниз, схватившись за сердце. Кого или что он увидел в последнюю минуту? Что-то всколыхнуло воспоминания о тайном грехе или сам Азазель явился перед ним? «Я сумасшедшая», — подумала я с печалью.

Дома я оказалась довольно поздно. Меня ждало сообщение.

— «И изыдут творившие добро в воскресение жизни, а делавшие зло в воскресение осуждения», — прочитала я. Как это понимать? Почему погиб Горбовский, а не я? Ведь я была уверена, что стану третьей жертвой.

Я смотрела на экран, и мне казалось, что я непременно все пойму, если смогу сосредоточиться, но мысли разбегались, потом вдруг обрушивались на меня темным тяжелым комом, концентрированным сгустком энергии, которую я ощущала почти физически. Перед глазами больше не было экрана компьютера, я видела скалистый берег и волну, которая раз за разом упорно билась о камни и откатывалась назад со зловещим шипением. Я попробовала стряхнуть с себя оцепенение. Это мне удалось далеко не сразу. Очень болела голова, но моя комната теперь была просто комнатой с привычной обстановкой, а экран монитора просто экраном монитора. «Вдруг я шизофреничка, а никто не догадывается об этом? — подумала я. — И я сама не догадываюсь. Что, если я сама посылаю эти письма и даже убиваю людей? Если верить детективам, такое бывает. Убивший раз способен убить второй и третий. Я должна была погибнуть, если следовать логике, но организм противится самоуничтожению, и я каким-то образом убила Горбовского».

Я усмехнулась. Несмотря на ужас и абсурдность происходящего, такая мысль все же показалась нелепой. Я вновь перевела взгляд на монитор. «Что это?» — было напечатано крупными буквами. Я посмотрела на свои руки, они покоились на клавиатуре. Это я напечатала? Наверное, кто же еще? Но я этого совершенно не помнила. Это пугало даже больше недавней трагедии. Если я не могу себя контролировать... Стрелка указывала на прямоугольник с надписью «отправить». Я щелкнула мышкой. «Ваше письмо отправлено», — прочитала я и сначала даже не поняла, что произошло. Азазель перестал быть недоступен, он не прочь получить ответ.

Второе послание пришло через пять минут. «Иоанн, глава 5, стих 29». Я прочитала послание вслух, с беспокойством разглядывая буквы и цифры, точно это в них крылась загадка. Потом пришло понимание. «Иоанн» — это, скорее всего, Евангелие от Иоанна, глава 5, стих 29. Я бросилась к книжным полкам, прекрасно зная, что Священного Писания там нет. Теперь это казалось катастрофой, мне виделась разгадка всего происходящего в двадцать девятом стихе пятой главы. И не прочесть ее сейчас равносильно смерти. Я сбрасывала книги на пол и самой себе казалась бесноватой. У меня была самая настоящая истерика. Когда последняя книга оказалась на полу, я заревела, упав на диван, горько и безнадежно. Но, дав выход слезам, я успокоилась довольно быстро и как-то отстраненно и даже деловито подумала: в Интернете есть все, даже Евангелие. Я заняла свое место в кресле на колесиках и через несколько минут уже просматривала пятую главу от Иоанна. Двадцать девятый стих гласил: «И изыдут творившие добро в воскресение жизни, а делавшие зло в воскресение осуждения». Он дважды прислал мне одно и то же сообщение, и в нем нет никакого разъяснения событий. «Ничего в нем нет, — с тоской подумала я и заревела, теперь уже от досады, но вдруг меня поразила другая мысль. — А он шутник». Он прислал сообщение, я просила разъяснений и задала вопрос «что это?», имея в виду гибель Горбовского, которая каким-то образом отодвигала мою собственную гибель, хотя и тут наверняка не скажешь. А он ответил буквально: это стих из Евангелия от Иоанна. Злой дух с чувством юмора?

Я покачала головой и задумалась над фразой. Понимать ее, я полагаю, надо так: праведники после смерти отправятся в рай, а грешники, соответственно, после смерти обречены на вечные мучения в аду. Речь идет о суде над людьми во времена второго пришествия, когда Христос будет судить живых и мертвых. У Горбовского были грехи? Наверное, как у любого другого человека. Азазель решил не дожидаться второго пришествия и наказывает за грехи уже сейчас?

Звонок в дверь привел меня в смятение. Я боялась пошевелиться, сидела ссутулившись, сжавшись в комок, пока наконец не поняла, что это просто кто-то звонит в дверь. «Горбовскому тоже звонили», — глумливо заметил голос внутри меня.

— Надо себя контролировать, — поднимаясь, произнесла я вслух, но к двери все равно шла с опаской. На пороге стоял Олег.

— Что еще случилось? — вместо того чтобы поздороваться, спросил он.

— Проходи.

— Ты в Интернете? Я звонил, все время занято. И мобильный отключен. — Он устроился в кресле, хмуро разглядывая меня. — Так что случилось? — повторил он.

— С чего ты взял... — начала я.

— С того... вид у тебя... Опять какие-нибудь письма?

— Стих из пятой главы Евангелия от Иоанна, — кивнула я.

— И что там?

Я процитировала.

— Ну и что?

— Ничего, — ответила я, садясь рядом, вздохнула и все-таки сообщила: — Сегодня погиб Горбовский.

— Кто это? — насторожился Олег. — У вас работает? Что-то я такого не припомню.

Тут я сообразила, что Олег не в курсе моих изысканий, и поспешила его просветить:

— Горбовский — экстрасенс. Я нашла его сайт.

— С какой стати тебя вдруг заинтересовали экстрасенсы?

— Он использовал в своей рекламе те же слова «Я смотрю на тебя. Я тебя вижу». Я искала нечто подобное, набрела на его сайт и решила с ним встретиться.

— Зачем? — Вопрос поверг меня в недоумение. Для меня ответ очевиден, а вот для Олега вовсе нет, над этим стоило задуматься. Что, если в моих действиях нет никакой логики и это ясно всем, кроме меня самой?

— Хотела поговорить с ним, — нерешительно сказала я. — Я надеялась, что эти слова появились на его сайте не случайно. Он живет в нашем городе. Тебе бы это не показалось...

— Знамением? — усмехнулся Олег, закончив мою мысль, хотя я не собиралась использовать это слово, но оно подошло как нельзя лучше. Он усмехался, но в голосе слышалась скорее злость, чем насмешка. Я пожала плечами. — И что Горбовский? — поторопил меня Олег.

— Умер.

— Ты сказала — погиб.

— Врач говорит, сердечный приступ. Но... Я знаю, что успела надоесть тебе своими проблемами, только что это за сердечный приступ, который возникает внезапно, длится пять минут, после чего человек умирает, даже не успев позвать на помощь?

— Ты при этом присутствовала?

— Он ждал сантехника. В дверь позвонили, он пошел

открывать. Я сидела в его кабинете. Потом услышала крик, кричала домработница, она как раз пришла и обнаружила открытую дверь и его на пороге.

— А куда делся сантехник? — спросил Олег. Поначалу вопрос показался мне идиотским, я хотела вспылить, но вдруг задумалась. — Так был сантехник или нет? — спросил Олег.

— Не знаю, — поспешно ответила я, но потом все-таки пояснила: — Я слышала звонок в дверь. Горбовский сказал, что это, должно быть, сантехник...

— Предположим, что это был он. Что получается? Человеку вдруг стало плохо, а сантехник разворачивается и преспокойно уходит?

— Значит, это был не сантехник, а кто-то другой... Хотя и сантехник мог испугаться и действительно сбежать. В конце концов это неважно.

— А что важно? — усмехнулся Олег. Улыбка была грустной, точно он готовился сообщить дурную весть и не знал, как это сделать.

А я не знала, как ответить на его вопрос. Мой ответ вряд ли бы его устроил, он бы лишь отдалил нас друг от друга. Мы мыслили разными категориями, и с этим ничего не поделаешь. Глупо искать поддержки или понимания, я начинаю путь, который обязана пройти одна. Пройти до конца.

— О господи, — не дождавшись моего ответа, покачал головой Олег. — Ты вбила себе в голову... в конце концов, сейчас двадцать первый век, а ты человек с высшим образованием и с основами психологии, безусловно, знакома. Ты ведь не думаешь, что какой-то мифический дух...

— Хорошо, — перебила я. — Никакого злого духа нет. Я сама себя пугаю, а люди вокруг меня мрут, точно мухи, из-за моего негативного мышления. Три человека за неделю.

— Согласен, совпадения более чем подозрительные. Только не надо скатываться в мистику. Всему есть объяснения. Черт... да я скорее поверю в убийцу, который по неведомой причине... Ты говоришь, что обнаружила эти слова на сайте Горбовского? — резко сменил он тему.

— Да.

— И поехала с ним поговорить? Так о чем вы говорили?

— О посланиях, которые мы получили, о гибели двух женщин.

— И что он думал по этому поводу? Нес ахинею об Азазеле? Предлагал составить гороскоп или погадать на картах?

— Он считал, что это не более чем совпадение, — ответила я.

— Здравомыслящий человек, хоть и экстрасенс. А что он сказал по поводу «Я тебя вижу» и прочее? Откуда он взял это?

— Из Священного Писания.

— О чем вы еще говорили?

— У нас было очень мало времени. В дверь позвонили, он пошел открывать и... умер.

— С какой стати Азазелю к нему являться? — хмыкнул Олег. — Или у экстрасенса тоже были грехи? Он ими случайно не поделился?

— Не вижу в этом ничего смешного, — сухо заметила я.

— Извини, — смутился Олег. — Если следовать логике, то Азазель должен охотиться за тобой, а он вдруг переключился на экстрасенса. А вот если перед нами не злой дух, а обычный преступник, тогда все логично: он следит за тобой с пока неизвестной нам целью, и узнав, что ты вышла на экстрасенса, поспешил от него избавиться. Их, безусловно, что-то связывало, раз те же слова ты обнаружила на сайте. Очень может быть, что экстрасенс способен был ответить на вопрос, кто такой Азазель, если бы у него нашлось время хорошо подумать. — Признаться, эти слова произвели на меня впечатление. Я вдруг вспомнила одну фразу из нашего разговора и нахмурилась. — Что? — тут же спросил Олег, понаблюдав за мной.

— Он действительно сказал... сейчас точно не вспомню... кажется, мой рассказ напомнил ему какой-то случай.

— Хоть что-нибудь он успел рассказать? Или хоть намекнуть?

— Нет. Сразу после этого позвонили в дверь. Подожди, ты в самом деле считаешь, что Горбовского могли убить?

— Но ты ведь не веришь в совпадения? А я не верю в духов. Значит, его убили.

— Его никто не убивал. Я имею в виду в привычном понимании. Как никто не убивал Людмилу или Ольгу, то есть не сбрасывали с лестницы и не портили тормоза. Врач сказал, у Горбовского был сердечный приступ.

— Но его можно спровоцировать, — упорствовал Олег.

— За пять минут? — усомнилась я.

— Как бы нелепо ни звучало любое мое утверждение, это все же лучше, чем Азазель.

— Он бы не открыл дверь незнакомому человеку, — вслух размышляла я.

— Значит, он его хорошо знал. Или тот представился сантехником. Горбовский открыл дверь и...

— И что? — вздохнула я, поймав себя на мысли, что очень бы хотела поверить: все три несчастных случая — дело рук сумасшедшего. Если бы можно было найти доказательства? Мир снова стал бы привычным. «А ты избежала бы наказания», — услышала я ехидный голос и, кажется, вздрогнула, не сразу поняв, что просто говорю сама с собой. — Горбовский умер от сердечного приступа, — повторила я. — Предположим, его, к примеру, напугали и спровоцировали приступ. Но я, находясь в библиотеке, не слышала ни звука, и времени прошло слишком мало. Нет, испуг не годится, — твердо сказала я, не сумев скрыть сожаления.

— Пожалуй, труп следует осмотреть более тщательно, — сказал Олег. — Авось и появится зацепка. Завтра же займусь этим делом. — Я пожала плечами, не разделяя его энтузиазма. — А сейчас приглашаю тебя... Короче, пойдем прогуляемся, сходим в кафе. В конце концов, весна на улице, чего в квартире киснуть?

Мне не хотелось никуда идти, я знала, что вряд ли смогу избавиться от своих навязчивых мыслей, но, представив, что останусь одна...

— Идем, — поспешно согласилась я.

В понедельник, приехав на работу, я столкнулась возле лифта с Сергеем Юрьевичем. Он выглядел озабоченным и даже недовольным.

— Сегодня хоронят Ольгу, — сказал он откашлявшись, вроде бы испытывая неловкость. — Надо, чтобы от наших кто-то был. Я поехать не могу. Придется тебе. Возьми еще кого-нибудь. Деньги выделили, венок я заказал. В двенадцать надо быть уже там. А пока посмотри бумаги на столе.

«Сегодня хоронят Ольгу, — думала я, направляясь к своему рабочему месту. — Странно, мне казалось, что прошло много времени с момента ее гибели, на самом деле всего несколько дней, а чувство такое, что это было в другой, уже полузабытой жизни».

— Ты поедешь на похороны? — спросила Нина Львовна.

— Да.

— Что там с твоим назначением? — без перехода спросила она. Пока я пыталась сообразить, что ответить, она заговорила вновь: — Это уже ни для кого не тайна. На место Юрьича ставят тебя. По-моему, ты это заслужила. — Она подмигнула и направилась к своему столу.

Я просмотрела бумаги на столе. В то утро было много работы, и я совсем забыла о времени. Вновь подошла Нина Львовна и напомнила, что мне пора ехать. Я несколько удивилась, когда ко мне присоединилась Юлька. С Ольгой их ничего не связывало, но если начальство ее отпустило, что ж, я ничего против не имею.

Мы поехали на моей машине. В дом, где жила Ольга, входить не стали, ждали на улице. Мать Ольги вели под руки две женщины, казалось, она не понимает, что происходит. Возможно, так и было, то ли горе буквально оглушило ее, то ли подействовало лекарство: возле дома мы заметили «Скорую». Правая рука ее непрерывно вздрагивала, точно ее дергали за неведомую ниточку, левой она комкала платок и без конца повторяла:

— Оленька, Оля...

Видеть это было тяжело, я с облегчением вздохнула, когда можно было вернуться в машину. По дороге на кладбище мы молчали.

В городе одно действующее кладбище, за рекой, километрах в пяти отсюда, но Ольгу хоронили на Никитском кладбище, где покоились ее бабушка и отец. Пролет металлической ограды сняли, чтобы выкопать могилу. Из-за оград и деревьев, разросшихся за полвека, было тесно, родственники рассредоточились по тропинкам, которые были здесь в избытке. Рядом рос огромный дуб, должно быть, ровесник церкви, что стояла ближе к кирпичной ограде кладбища. Ветви тянулись во все стороны, внизу под ними было сумрачно и даже страшновато.

Я старалась держаться в стороне, было страшно видеть гроб, а первый ком земли, брошенный в могилу, вызвал у меня нервную дрожь. Среди провожавших я заметила Анастасию Довгань. Увидев меня, она подошла и встала рядом. Тихо спросила:

— Вам что-нибудь известно? Как это произошло?

— Нет, — покачала я головой.

— Мы ждали ее на мой день рождения. Но она не пришла. На следующий день позвонила, извинялась, сказала, что было срочное дело на работе. Обещала заехать вечером. Я не верю в то, что они говорят. — «Они» — это, скорее всего, милиция.

Я кивнула, соглашаясь. Кто-то позвал ее, и Анастасия отошла.

Я стояла, сцепив руки, уговаривая себя, что скоро все кончится. И вдруг почувствовала чей-то взгляд. Настойчивый взгляд, он жег затылок. Сердце учащенно забилось, я осторожно повернула голову. Однако никого за своей спиной я не обнаружила. Я уже начала успокаиваться, когда увидела его. Мужчина в темной куртке замер возле памятника в виде плачущего ангела, лицо его в тени. Тень отбрасывало раскидистое дерево по соседству. Я видела только куртку и светлое пятно ладони, я даже не была уверена, что он смотрит в мою сторону, но точно знала — это он. Я напряглась, ожидая, когда он проведет рукой по горлу, жест, ставший уже привычным, я видела его в своих ночных кошмарах, он то и дело являлся моему воображению, лишая меня покоя. Рука плавно соскользнула с крыла ангела, я напряглась, но ничего не произошло. Тут мне в голову пришла вполне здравая мысль, что человек этот просто случайный прохожий. Он мог навещать могилу родственника, а теперь остановился ненадолго, решив взглянуть на похороны. Но я не верила в это.

— Ульяна, — окликнула меня Юлька. Я с удивлением обнаружила ее рядом, успев забыть и о ее присутствии, и даже о том, по какой причине я оказалась на кладбище. — Тебе плохо? — Юлька хмурилась и выглядела озабоченной. — Ты побледнела.

— Нет, все нормально, — поспешно ответила я.

— Тогда пойдем.

Тут я увидела, что все направились к асфальтовой дорожке, что вела к выходу с кладбища. Я не удержалась и попросила:

— Посмотри, мужчина все еще там?

— Какой мужчина?

— Возле памятника с ангелом.

— Там нет никого, — ответила Юлька, вертя головой. Я заставила себя повернуться и убедилась, что там действительно никого не было.

До асфальтовой дорожки было всего несколько метров, но человек почему-то отправился в противоположную сторону, рискуя заплутаться в лабиринте оград, покосившихся памятников и зарослей сирени. Хотя, возможно, для него это не препятствие.

И все-таки я вновь увидела его. Всего на мгновение, когда уже шла к выходу с кладбища. Силуэт мелькнул слева и исчез в направлении церкви.

Я доставала ключи от машины, когда меня неожиданно окликнули, я обернулась и увидела Олега, он быстро шел ко мне. Он казался запыхавшимся, как после долгого бега, а еще сердитым.

— Привет, — хмуро бросил он.

— Здравствуй, — ответила я. — Ты здесь по какой причине? — не удержалась и добавила: — Олю похоронили...

— Я знаю. Потому сюда и приехал. — Ответ привел меня в легкое замешательство, оказалось все просто. — Хотел взглянуть, не проявит ли кто интерес к ее похоронам.

— Я видела мужчину. Дважды. Но боюсь, что, кроме меня, его никто не заметил, — вздохнула я.

— Я заметил, — кивнул Олег, а я нахмурилась и переспросила:

— Ты его видел? Возле памятника с ангелом?

— Ага. И решил с ним познакомиться, но он точно сквозь землю провалился. Здесь настоящий лабиринт, и заплутать немудрено. В общем, когда я добрался до памятника, его и след простыл. Потом я увидел его на дорожке, бросился туда, но он опять исчез. Там справа в стене пролом, — кивнул Олег. — Думаю, через него он и смылся.

Юлька с интересом поглядывала в нашу сторону, машины и автобус уже покинули кладбище.

— Мне нужно ехать, — сказала я. — Ты на машине? Или тебя подвезти?

— На машине. Во сколько ты закончишь работу? — спросил Олег в свою очередь.

— Не раньше семи.

— Я тебя встречу.

Мне показалось, он был взволнован, а может, просто сердит. Я быстро простилась с ним и села в машину.

— Это ведь тот парень из милиции, что приходил к нам, — с некоторым недоумением произнесла Юлька.

— Да, — ответила я поспешно.

— Что он здесь делает? — продолжала допытываться она.

— Не знаю.

— Любопытно. В милиции, должно быть, решили, что эти несчастные случаи вовсе не так уж случайны, иначе что тут делать следователю? О чем вы говорили? — не унималась она.

— Я заметила мужчину, он держался на расстоянии, но наблюдал за похоронами. Об этом я и рассказала Олегу.

— Олегу? — Она удивленно подняла брови. — Выходит, вы подружились. Интересно.

— Что «интересно»? — не выдержала я.

— Ты ведь тоже не считала их гибель случайной. Я думаю, это ты настояла...

— Я ни на чем не настаивала, — не очень вежливо перебила я.

— Да ладно. Меня это, по большому счету, не касается. Ты поедешь на поминки? Лично я предпочитаю работу. На меня все эти мероприятия жутко действуют. На душе тоска, депрессия на пару дней точно обеспечена. Так ты поедешь на поминки?

— Нет, — ответила я. — У меня очень много дел.

— Вот и славно. Не придется ловить такси.

Выйдя из здания после работы, я сразу же увидела Олега, он прогуливался возле входа, сунув руки в карманы куртки, и что-то насвистывал. Заметив меня, широко улыбнулся и помахал рукой. Я даже не могла определить: рада я его видеть или нет. С одной стороны, он мне, безусловно, нравился, опять же, рядом с ним было как-то спокойнее. С другой, я боялась к нему привязаться, а еще испытывала неловкость, я ведь рассказала ему о трагедии, произошедшей двадцать лет назад, и теперь он знает, какой скверный я человек. Вряд ли я способна вызвать у него симпатию. То, что он старается помочь, говорит о его доброте и серьезном отношении к своей работе. Хотя сам он сказал, что я ему нравлюсь... Ерунда, он это сделал, чтобы вселить в меня уверенность. Убийцы не могут нравиться хорошим людям. А Олег хороший человек.

— Давно ждешь? — спросила я, стараясь скрыть некоторую неловкость.

— Минут десять.

— Мог бы позвонить, я бы поторопилась.

— Ничего. Свежим воздухом подышал. Давай немного прогуляемся.

— Идем в парк, — кивнула я. — На прошлой неделе я там белку видела.

— Здорово.

Минут пять мы шли молча, потом Олег вновь заговорил:

— Ты его хорошо разглядела?

— Того мужчину? Нет. Лица ни разу не видела. Может, лица и нет вовсе или видеть его не полагается, — хихикнула я, однако Олег шутку не принял.

— Не говори глупостей. Теперь ты, надеюсь, понимаешь, что здесь ни намека на мистику. Человек этот из плоти и крови.

— Значит, ты его хорошо разглядел? — спросила я. Мой вопрос привел его в некоторое смущение.

— Физиономии его я тоже не видел, там кругом деревья, а он стоял... занятно, как он умудряется выбрать место — и рожу не разглядишь, и смотаться легко. Но кое-что у нас все же есть: высокий мужчина спортивного телосложения, волосы темные, одет в черную кожаную куртку.

— Не густо, — пожала я плечами.

— Бывало и похуже. Он от нас не уйдет, тем более

что парень нахальный, любит покрасоваться. Звонки или письма были?

— Нет. Писем не было, и звонков тоже. А у тебя есть новости?

— Пока ничего. Но... черт, надо было тебя еще тогда послушать. Ты видела его за несколько минут до гибели Людмилы...

— Я видела мужчину, но не видела его лица, так что утверждать, что это один и тот же человек, не могу, хотя я уверена, что это так. Абсолютно уверена. Но для милиции этого мало.

— Для милиции возможно, но не для меня. От того места, где он стоял, когда ты его увидела в первый раз, до лестницы всего несколько метров. Он мог выжидать время, когда Людмила останется на лестничной клетке одна. Столкнуть ее вниз и спокойно войти в лифт или юркнуть в коридор. Там же настоящий лабиринт. С Ольгой сложнее, машина была исправна, но сама Ольга здорово выпила. Он мог ее напугать, предположим, некоторое время преследовал ее на другой машине, а там дело техники. Горбовский ждал сантехника, парень позвонил в дверь, и Горбовский решил, что это сантехник. И тот...

— Горбовский умер от сердечного приступа, — вздохнула я.

— Возможно, он увидел что-то такое, что спровоцировало приступ. Парень неспроста возле тебя вертится, это же очевидно. А что у тебя на работе?

— Ничего, — пожала я плечами. — Хотя мое назначение вроде бы вопрос решенный. Допустим, кто-то из наших спятил и избавляется от конкурентов, но Горбовского-то убивать какой смысл?

— Смысл есть. Все дело в сайте, точнее, в словах, которые убийца оттуда позаимствовал. Горбовский наверняка знал убийцу или мог догадаться, кто это.

— Но если я фактически уже получила назначение, то убийце следует поторопиться, — невесело усмехнулась я.

— Вот это меня и беспокоит, — очень серьезно ответил Олег. — Слушай, у тебя есть парень?

— Что? — не поняла я. — А-а... не знаю.

— Как это? — удивился Олег, что, в общем-то, понятно.

— Он считает, что есть, а я в этом совершенно не уверена.

— То есть ты его не любишь? Слава богу... Значит, у меня есть шанс, к тому же это значительно упрощает дело.

— Какое еще дело?

— Охрану. Я серьезно считаю, что мне надо пожить у тебя.

— По-моему, это глупость, — спокойно ответила я. — Я вполне могу свалиться с лестницы в офисе или разбиться по дороге на работу. Так что охранять меня дома нет смысла.

— Ну вот, а я рассчитывал, что мы узнаем друг друга получше и ты, возможно, обратишь на меня внимание.

— Ты шутишь? — нахмурилась я.

— Не шучу.

— Тогда ты странный человек. — Мне вдруг захотелось остаться одной, я мысленно придумывала слова извинения, чтобы поскорее уйти, злясь на себя, на него за то, что надо что-то говорить, объяснять.

Олег взял меня за руку.

— Ульяна, это случилось двадцать лет назад. И ты даже не уверена, что... что так оно и было. Почему бы тебе не поговорить с мамой? Ведь ей наверняка известно...

— Мамы не было на пруду, — покачала я головой. — К тому же ты прав, это давняя история, и мама очень хотела, чтобы я ее забыла. Так зачем же расстраивать маму?

— Но теперь ты убедилась, что во всей этой истории нет ничего мистического? — спросил он.

— Убедилась, — кивнула я, чтобы сделать ему приятное. — Идем к машине. Мне еще придется поработать сегодня.

Мы простились, и я отправилась домой. Работать я не собиралась, однако компьютер включила сразу. В почтовом ящике одно новое письмо. Увидев адрес отправителя, я вздохнула едва ли не с облегчением, и все же рука замерла на мгновение, я зажмурилась, щелкнула мышкой и открыла глаза. «Я есмъ пастырь добрый», — прочитала я, ниже крупными красными буквами: «Пятое Евангелие». Первая фраза показалась знакомой. Я нашла в Интернете Евангелие от Иоанна. Так и есть. Цитата взята оттуда. Глава десятая, стих одиннадцатый. «Я есмъ пастырь добрый», повторила я, силясь понять, что это могло значит. Особых идей не наблюдалось. Вторая фраза вовсе ставила в тупик. Пятое Евангелие? Я не знаток Священного Писания, но помнила, что Евангелий существует четыре. От Матфея, от Иоанна, от Марка и от Луки. Однако решила свои знания проверить. Через десять минут убедилась: я не ошиблась. Четыре апостола составили описание земной жизни Христа, за что и были названы евангелистами. О пятом евангелисте ни слова. «Пятое Евангелие», — напечатала я и щелкнула мышкой. Не знаю, чего я ожидала, но увиденное повергло меня в недоумение. «Пятое Евангелие» — словосочетание весьма популярное. Я наугад открыла одну из страниц и прочитала: «Пятое Евангелие».

Просидев полночи за компьютером, я могла с уверенностью сказать: понимать, что происходит, я больше не стала. Кроме четырех Евангелий, вошедших в христианскую Библию, есть еще так называемые апокрифы. Но как все это связано с происходящим?

Я пыталась найти разгадку, читая апокрифы, глаза слипались, голова раскалывалась. В комнате стало светло, я взглянула на часы и с удивлением поняла, что уже семь часов утра.

Я выключила компьютер и пошла в ванную. Холодный душ меня не взбодрил, я трясла головой, силясь прогнать дрему, казалось, что я способна уснуть стоя. Почистила зубы, умылась, с неудовольствием посмотрела на себя в зеркало. Лицо помятое, вроде бы даже опухшее (за ночь я выпила три чашки кофе и огромное количество чая), глаза покрасневшие, в целом вид совершенно неподходящий для очередного трудового подвига. Я подозревала, что сегодня буду никудышным работником, и даже подумала, а не сказаться ли мне больной и завалиться спать? От этой мысли стало стыдно, и я пошла готовить кофе.

Пятое Евангелие

В положенное время я подходила к своему рабочему столу, чувствуя себя вполне сносно, то ли кофе помог, то ли небольшая прогулка, на которую я выкроила пятнадцать минут. Я достала из стола бумаги, просмотрела почту и только тогда обратила внимание на игрушку: медвежонок держал в лапах, кроме сердца, еще и конверт.

Я посмотрела на Андрея, он сосредоточенно просматривал какие-то бумаги, пожалуй, чересчур сосредоточенно. Я была уверена: письмо от него, перевела взгляд на конверт и вздохнула, но все-таки протянула руку.

Конверт выглядел довольно странно. Прежде всего он был черного цвета, что для любовного послания совершенно не годилось. Заклеен двумя полосками скотча, с левой стороны поблескивала золотая монограмма. Я хотела надорвать конверт, но это оказалось не так легко, пришлось искать ножницы. Наконец я вскрыла конверт и достала листок бумаги, развернула и в недоумении замерла. Чернила были странного коричневатого цвета, точно выцветшие, почерк тоже странный, буквы квадратные со множеством завитушек, но все это ничто по сравнению с содержанием. «Ты избрана, — прочитала я. — Следуй за желтой курткой».

— А почему не за белым кроликом? — разозлилась я и гневно оглядела помещение. Знать бы, кто так шутит, подойти и треснуть по башке что есть силы. Я отбросила письмо, переводя взгляд с одной склоненной головы на другую. Кажется, никто даже не взглянул в мою сторону.

Андрею вряд ли придет охота так шутить. Тогда кто? Задерживая взгляд на каждом из коллег, я мысленно давала им краткую характеристику и пыталась отгадать, кто мог написать записку. В том, что это непременно кто-то из присутствующих, я не сомневалась. Кто-то из наших пришел пораньше и оставил конверт...

Разумеется, мои размышления ни к чему не привели. Разозлившись еще больше, я хотела разорвать записку, но тут выяснилось, что ее нет. То есть листок по-прежнему лежал на столе, там, куда я его отбросила, но сейчас был девственно чист. Надпись непостижимым образом исчезла. Испарилась. Пропала.

Я повертела листок в руках. Разумеется, я слышала, что есть какие-то специальные чернила для шпионских писем, которые вот так исчезают, но как-то не верилось, что кто-то из коллег держит их дома. Я схватила конверт и вот тогда обратила внимание на монограмму. То, что поначалу было принято мною за гирлянду цветов, оказалось буквами, украшенными завитушками. Слово я прочитала без труда — «Азазель».

Вчера, после разговора с Олегом, я вдруг робко подумала: а если он прав? Конечно, мне очень хотелось, чтобы он был прав, хотелось вновь оказаться в привычном мире с привычной логикой, и вот теперь это письмо. Я уже не знала, как относиться к происходящему. Кто-то знает мою тайну, которую я сама успела забыть, люди гибнут, письма исчезают. Что это, черт возьми? Как я, человек двадцать первого века, должна к этому относиться? Все эти Азазели, Пятое Евангелие, Апокалипсис с его пророчествами, исчезающие надписи... И что значит «ты избрана»? И совершеннейшая глупость: «Следуй за желтой курткой». «Уж если ты демон, — злилась я, — будь добр явиться во всей красе, чтоб земля дрожала, а свет померк», и тут я поняла, что в помещении стало темно. Нет, нет, не настолько, чтобы я не различала предметы. Так бывает за несколько минут до захода солнца. Я с испугом посмотрела в окно. Небо затянуло тучами, тяжелыми, темно-серыми.

— Сейчас ливанет, — с улыбкой покачала головой Зинаида, уставившись в окно. И тут небо разорвала молния, грохнуло так, что все невольно вздрогнули.

— Ну вот, первая весенняя гроза, — заметил Сергей Юрьевич и с чувством начал декламировать «Люблю грозу в начале мая, когда весенний, первый гром...», но после пятой строки сбился и смущенно замолчал.

— Рановато для грозы, — задумчиво заметила Нина Львовна, глядя на меня с таким выражением, точно подозревала мою причастность к этому. — Сплошные аномалии в природе.

Я сидела, держась обеими руками за край стола и изо всех сил стараясь сохранить остатки здравого смысла. «Это просто гроза, — думала я. — Да, сейчас не май, а апрель, но грозы случаются и в апреле. И эта гроза не имеет никакого отношения к Азазелю». Казалось, молния ударила прямо в стекло, несколько человек невольно вскрикнули, Ирина, которая сидела возле окна, пригнула голову к коленям, громко взвизгнув, потом вскочила, отбежала в сторону и встала между шкафов.

— Сейчас опять шандарахнет, — пробормотала она, словно извиняясь.

«Ладно, хватит, я поверила», — вдруг подумала я.

Дождь лил как из ведра, но продолжался недолго, минут пятнадцать. Небо посветлело, однако солнце так и не появилось. Мы открыли окно, чтобы проветрить помещение, и тут дверь распахнулась, и в комнату вошел молодой парень в ярко-желтой куртке.

— Пиццу заказывали? — громко спросил он. Спрашивать ему пришлось не меньше пяти раз, прежде чем выяснилось, что пиццу никто не заказывал. Парень в досаде хлопнул дверью, а я, вскочив, схватила сумку, пальто и припустилась за ним.

— Я обедать, — пробормотала я, чувствуя недоумевающие взгляды коллег. «Полчаса у меня есть, — думала я, бегом направляясь к лифту. — В крайней случае позвоню Сергею Юрьевичу и что-нибудь наплету».

Я успела войти в лифт, двери за моей спиной сомкнулись. Парень в желтой куртке с коробкой в руках недовольно разглядывал панель с кнопками. На первом этаже я вышла первой, но шла не торопясь, он обогнал меня, я прибавила шаг. Возле входа увидела фургон с надписью на боку: «Пицца на дом, в офис. Вкусно, удобно». Я бросилась к своей машине, боясь, что парень исчезнет в потоке транспорта, но пока он разворачивался, я успела завести мотор.

Со стоянки мы выехали одновременно. Через двадцать минут я решила, что надо мной издеваются, еще через десять почувствовала себя идиоткой. Фургончик колесил по городу, останавливаясь то возле одного офиса, то возле другого, парень удалялся с коробкой в руках, затем возвращался уже без коробки, и мы следовали дальше. Так продолжалось полтора часа. В очередной раз, дожидаясь парня, я позвонила Сергею Юрьевичу, наплела ему про важную встречу, мысленно ругая себя на чем свет стоит. Лучше бы осталась дома и легла спать, а не носилась по городу за разносчиком пиццы.

Я несколько раз собиралась вернуться, но когда парень выходил и садился в фургон, ехала следом. Наконец парень направился в сторону Никольской, свернул в переулок и вскоре въехал в ворота двухэтажного дома, на фасаде которого значилось «Пицца на любой вкус. Заказы по телефону». Ясно, что это конечный пункт. Возможно, у парня есть еще заказы и он вновь отправится колесить по городу. А мне что делать: убить на это занятие еще полтора часа? Надо разворачиваться и уезжать, но странное дело: несмотря на здравую мысль, я продолжала сидеть в машине. Я просто хотела дождаться парня. В конце концов, если я уже потратила полтора часа... Я с тоской огляделась и прямо напротив увидела небольшой сквер, а в сквере... Если бы я была еще способна удивляться, то картина повергла бы меня в оцепенение. Но с некоторых пор происходящее вокруг меня больше напоминало пьесу абсурда, оттого увиденное не вызвало естественное желание набрать 03. Прямо возле входа в сквер стояла молодая женщина в сером длинном пальто и смешной шапочке с ушками. Она пританцовывала и зябко ежилась, держа в руках плакат, на котором красными буквами было написано: «Пятое Евангелие».

— Господи, — все-таки пробормотала я, тем самым выразив недоумение, и, покинув машину, двинулась через дорогу.

Девушка, заметив меня, нахмурилась. На вид ей было лет двадцать пять, лицо симпатичное, но выглядела она недовольной, причина быстро стала ясна: девушка стоит здесь довольно долго, нос покраснел от холода, губы даже под слоем помады казались синими.

— Здравствуйте, — сказала я, не придумав ничего лучшего.

— Привет, — кивнула она, шмыгнула носом и покосилась на плакат в своих руках. Я тоже перевела на него взгляд, не зная, что сказать. Девушка пришла мне на выручку. — Азазель? — недоверчиво спросила она.

— Да, — кивнула я.

— Ну, слава богу, — сказала она, сворачивая плакат трубочкой, подумала и бросила его в урну, что была по соседству. — Заколебалась здесь стоять. Еще и граждане волнуются. Человек десять подходили, приставали с вопросами. Дедок хотел ментов вызвать, обозвал сектанткой. Идем в машину, отогреться надо.

— Идем, — пробормотала я. В машине я включила печку и в замешательстве посмотрела на девицу.

— Ну, что дальше? — спросила она с недовольством.

— В каком смысле? — не поняла я.

— В буквальном. Какое у нас следующее задание? Надеюсь, мне не придется прыгать с моста, бросаться под поезд и возрождаться из пепла. Лучше какие-нибудь задания попроще. Торчать на улице с дурацким плакатом я еще могу, но все остальное...

— Подожди, какое еще задание? — растерялась я.

— Так, ясненько. — Девушка хлопнула ладонями по коленям. — Ты тоже ничего не знаешь. Угадала?

— Я получила письмо, которое вдруг исчезло, то есть не письмо, а текст вдруг исчез.

— Ну, он мастер на такие штучки, — пожала плечами девушка.

— Кто? — испугалась я.

— Азазель. Он тебе письмо прислал?

— Да.

— Ну... — Она вновь пожала плечами, решив, что это все объясняет. — И что в письме? — все-таки спросила она.

— Всего несколько слов. «Ты избрана. Следуй за желтой курткой».

— Желтая куртка? Понятно: парень с пиццей. А для чего ты избрана? Я не просто так спрашиваю, хотелось бы знать, какой подлости ждать от судьбы.

— Там было что-то про Пятое Евангелие...

— Пятое Евангелие? — нахмурилась девушка. — Это какое же? Я знаю четыре, есть еще апокрифы.

— Ты... разбираешься в этом? — робко спросила я. Вышло не очень толково, но она поняла и усмехнулась:

— Самую малость. И что с этим Евангелием?

— Не знаю. Он прислал письмо...

— Оно тоже исчезло?

— Нет. Оно пришло по электронной почте. Там слова «Я есмъ пастырь добрый...» , а дальше Пятое Евангелие.

— «Я есмъ пастырь добрый», — повторила она и, помолчав, сказала: — Евангелие от Иоанна.

— Да, десятая глава, — кивнула я.

— Точно, десятая, — согласилась она, глядя на меня с непонятным выражением. — Только у меня большое сомнение в его доброте.

— Я... не очень понимаю, — робко заметила я, вздохнула, неожиданно разозлилась на себя и сказала сердито: — То есть я ни черта не понимаю. А ты?

— У меня большая просьба, — вздохнула девушка. — Не упоминай его без особой надобности.

— Кого? — переспросила я. Она закатила глаза, выражая тем самым свое отношение к чужой бестолковости. — Послушай, ты... ты уверена, что...

— А ты не уверена? — язвительно спросила она. — Впрочем, разница небольшая. Может, я спятила, а может, это кто-то еще спятил, а меня выбрал козлом отпущения, одно я знаю точно: я влипла. И ты, скорее всего, тоже.

— Ты с ним знакома? — спросила я, понимая, как по-дурацки это звучит. С кем знакома? С Азазелем?

— Шутишь, — хмыкнула она.

— Но ты ведь... Ты ждала меня здесь?

— Конечно. А ты сюда явилась. И что ты о нем знаешь?

— Да уж... — кивнула я, вынужденная согласиться. — Может, мы тогда просто расскажем друг другу свою историю? Вдруг после этого станет ясно, что от нас хотят?

— Валяй, рассказывай. Почти уверена, что это не поможет, но выслушать не против. А у тебя пожрать ничего нет? Я здесь с одиннадцати утра, замерзла, и вообще кушать хочется.

— Мы могли бы поехать ко мне, — предложила я и в следующую минуту уже жалела об этом. Я что, с ума сошла? Приглашать в дом совершенно незнакомого человека, к тому же... я даже не знаю, говорит она правду или просто дурачит меня. А если это она послала сообщения? С какой стати? А с какой стати это вообще кому-то пришло в голову? Если я с ней не поговорю, то ничего не узнаю.

— Поехали, — без оптимизма отозвалась она, и мою

внутреннюю дискуссию пришлось прервать ввиду ее бесперспективности.

По дороге к дому девушка молчала, глядя в окно. Со своим рассказом я решила повременить, и она со своим не торопилась. Мы въехали во двор, я притормозила, а девушка спросила:

— Тебя звать-то как?

— Ульяна.

— Серьезно?

— А что, бывает по-другому?

— Извини. Имя редкое. Но красивое. А сокращенно как, Уля?

— А тебя как зовут?

— Анна. Швецова Анна Викторовна, — помедлив, добавила она и усмехнулась, точно в ее словах заключалось нечто смешное. — Я никто, и зовут меня никак, — вдруг сказала она, выбираясь из машины.

После такого заявления видеть ее у себя в гостях мне и вовсе не хотелось, но как выйти из создавшегося положения, я не знала, к тому же здорово мучило любопытство. Мы поднялись в квартиру.

— Одна живешь? — спросила Аня, снимая ботинки.

— Да. А ты?

— Тоже одна. Был бы кто-то рядом, глядишь, мозги бы уцелели. Он, я уверена, специально выбирает одиноких, с нами проще.

— Проще что? — быстро задала я вопрос.

— Запугать. Мозги запудрить, — пожала она плечами. — Кухня там?

— Да. Проходи.

Я стала собирать на стол. Анна устроилась возле батареи, все еще зябко дергая плечами, хотя в кухне было тепло.

— Рассказывай, — предложила она без особой охоты.

Я торопливо поведала свою историю. Она слушала молча, разглядывая свои руки, время от времени кивала.

— Ясно, — вздохнула она, когда я закончила. — Я имею в виду, ничего не ясно в целом, зато понятно, почему ты там оказалась. — Она разглядывала меня, сосредоточенно хмуря лоб, как будто принимала важное решение. — Я тебе верю, — изрекла она наконец. — У тебя глаза хорошие. Хотя... ладно, я тебе верю.

— Спасибо, — сказала я, не придумав ничего умнее. — Расскажи, пожалуйста, как ты оказалась в парке и почему.

— Он позвонил и велел сделать этот дурацкий плакат. Ну, я сделала. Потом опять позвонил, сказал, что в одиннадцать утра я должна быть в парке.

— Кто позвонил?

— Азазель, естественно. У меня нет компьютера, он звонит мне по телефону.

— Тебе кто-то позвонил по телефону, и ты с плакатом бросилась в парк? — усомнилась я в чужом здравомыслии.

— Но ты ведь бросилась за желтой курткой? — насмешливо глядя на меня, спросила Анна.

— Но... этому предшествовали события, о которых я тебе рассказала.

— У меня тоже события предшествовали. К примеру, мамуля каждую ночь звонила по телефону ровно в час, и мы мило болтали.

— Ну и что? Моя мама тоже звонит, правда, не ночью.

— Не знаю, как твоя, а моя мама умерла год назад.

— А тебе не пришло в голову, что это розыгрыш?

— Ага. Пришло. И ушло. Откуда шутнику знать, что я разбила в шесть лет китайскую вазу, которую отцу подарили на юбилей, со всеми дальнейшими последствиями? В первый раз мамуля позвонила и долго жаловалась на условия существования, то есть на геенну огненную. Просила меня в церковь сходить. Я, конечно, пошла, батюшке все рассказала. Батюшка решил, что у меня не все дома, но панихиду отслужил. Через месяц у него от меня нервный тик начался. Все мы верим в Воскресение Христа и наше спасение, но, когда покойники регулярно звонят, это все-таки впечатляет. А старушка так разохотилась, велела батюшке передать, что у него в саду под яблонькой чугунок зарыт с баксами. И что ты думаешь? Батюшка вроде не поверил, когда я старушкины слова ему передала, но лопатку все-таки прихватил. И баксы нашел, только не впрок пошла находка. Повесился батюшка, — сказала Анна и улыбнулась, зло, с остервенением, от веселья она была далека.

— Действительно повесился?

— Ну, в петле нашли. Это вообще страшный грех, а когда священник на себя руки накладывает... Я решила, что ценные сведения, что мамуля сообщает, лучше держать при себе. Вот так. Шесть месяцев я не сплю, пью успокоительные и лечусь у психотерапевта. Он обещал поставить на ноги, но вряд ли в это верит. Я думаю, ему самому не худо бы подлечиться. Психотерапевт, который говорит больному: «Я вас на ноги поставлю...» — Она засмеялась, после чего добавила со вздохом: — Лучше на голову.

— Она и сейчас звонит? Я имею в виду твою маму?

— Ага. Правда, не каждую ночь, должно быть, устает старушка. Или перед хозяином не выслужилась, не удалось сцапать грешную душу.

— Извини, но как-то ты о матери говоришь...

— Это не моя мать, — зло ответила Анна. — То есть, возможно, это существо когда-то было моей матерью. А сейчас... сейчас это исчадье ада.

— Ты в самом деле так думаешь? — заволновалась я. Анна сама только что сказала, что лечится у психотерапевта.

— Мать любит своего ребенка, а не доводит его до безумия. А я в психушке частый гость — и все благодаря мамуле. Я вот думаю, может, кол осиновый в могилу вбить? Впрочем, бесполезно. Кол положено вбивать в сердце, если я такое проделаю, меня будут держать в смирительной рубашке. К тому же кол для вампиров, а я мамашу блуждающей не видела, только голос имею счастье слышать.

— Аня, — сказала я, — а голос-то настоящий? Голос точно твоей мамы?

— Не знаю, — вздохнула она. — Догадываюсь, о чем ты подумала. О розыгрыше забудь, люди так не шутят. Тут еще много чего было, не хочу рассказывать. И про глупости с милицией, про определитель номера лучше молчи. Сама понимаешь, чтобы довести человека до сумасшествия, надо напрячься.

— Ты считаешь себя сумасшедшей? — не поверила я.

— Слушай, я ничего не знаю. Может, я спятила, а может, другие, это уже не имеет значения. Я просто хочу, чтобы все поскорее кончилось, все равно как, лишь бы поскорее.

— А как ты узнала об Азазеле? — спросила я.

— От мамаши, конечно. Она сказала, что я нужна хозяину. Ну, тут и он объявился, в ту же ночь.

— Позвонил по телефону?

— Ага. Потом... не важно. Короче, он меня не забывал. А вчера позвонил и в сквер с плакатом отправил. Зачем-то ему понадобилось, чтобы мы были вместе. Интересно.

— Тебе звонят по телефону, мне присылают послания по электронной почте, я несколько раз видела мужчину. И в твоем, и в моем случае рядом гибнут люди. Но это нельзя назвать убийством.

— Вот что, не ищи во всем этом логики, ее там просто нет. И не пытайся понять. Не то он возьмется за тебя всерьез, и ты очень быстро окажешься в комнате с мягкими стенами. А он любит американские фильмы, — вдруг хихикнула Анна. Выглядело это так, что слегка меня встревожило, повода для веселья я не видела.

— Ты «Матрицу» имеешь в виду? — сообразила я.

— Ага. Следуй за кроликом. А Брюс Уиллис стоял с плакатом «Бей черномазых» в центре Гарлема. Мне повезло больше, но тоже досталось.

Я не знала, что на это ответить.

Мы закончили обедать, я стала мыть посуду, а Анна вновь устроилась на стуле возле батареи.

— Хочешь, возьми шаль, — предложила я, решив, что она никак не согреется.

— Это нервное. Не обращай внимания. Проверь свой компьютер, может, он соизволит сообщить, чего от нас хочет. А я пока посуду домою.

Я вытерла руки полотенцем и прошла в комнату. Включила компьютер, вскоре ко мне присоединилась Анна, я как раз открыла почтовый ящик. Сообщений не было.

— Ничего? — нахмурилась она.

— Ничего.

— Что ж, подождем. Если я тебе действую на нервы, могу уйти.

— Нет, что ты, — поспешно ответила я. — Мне с тобой спокойнее. А чем ты вообще занимаешься? — решила я сменить тему.

— Сейчас в основном Библию читаю. Сначала тоже пыталась понять, теперь все больше по привычке. Еще несколько месяцев назад работала в поликлинике процедурной сестрой. Гражданам уколы делала. После психушки медсестрой никак нельзя, руки, знаешь ли, дрожат. Пошла в дворники. Два участка. Зимой тяжело, но от всяких мыслей отвлекает. Иногда так напашешься, что, вернувшись домой, даже уснешь. Зарплата медсестры дохлая, так что не очень-то много я потеряла.

Я слушала ее с волнением и пыталась так сформулировать следующий вопрос, чтобы Анна захотела на него ответить.

— Ты работала в поликлинике? — Как назло, в голову ничего не приходило. — Ты... ты могла сделать ошибку, в результате которой пострадал человек? Предположим, ты неправильно сделала укол, и кто-то... — Я не решилась произнести последнее слово. Анна хмуро смотрела на меня, взгляд ее постепенно менялся, теперь в нем было недоумение. — Я не просто так спрашиваю. На самом деле это очень важно. Твой ответ, я имею в виду.

— А ты что, кого-нибудь убила? — с сомнением спросила она. Наверное, вид у меня был на редкость глупым. О той истории с девочкой Леной я ей не рассказала и теперь не знала, что ответить. «Разумеется, правду, — решила я. — Иначе я никогда не смогу понять. Впрочем, Анна утверждает, что понять невозможно. Что же тогда? Выполнять приказы? Быть чьим-то послушным орудием?»

— Из-за меня погиб человек, — неожиданно для самой себя произнесла я, голос звучал хрипло, я поспешно откашлялась.

— Что значит «из-за тебя»? — нахмурилась Анна.

— Мы купались, и девочка утонула. Я ее терпеть не могла. Там было довольно глубоко, а мы сидели на надувной камере, знаешь, такие большие, от грузовых машин. Я спрыгнула, камера перевернулась, ударила девочку по голове, а она утонула.

— Это он тебе сказал? — насмешливо спросила она.

— Он? Азазель? Нет.

— Сколько тебе лет тогда было?

— Пять.

— И ты так хорошо все помнишь? Ты что, забыла, он величайший в мире путаник? Все перевернет и вывернет наизнанку. В любом случае я никого не угробила, ни нечаянно, ни с умыслом. Пациенты на меня никогда не жаловались, только нахваливали да шоколад таскали. Судя по твоему лицу, я тебя разочаровала. Извини, что никого не кокнула. Если честно, я даже особых пакостей никому не делала. Впрочем, вру. Один раз пошла к тетке, из тех, что дают объявления в газетах: «привороhyphenжу» и прочее, и попросила сделать так, чтобы у моего бывшего дружка одно место не функционировало. Но ворожея, видно, никудышная попалась, бабы по-прежнему на нем виснут. Как считаешь, такое можно приравнять к особо тяжким грехам?

— Не знаю, по-моему, это глупость.

— Не скажи, кто-то в такую чушь верит. Я вот тоже поверила. Хотя, вру, пошла просто так, от безнадеги. А еще больше со злости. Бросил он меня, я в тоске, а ему и горя мало. Дура, одним словом. Ульяна, — вдруг сказала она. — Что, если я у тебя сосну часок, вот здесь, на диване? У тебя вроде безопасно.

— Хорошо, — растерялась я, но достала подушку и одеяло.

— Лучше плед, я лягу не раздеваясь. Начну орать, разбуди, только держись подальше, я брыкаюсь. — Она легла, накрылась с головой пледом, а я продолжала стоять, с недоумением глядя на нее. Потом все же решилась.

— Аня, ты сказала, что у меня вроде безопасно. О чем это ты?

— Ну... — На ее лице промелькнуло замешательство, как бывает, когда не знаешь, как объяснить простые вещи, то есть те вещи, что тебе кажутся простыми. — В моей-то квартире сплошное веселье, а у тебя ничего, тихо. Ты не удивляйся. У меня ж глюки.

Она опять спрятала голову под плед и, кажется, мгновенно уснула, по крайней мере дышала ровно и не шевелилась. А я попробовала оценить ситуацию. Итак, на моем диване спит девица, которой, по ее собственным словам, место в сумасшедшем доме. Я по-прежнему ничего не знаю и ни в чем не уверена. Если допустить, что Азазель действительно злой дух, тогда все происшедшее не удивляет, у злого духа возможности должны быть безграничны. Где уж нашему бедному разуму тягаться с ним. Но как в такое поверить? Еще труднее представить, что кто-то из моих коллег дошел до подобного, желая лишить меня рассудка. Вот уж кому лечение в сумасшедшем доме точно не повредит. Так что же тогда? Чего хочет от меня этот демон или человек? Чтобы я спятила? Ему от этого какая польза? Анна говорит, что привычная логика здесь не годится. Что ж, придется ждать новых посланий.

Пытаясь отвлечься от этих мыслей, я устроилась за компьютером с намерением поработать, увлеклась и не заметила, как прошло часа четыре. Анна все еще спала, и, несмотря на предупреждение, совершенно спокойно, без криков. Зазвонил телефон, я бросилась к нему со всех ног и схватила трубку. Звонил Олег.

— У меня есть новость, — сказал он, поздоровавшись. — Провели вскрытие Горбовского. Он действительно умер от сердечного приступа, но более тщательный анализ... Короче, сердечный приступ спровоцировал очень редкий яд, производят его из какого-то растения в Южной Америки. Понимаешь? Горбовского на самом деле убили. На его шее обнаружили крохотную ранку, должно быть, туда попала игла с ядом. В общем, чудеса, конечно, но никакой мистики. Завтра тебе в девять утра надо быть у нас.

— Зачем? — испугалась я.

— Ты же понимаешь, тебя обязаны спросить.

— Я уже рассказала.

— Но теперь мы знаем, что это убийство.

— Спасибо тебе большое, — разозлилась я. — Если я правильно поняла, меня подозревают, раз в квартире были только я и Горбовский.

— Ничего подобного. Он кому-то открыл дверь, и этот человек...

— Выстрелил в него иголкой из трубки. Я такое видела в кино, с такими трубками ходят индейцы. Только мне негде взять яд, даже самый простой, не говоря уже о редком.

— Ульяна, — судя по голосу, Олег расстроился. — Ты хоть главное поняла? Этот Азазель — дядя из крови и плоти, а не дух пустыни. Вполне возможно, что убийство Горбовского имеет отношение к предыдущим... случаям, — после легкой заминки произнес он. — Горбовский общался с большим количеством людей, многие из которых весьма примечательные личности. Есть даже вор в законе. Представляешь? Неизвестно, что этот парень наболтал Горбовскому во время спиритических сеансов, перепугался и кокнул дядю.

— Он выбрал очень экзотический способ, — заметила я.

— Надеялся, что все спишут на сердечный приступ. Так бы и вышло, если бы не ты.

— Где твой вор в законе мог взять яд?

— А вот это предстоит узнать, — весело ответил он. Чувствовалось, что таким поворотом событий он доволен. Я же не знала, как отнестись к этому, однако никакого облегчения не испытывала.

— Хорошо, завтра в девять я буду у тебя, — сказала я. Олег тут же спросил:

— Ты чем занимаешься?

— У меня гости.

— Гости? Это хорошо. Мужчина или женщина?

— Девушка.

— Отлично. Желаю весело провести время. Кстати, я мог бы присоединиться через пару часиков.

— Мы собирались к подруге...

— Понял. Что ж, до завтра.

— Кто это? — спросила Аня. Я повернулась и увидела, что она сидит на диване, по-прежнему укрывшись пледом, и сладко зевает.

— Знакомый. Мы тебя разбудили?

— Ничего. — Она потянулась и с удивлением взглянула на часы. — Давненько мне так не везло, целых четыре часа. И никаких кошмаров. Чувствую себя так, точно заново родилась. Правду умные люди говорят: пытка бессонницей самая... А что он там говорил про убийство? — резко сменила она тему.

— Я тебе рассказывала про экстрасенса. Так вот, в его теле обнаружен яд. Какой-то очень редкий, из Южной Америки.

— Ну, разумеется. Не мышьяком же его травить.

— Что ты имеешь в виду? — нахмурилась я.

— То же, что и раньше. Он великий путаник. Всем мозги запудрит.

— Послушай, а вдруг Олег прав? — спросила я, устраиваясь на диване рядом с ней. — Вдруг он человек из плоти и крови, а все происходящее случайность? То есть не все случайность, конечно... Ты понимаешь, о чем я.

— Еще бы. Только какая мне разница, если он способен вывернуть мои мозги наизнанку? Вот ты, к примеру, считаешь себя убийцей. И как с этим жить думаешь? Лучше скажи, письма не было?

— Нет.

— Выходит, задания на сегодня кончились. Что ж, побреду домой. — Она поднялась с дивана, а я, повинуясь внезапному порыву, предложила:

— Ты можешь остаться у меня. Выспишься. — Я поспешно отвела глаза, сама не зная, обрадуюсь или огорчусь, если она согласится.

— А ты не боишься? — помедлив, спросила Анна.

— Чего?

— Я все-таки чокнутая.

— Знаешь, на чокнутую ты совсем не похожа, — разозлилась я.

— Ну, ты еще не видела меня в деле. — Она вновь устроилась на диване и задала довольно неожиданный вопрос. — Этот мент, он что, твой друг? — Она смотрела внимательно, как будто желая прочесть мои мысли. Это мгновенно вызвало у меня подозрения, и вопрос, и беспокойство, мелькнувшее в ее взгляде. — Пустое дело втравливать во все это мента, — философски добавила она, продолжая наблюдать за мной. — Я не просто так говорю. У меня тоже был приятель, кстати, наш участковый. Я сдуру ему на жизнь пожаловалась, еще когда меня одолевали сомнения в своем сумасшествии, то есть я никак не желала верить, что спятила, и трепыхалась. Он решил мне помочь и задумал выследить супостата. Устроился на кухне, ночь просидел, никаких глюков, ни у меня, ни у него. Я даже расстроилась, потому что выходило, что только меня видения посещают, причем когда я в одиночестве, или говоря попросту: точно спятила. Он, конечно, обрадовался и сказал, что, если понадобится, будет каждую ночь сидеть на моей кухне, лишь бы я спала спокойно. Но каждую ночь сидеть не получалось, тогда он выдвинул идею, что злоумышленник знает, когда он на боевом посту, и не появляется. Решил схитрить. Устроился в домике на детской площадке, а я должна была знак подать, мигнуть светом, если начнется. Светом я мигала долго, а утром моего друга нашли на площадке. Кстати, тоже с сердечным приступом. Так что поаккуратней. Ты избрана, а я несу свой крест по неизвестной причине. Не стоит впутывать в наши дела еще кого-то.

— По-твоему, Олегу грозит опасность?

— Я тебе свою историю рассказала. А что я думаю, совершенно неважно. Сейчас меня больше волнует Пятое Евангелие. Я вот что вспомнила. Есть мнение, что Пятое Евангелие написал сатана, спаси нас господи и помилуй. — Анна торопливо перекрестилась.

— Какое мнение? — не поняла я.

— Бытующее в массах. Ты детективы читаешь?

— Да. Хотя я больше любовные романы люблю.

— Про это потом расскажешь. Короче, в одной книжке все крутилось вокруг Пятого Евангелия, и его точно написал... тот-чье-имя-называть-мы-не-будем. Вполне логично отправить нас по следу и тоже его поискать. Хотя, если честно, мне кажется, что все это слегка отдает плагиатом. Его шутки приелись, и фантазия на троечку.

— Не пойму, когда ты шутишь, а когда говоришь серьезно, — недовольно заметила я, вдруг почувствовав, что начинаю бояться. Чего? Кажется, тень мелькнула за окном. Птица пролетела? Боковым зрением я уловила какое-то движение у компьютера. Или показалось? Успокоиться, дышать ровнее.

— Никогда, — вдруг заявила Анна.

— Что? — растерялась я.

— Я никогда не говорю серьезно. Начни я говорить

серьезно, то окончательно съеду с катушек. А я хочу сохранить остатки здравого смысла. Иметь хоть какие-то мозги — это так здорово. А сидеть в психушке, точно кактус... — Она передернула плечами и зажмурилась. — Допустим, его посетила свежая идея и мы должны найти это Евангелие. Ты убеждена, что больше никаких указаний не было?

— Нет.

— Значит, придется ждать. Как-то не верится, что Пятое Евангелие, кто бы его ни написал, оказалось в нашем городе. Я бы предпочла поискать в Италии или в Иудее... хотя там взрывают и стреляют. Впрочем, загранпаспорта у меня все равно нет, так что либо ты полетишь туда одна, либо...

— Ты так шутишь? — перебила я.

— Пытаюсь, — отмахнулась Анна. — Давай выпьем чаю. Это невежливо, но я бы еще что-нибудь съела. Постоянно хочется есть. Наверное, нервное.

— Толстой ты не выглядишь, — заметила я, направляясь в кухню. Она пошла за мной.

— Видела бы ты меня год назад. Красавица.

— И что потом?

— Потом мама умерла и глюки пошли.

Мы устроились за столом и выпили чаю. Анна отодвинула чашку и взглянула на меня с печалью.

— Небось жалеешь, что ночевать меня пригласила. И в самом деле, чего хорошего в одной квартире с сумасшедшей.

— Что ты выдумываешь, никакая ты не сумасшедшая, — нахмурилась я. — Теперь этим Азазелем займется милиция.

— Мамашей моей тоже милиция займется? — невесело хмыкнула она. — Нет, моя дорогая, с дьяволом борются в одиночку.

— А если вдвоем попробовать? — сказала я скорее из упрямства. Анна задумалась, как видно, всерьез отнесясь к моему предложению.

— Что ж, попробовать можно. Вдвоем в любом случае веселее. С чего начнем?

Вопрос поставил меня в тупик.

— Ты же сама говорила, надо дожидаться указаний, уж если он для чего-то избрал меня... — Я улыбнулась, надеясь, что это прозвучало как шутка, на самом деле получилось довольно кисло.

— Давай, — легко согласилась Анна. — Я в самом деле могу у тебя остаться? — уже серьезно спросила она.

— Оставайся.

— Можно, я телик включу? Я под него хорошо засыпаю... раньше засыпала.

— Пожалуйста.

Мы вернулись в комнату, включили телевизор. Шел какой-то сериал, Анна молчала, уставившись на экран, а я все никак не могла сосредоточиться на фильме. Я пригласила в дом незнакомого человека, к тому же сумасшедшую, по ее собственным словам, наверное, я сама с ума сошла. Но, странное дело, присутствие Анны меня успокаивало. «Ей надо выспаться, в конце концов, это акт милосердия с моей стороны», — убеждала я себя, хотя хорошо знала, что пригласила ее остаться по другой причине: я сама боюсь. А она тот человек, от которого не надо прятать свои страхи. Азазель стал навязчивой идеей, я могла думать и говорить только о нем. Анну это не смущало, она как никто другой способна была понять мое состояние.

В одиннадцать я разобрала постель, устроила Анну на раскладушке и пожелала ей спокойной ночи.

— А ты странная, — вдруг заявила она. — Хоть бы паспорт у меня спросила.

— Зачем?

— Ну... на всякий случай.

— Не нужен мне твой паспорт, — рассердилась я. — Если ты меня обманываешь, это будет на твоей совести.

— Ага. И когда я умру, Азазель уволокет меня в преисподнюю. Хотя и здесь немногим лучше. Спокойной ночи. Можно оставить настольную лампу включенной? Тебе не помешает? Я темноты боюсь.

— Хорошо, — согласилась я и оставила ночник включенным.

Сон не шел. Должно быть, разговор с Анной произвел на меня впечатление, я подсознательно чего-то ждала. Прислушивалась, боялась пошевелиться, чтобы не нарушить тишину квартиры, а чувство было такое, что за спиной кто-то есть. Перестав бороться с бессонницей, я открыла глаза, взгляд блуждал по стене напротив, пока не замер на картине, и тут меня точно ударили в грудь. Я с трудом сдержалась, чтобы не закричать, потом зажмурилась и заставила себя медленно открыть глаза, мысленно шепча: «Мне показалось, это просто обман зрения». Рисунок был выполнен на компьютере, обнаженная девушка стояла на коленях, держа руки поднятыми, в ее ладонях был цветок лотоса. Но теперь вместо цветка я увидела распятие. Я пристально вглядывалась в него, ожидая, что вот-вот видение исчезнет и я вновь увижу цветок. Но сколько бы я ни ждала и ни молила о том, чтобы это поскорее произошло, я попрежнему видела распятие.

— Этого не может быть, — пробормотала я, приподнимаясь и косясь в сторону Анны. Она как будто спала. Я выскользнула из-под одеяла и подошла к картине. В руках девушка держала распятие, причем фигура Христа была изображена головой вниз. — Господи, — пробормотала я и коснулась распятия рукой, точно надеясь, что после этого оно непременно исчезнет. Медленно отвела руку, страдальческий лик Христа стоял перед глазами. — Не может быть...

— Ты чего? — подняла голову Анна, должно быть, я разбудила ее своим бормотанием. Я перевела на нее испуганный взгляд, не зная, как объяснить свое поведение. — Что случилось? — повторила Анна, в ее голосе послышался испуг. Она быстро поднялась и подошла ко мне.

— Картина, — с трудом выговорила я. — Что ты видишь?

— Голую девку... о, блин... У нее в руках перевернутое распятие. Спятила ты, что ли, покупая такую гадость.

— Ты видишь распятие? — переспросила я.

— Разумеется. А ты нет? — Она с сомнением посмотрела на меня.

— Здесь должен быть цветок. Лотос. Я нашла этот рисунок в Интернете.

— А теперь здесь распятие, — кивнула Анна, лицо ее как будто сразу осунулось и приобрело землистый цвет. — Святая вода в доме есть?

— Есть. С Крещения осталась.

— Тащи сюда.

Я бросилась в кухню, святая вода в красивой фляжке стояла в холодильнике. Я схватила ее и вернулась в комнату. Анна деловито отхлебнула воды из фляги и сбрызнула картину.

— Неужели исчезнет? — в тупом оцепенении сказала я. Распятие по-прежнему было в руках девушки. — Это другая картина, — глядя на Анну, изрекла я. — Это не моя картина. Выброси ее, немедленно выброси ее в окно.

— Выбросить можно, только не факт, что завтра ты не обнаружишь ее на том же месте.

— Выброси! — крикнула я, отступая на шаг. Анна схватила меня за руку.

— Стоп. Смотри на меня. Успокойся. Все, что происходит с тобой, происходит вот здесь. — Она коснулась пальцами моего лба. — Контролируй себя. Помни, если ты начнешь паниковать, тебе одна дорога — в психушку. Ты ведь не хочешь быть кактусом? Отвечай, — требовательно сказала она.

— Не хочу, — пробормотала я, зажмурившись.

— Отлично. Открой глаза. Ты себя контролируешь. Дыши ровнее. Картина висит на стене. Она изменилась. Почему, мы не знаем.

— Не знаем, — эхом повторила я.

— И ты, и я это видим. Следовательно, такое возможно. Вот и все.

— Возможно, чтобы картина сама изменилась? — переспросила я.

— Но ведь она изменилась? Значит, это возможно. В этом мире возможно все. Мы просто плохо его знаем.

Она разжала пальцы и выпустила мою руку. Я растерянно смотрела на нее, не зная, что делать дальше. В конце концов собралась с силами и перевела взгляд на картину с какой-то невероятной надеждой, что все изменится и в руках девушки будет лотос. Теперь распятие казалось зловещим, точно острие кинжала, нацеленное девушке в грудь.

— Но этого не может быть, — чуть не плача, сказала я, мозг отказывался верить в происходящее.

— Может, — утвердительно кивнула Анна. — Хотя тут дело вкуса: либо может, либо мы спятили. Мне нравится первое.

— Это ты, — медленно произнесла я. — Конечно, это ты. Ты подменила картину, ты...

— Разумеется, это я, — спокойно кивнула Анна. —

У меня было что-нибудь в руках, когда я вошла в квартиру? Нет. Предположим, я спрятала картину в одежде, тогда на бумаге должны быть складки. Ты их видишь? Тоже нет. Лист такого формата по-другому не пронесешь. Ты обращала внимание на картину, когда вернулась? — Она ждала ответа, и я ответила:

— Нет.

— Следовательно, ее могли подменить и до меня. Кто и как? Теперь главное: ты можешь меня выгнать и остаться одна. И завтра, когда опять что-то произойдет... не так давно ты предлагала бороться вместе, — устало вздохнула она.

— С кем?

— С дьяволом, злом, безумием. Назови как хочешь. Ну так что скажешь теперь? Никто не обещал, что будет легко.

— Ты просто сумасшедшая, — не выдержала я.

— Конечно. Я и не отрицаю. Только почему ты видишь то же, что и я?

— Значит, я тоже сумасшедшая.

— Жаль, что ты меня не слушала. Все здесь, — она вновь коснулась моего лба. — Это твой выбор.

Я шагнула к дивану, медленно опустилась на него и уставилась на картину.

— Исходя из того, как ты реагируешь, я делаю вывод: это у тебя первый раз, — вздохнула Анна, устраиваясь рядом.

— Что? — повернула я голову.

— Такие штуки. Ничего, привыкнешь. Поначалу это всегда производит впечатление, а потом смиряешься.

— Ты хочешь, чтобы я поверила в...

— В очевидное, — кивнула она. — Он есть. Что не так уж плохо. Во всем надо видеть хорошее. Оборотную сторону медали. Потому что если есть он, значит, есть

Бог. Теперь понимаешь? «С клятвой говорит Господь Саваоф: как я помыслил, так и будет, как я определил, так и состоится». Во всем промысел божий. И у каждого свой крестный путь. Вот мы им и пойдем.

— Ты серьезно в это веришь? — растерялась я.

— А как же иначе? Тем более что мне ничего другого не остается. И тебе, судя по всему, тоже.

— Я пойду в милицию...

— Ага, — кивнула Анна. — Я тоже ходила. И в конце концов загремела в психушку. Вера лучше, чем уколы, уж я-то знаю. «Если будете иметь малую толику веры и скажете горе сдвинуться с места, она сдвинется». Давай подумаем вот о чем, — деловито предложила она, разглядывая картину. — Это можно считать знаком? Что он этой хренью хотел сказать?

Странное дело, но этот ее тон успокаивал. Самое невероятное, доверие к ней вернулось. Мне не хотелось гнать ее и подозревать в злодействе тоже не хотелось. Теперь я понимала, что тот всплеск гнева был актом отчаяния, желанием тут же найти виновного.

— Перевернутое распятие — сатанинский символ, — пожала я плечами. — Хотя я в этих вещах несведуща.

— Какой-то сатанинский культ? А Пятое Евангелие якобы написал сам сатана, теперь он хочет, чтобы мы его нашли. Что ж, будем ждать дальнейших указаний, потому что, извини за бестолковость, мы ничегошеньки не поняли. Так что расстарайся и уточни задание.

— Ты кому это говоришь? — хмыкнула я.

— Кому-кому... ему. Эй, парень, — возвысила она голос. — Ты сумел произвести впечатление, и мы едва не переругались, что тебе должно быть на руку. А дальше что?

Я замерла, поймав себя на мысли, что ожидаю... чего? Да чего угодно. Если бы вдруг к потолку взвились языки пламени и в них явился сам враг рода человеческого, я бы, наверное, не удивилась, скорее это вызвало бы удовлетворение. «Я точно спятила», — с тоской решила я.

Мы сидели и молчали, и, лишь случайно взглянув на часы, я поняла, что прошло не меньше часа, а мы все сидим и пялимся на картину.

— Кина не будет, — хмыкнула Анна. — Надеюсь, на сегодня он выдохся. Давай спать. Завтра на работу.

— Ты уснешь? — не поверила я.

— Не знаю. Но попробовать стоит. Если вдруг опять начнется, не паникуй. Помни, ты не кактус.

Я легла, сложила руки на животе, но закрыть глаза боялась, Анна ворочалась, укладываясь на своей постели.

— Аня, — позвала я. — А у тебя это часто бывает?

— Ага.

— Тоже картина?

— По-разному. Началось с фотки, переворачивалась, зараза, как ты ее ни ставь.

Я вспомнила разговор с Ольгой и приподнялась на локте.

— У девушки, про которую я тебе рассказывала, тоже кто-то перевернул фотографию.

— Ничего удивительного. Я же говорю, он постоянно повторяется. Да и то сказать, на пару тысяч лет никакой фантазии не хватит. Дошло до того, что он сюжеты из фильмов тырит. Или сам же их и нашептывает. Поди разберись. На то и великий путаник.

Я откинулась на подушку, думая об Ольге. Если с ней происходило то, что со мной сегодня, немудрено было напиться и с перепугу въехать в столб. Рядом со мной оказалась Анна, а если бы ее не было? Но он сам отправил меня к ней, значит, не хотел, чтобы я спятила?

Тогда зачем понадобился трюк с картиной? Показать свое могущество? Вот уж действительно путаник.

Как ни странно, тягостные мысли не долго одолевали меня, я смогла уснуть и точно помню, что, хотя спала я беспокойно, кошмаров не было. Утром, проснувшись, я перевела взгляд на картину. Во мне теплилась надежда, что все увиденное вчера не более чем сон, а сегодня меня встретит привычный мир, с солнцем за окном, грохочущими трамваями и обыденными вещами. Девушка держала в руках перевернутое распятие. Я подошла к картине, внимательно вглядываясь в изображение. Вне всякого сомнения, передо мной была другая картина. Вопрос в том, как она здесь оказалась. Я намеревалась задать этот вопрос вслух, подозревая, что Анна в ответ лишь снисходительно улыбнется, и тут выяснилось, что Анны в комнате нет, как нет ее и в квартире. Постельное белье аккуратно сложено на кресле, в кухне на столе записка. «Ушла на работу, не хотела тебя беспокоить. Захочешь меня увидеть, приезжай на Красноармейскую, д. 33, кв. 13. Ничего не бойся».

— Ничего не бойся, — ворчливо повторила я, вспомнив вчерашние страхи. Теперь, когда Анны не было рядом, я думала о ней совсем иначе. Прежде всего ее появление казалось очень подозрительным. Логично предположить, что она на стороне моих врагов, кто бы они ни были. Морочит мне голову и запугивает. Однако в глубине души я в этом все-таки сомневалась, то есть было бы очень удобно и логично свалить все на Анну: и запугала, и картину подменила, но я уже догадывалась, что все не так просто.

Тут я вспомнила, что меня ждут в милиции, размышления пришлось прервать, я выпила кофе, быстро собралась и поехала к Олегу, по дороге позвонив на работу и предупредив, что задержусь. Конечно, я продолжала ломать голову над событиями прошедшей ночи, но теперь не спешила с выводами, мне хотелось рассказать обо всем Олегу и выслушать его мнение.

Олег был в своем кабинете. Вместе с ним там находился худой мужчина лет тридцати пяти, небритый, с утомленными глазами, одетый в джинсовый костюм, который не мешало бы выстирать.

— Это Игорь, — кивнув на него, сказал Олег. — А это Ульяна. Он в курсе происходящего.

Я устроилась на стуле, вздохнула, глядя на Олега, и сказала:

— У меня есть новости.

— Что, опять кого-нибудь... — Он не договорил. Он хотел, чтобы прозвучало это шутливо, но сразу понял, что шутка дурного толка. — Что случилось? — спросил он серьезно.

Я коротко рассказала о недавних событиях, Олег слушал, и чем дальше, тем мрачнее становился.

— Ты что, с ума сошла? — довольно грубо спросил он, когда я замолчала. — Приглашать в дом незнакомого человека, когда вокруг тебя что-то происходит. И после этого ты удивляешься, что кто-то подменил картину? А я удивляюсь, что ты, слава богу, жива-здорова. Из квартиры ничего не пропало? Деньги, ценности?

— Не болтай глупостей, — поморщилась я. — Она оставила свой адрес, довольно глупо, если что-то прихватила на память.

— А ты уверена, что найдешь ее по этому адресу?

Я пожала плечами, хотя скорее удивилась бы, не окажись там Анны. Возможно, Олег прав. Однако не ценности, остались они на месте или пропали, меня сейчас волновали.

— Что могло произойти с картиной? — кашлянув,

спросила я. Мне хотелось услышать логическое объяснение, после которого все сомнения исчезнут.

— Что значит «произошло»? — возмутился Олег. — Ничего с ней не произошло. Твоя гостья ее просто подменила.

— Но для этого ей надо было знать, какая картина висит у меня на стене, — робко напомнила я. Олег нахмурился, я ожидала, что он сейчас заявит: «Значит, кто-то заходил в квартиру в твое отсутствие». Да, это первое, что приходит в голову. Но как тогда жить в квартире, в которую кто-то свободно может войти, когда пожелает? А главное, зачем он это делает? Чтобы свести меня с ума?

Но ответить Олег не успел, потому что заговорил Игорь, все это время молчавший в кресле возле окна. Солнечный свет падал на его лицо, он щурился, но лица не отворачивал, а я вдруг подумала, что он, скорее всего, моложе, чем выглядит. Усталость, щетина, небрежность в одежде прибавляли ему лет, но в нем чувствовалась молодость: в том, как он сидел, как щурился, повернув лицо к солнцу, как говорил.

— Это напоминает мне одно дело пятилетней давности. — Олег с интересом посмотрел на него, а Игорь вдруг развел руками. — Серия самоубийств. Кажется, тогда погибли трое или даже четверо человек. Мужчина обратился в милицию, жаловался на всякую чертовщину. — Игорь замолчал, а Олег нетерпеливо спросил:

— И что?

— Ну, ты же понимаешь... решили, что чудак сам себя пугает. Дядька в конце концов оказался в психушке. А когда выписался, вновь явился в милицию и сообщил, как погибли те четверо, при каких обстоятельствах и так далее, точно он при этом присутствовал.

— То есть ты допускаешь мысль, что он мог убить их?

— Теперь это вряд ли выяснишь, в тот день он открыл окно в своей квартире и выбросился с седьмого этажа. — Олег недовольно крякнул и покосился на меня. — Там был замешан какой-то врач-психиатр. Будто бы он проводил опыты над людьми или что-то в этом роде. Но этого типа тоже нет в живых.

— Опыты? — переспросила я, по очереди глядя на мужчин. — Анна...

— С Анной разберемся, — отмахнулся Олег и взглянул на часы. — Идем, — кивнул он мне. — Поговоришь с парнем, он ведет дело об убийстве Горбовского. — Слово «убийство» Олег выделил, а на меня вдруг напал страх. Почему-то я была уверена, что никаких улик они не найдут. Подозреваемых у милиции нет, если не считать меня, конечно. Я была в квартире и теоретически вполне могла... правда, нет ответа, зачем бы мне понадобилось его убивать. Бывают убийства без цели? Тогда надо согласиться с тем, что я сумасшедшая.

Допрос, который длился более часа, особого впечатления на меня не произвел, разговаривали со мной довольно доброжелательно. Я успокоилась, тем более что вопросы, которые мне задавали, ничем не отличались от прежних, когда я, после обнаружения трупа Горбовского, беседовала с милиционерами. Правда, в этот раз меня спросили, не выезжала ли я за границу. Надо полагать, их интересовал экзотический яд, которым был убит Горбовский. Я была в Германии, дважды в Париже, один раз в Риме и трижды в Египте. Вряд ли в Европе яд продается на каждом углу, в этом смысле Египет предпочтительнее, но там не произрастают необходимые для изготовления этого яда растения. А если яд можно изготовить из синтетических продуктов, то и ехать за границу без надобности.

Ответив на все вопросы, я вернулась в кабинет Олега. Игорь все еще был там.

— Ты рассказала о сегодняшних чудесах? — поинтересовался Олег.

— Он не спрашивал, — отмахнулась я. Тут Игорь вновь обрел дар речи.

— Вряд ли Виктор Павлович особо обрадуется, если получит вдобавок к убийству два несчастных случая, — усмехнулся он. — Тем более что их между собой ничего не связывает, если не считать Ульяны.

— Но если не принимать во внимание всех обстоятельств дела, мы в нем никогда не разберемся, — возразил Олег. — Ладно, я ему сам все расскажу. Что ж, поехали.

— Куда? — несколько растерялась я.

— К тебе, естественно. Взглянем на картину.

— Хорошо, — пожала я плечами.

По дороге выяснилось, что Игорь уже несколько лет не работает в милиции, сейчас занят в какой-то фирме. Олег характеризовал его как компьютерного гения. Слушая это, Игорь улыбался, слегка насмешливо, но лицо его оставалось грустным. В квартиру я вошла последней, пропустив мужчин вперед.

Олег сразу же прошел в комнату и замер перед картиной. Когда я вошла туда вместе с Игорем, он выглядел слегка растерянным. Причина стала ясна сразу: на стене висела картина, которую год назад я сама сюда повесила: девушка с лотосом в руках.

— Что скажешь? — спросил Олег, приглядываясь ко мне.

— Ты же видишь, — пожала я плечами. — Картина вновь стала прежней.

— То есть картину опять кто-то подменил?

«Кто подменил? — думала я, устраиваясь в кресле. —

Кому это надо? А главное, как этот кто-то смог войти в квартиру? Сквозь замочную скважину?»

Игорь, лишь мельком взглянув на картину, устроился в моем кабинете, спросил пароль почтового ящика и включил компьютер. Олег вернулся к входной двери и тщательно осмотрел замок.

— Похоже, замок открывали ключом, — недовольно сообщил он. — Сейчас вызову эксперта.

Эксперт прибыл через полчаса и пробыл в квартире не более двадцати минут.

— На взлом не похоже. Пальчики есть, но я уверен, что они принадлежат нашей девушке. Я, с вашего позволения, кружку возьму, для сравнения, так сказать, — весело заметил он и добавил: — А то чаю попить не из чего, все чашки переколотили.

Он поспешно уехал, а Олег начал приставать ко мне с вопросами.

— Ты ключи от квартиры кому-нибудь давала?

— Нет, — покачала я головой.

— Не торопись отвечать. Может быть, раньше, год назад, два?

— Год назад у меня был другой замок. Я меняла дверь, и замки, естественно, тоже. Мне выдали три комплекта ключей. Один у меня в сумке, один у мамы, и один лежит в тумбочке, в прихожей.

— Точно лежит? — Я вышла в прихожую, выдвинула ящик тумбочки и убедилась, что ключи лежат на месте. — Это ничего не доказывает, — нахмурился Олег. — Могли сделать дубликат. На работе у вас проходной двор, ты оставила сумку...

— Кому это надо? — вздохнула я, глядя ему в глаза.

— Черт, — пробормотал он. — Если мы не видим причину, вовсе не значит, что ее нет.

— Причина есть, — покачала я головой. — Просто ты не хочешь...

— Не болтай чепухи. Весь этот бред... забудь о нем. Кто-то тебя запугивает, и я этого урода из-под земли достану. Вот что, давай прокатимся к этой Анне, пока Игорь здесь занят. Хочется взглянуть на барышню.

— Хорошо, — пожала я плечами и позвонила на работу, предупредить, что вряд ли появлюсь сегодня.

— Ты помнишь адрес? — спросил Олег, устраиваясь в машине

— Да.

— Не удивлюсь, если никакой Анны мы не обнаружим. То есть некая Анна Викторовна Швецова действительно там прописана, только та ли это девушка.

— Ты что-нибудь узнал о ней? — спросила я, сворачивая к проспекту.

— Общие сведения. Двадцать шесть лет, не замужем. Некоторое время назад работала медсестрой, теперь дворником. Находилась на лечении в психиатрической больнице.

— Это она, Анна, — кивнула я.

— Сейчас проверим, — пожал Олег плечами.

Я позвонила в дверь под номером тринадцать, никто не открыл. Олег с хмурым видом топтался рядом, я вновь позвонила, уже не рассчитывая, что нам откроют. Хлопнула подъездная дверь, по лестнице поднималась полная женщина в розовом плаще.

— Вы к Анне? — спросила она вроде бы с удивлением. — Она еще с работы не пришла. Вы ее на улице найдете, здесь, за углом, рядом с магазином «Вымпел».

— Спасибо, — ответила я, собираясь покинуть подъезд. Но Олег следовать за мной не торопился. Предъявил удостоверение и спросил женщину:

— Вы свою соседку хорошо знаете?

Та поставила тяжелую сумку на ступеньку лестницы и с сомнением взглянула на него.

— А что случилось? — ответила она вопросом на вопрос.

— Да ничего страшного. — Вышло у него неубедительно, он сам это почувствовал и нахмурился. — Произошел несчастный случай, опрашиваем свидетелей, — нашелся он.

— А-а, — женщина кивнула. — Аню я знаю очень давно, они сюда переехали, когда ей лет пять было, так что на моих глазах выросла. Хорошая девушка, вся в покойную мать. Та тоже всю жизнь медсестрой, никому никогда не отказывала, уколы там или банки поставить, вся улица к ней шла. И Анютка такая же. Всем помогала, пока здорова была.

— А что у нее со здоровьем? — спросил Олег. Чувствовалось, что женщина не знает, как ответить на этот вопрос.

— Мама у нее умерла. Аня очень переживала. Отец еще восемь лет назад погиб, родственников нет, а маму она очень любила. И так горе горькое, а тут еще поддержать некому. В общем, лечилась она в больнице от нервов.

— В психиатрической больнице? — уточнил Олег.

— Да. Только она совершенно нормальная, это все от горя у нее. А вот соседу нашему из пятнадцатой квартиры не мешало бы туда отправиться на полгодика, но говорят, здоров, хоть поверить в это трудно.

— Друзья у Анны есть? Мужчины? Кто к ней ходит?

— Может, и заходил кто, я не видела. Парень у нее был, еще до болезни, я думала, поженятся, но потом... участковый к ней заходил, тоже парень неплохой, но и здесь не сложилось. Умер. Сердце больное оказалось. Прямо на детской площадке и умер, утром нашли.

Женщина замолчала, Олег больше вопросов не задавал, она подхватила сумку и не спеша стала подниматься по лестнице, а мы спустились на первый этаж и вышли из подъезда.

— Значит, про участкового правда? — пробормотала я, когда мы были уже на улице.

— Был такой случай. Молодой парень двадцати восьми лет умер прямо на детской площадке. Непонятно, что он там делал ночью... Врачи сказали — сердце... теперь я в этом очень сомневаюсь. Если бы не твоя настойчивость, считалось бы, что Горбовский тоже умер от сердечного приступа.

— Ты хочешь... не помню, как правильно это называется... эксгумация?

— Чтобы получить разрешение на эксгумацию, нужны неопровержимые улики. У нас пока вовсе никаких улик. Но можешь не сомневаться, я докопаюсь, кто все это затеял.

— Знаешь, что я подумала, — сказала я, направляясь к магазину «Вымпел», вывеска видна была еще от подъезда. — Я уволюсь с работы.

— Что? — вроде бы не понял Олег. — Зачем?

— Если это связано с моим повышением, причина исчезнет, и этот тип успокоится. Разве нет? А если не успокоится, значит...

— Но ведь тебе нравится твоя работа?

— Работа не проблема, — улыбнулась я. — Между прочим, я хороший специалист. Не сомневаюсь, что работу я найду. Зато буду знать наверняка...

— Что ты будешь знать? — вроде бы рассердился Олег.

— Что все гораздо сложнее, — пожала я плечами.

— Вот только не надо никакой мистики. Ключи у

тебя наверняка позаимствовали на работе, сделали дубликат и, зная, что ты отсутствуешь, спокойно подменили картину. Горбовского убили, потому что того, кто все это затеял, он знал, у него и выраженьице это позаимствовали — «я на тебя смотрю», — произнес он с отвращением. — Горбовский рано или поздно сообразил бы, кто это, вот от экстрасенса и поспешили избавиться.

Мы поравнялись с магазином, и возле мусорных баков я увидела Анну, в оранжевом жилете и с метлой. Она работала не спеша и вроде бы даже с удовольствием, двор блистал чистотой, мусорные баки, видимо, последний этап утренней уборки.

Заметив меня, она выпрямилась и замерла, опираясь на метлу, ожидая, когда мы подойдем ближе.

— Привет, — сказала она без улыбки.

— Здравствуй, — отозвалась я, косясь на Олега, и вдруг почувствовала неловкость. — Это Олег. Я тебе про него рассказывала.

— Понятно. Вон там скамейка, посидите, я минут через десять освобожусь.

Скамейка действительно была рядом с кустами сирени. Мы устроились там, Анну из-за кирпичной стены, отделяющей баки от тротуара, видно не было, лишь иногда мелькал оранжевый жилет.

— Она не обманула, — заметила я. Впрочем, я в этом и не сомневалась и заговорила только для того, чтобы нарушить молчание. По непонятной причине оно меня тяготило.

— Это ничего не значит, — упорствовал Олег.

Прошло минут пятнадцать, и я увидела Анну в спортивном костюме и без яркой жилетки, в руках она держала рукавицы. Она подошла и устроилась на скамейке рядом со мной.

— У меня в подвале комнатушка для инвентаря, —

сообщила она, предваряя возможные вопросы, впрочем, ни меня, ни Олега это сейчас не интересовало.

— Мы пришли поговорить о картине, — начал Олег. — Точнее, о том, кто и когда мог ее подменить.

— Ясно, — серьезно сказала она, глядя на меня, а не на Олега. — Думаете, это я? Думайте на здоровье. И вообще, что хотите, то и думайте, а также делайте. Я тебе уже говорила, мент здесь не поможет, — покачала она головой, поднялась и пошла к своему дому.

— Девушка, — решительно вскочил Олег, но на Анну это впечатления не произвело.

— У меня справка из психушки, — весело отозвалась она, — так что с меня взятки гладки.

— И ты еще сомневаешься, что картина — ее рук дело? — возмутился Олег, когда она поспешно скрылась за углом дома.

— Откуда ей знать о картине, если до этого она не была в моем доме? — напомнила я, но он продолжал упорствовать. — Мне надо заехать на работу, — сказала я, поднимаясь.

— В самом деле хочешь написать заявление? — вроде бы забеспокоился Олег.

— Хочу. Денег на первое время мне хватит. А там и работу найду. Если все это не прекратится, у меня хотя бы будет возможность... разобраться, — закончила я не очень убедительно.

— Расследованием занимается милиция, а тебе лучше поехать к родственникам, а еще лучше — где-нибудь отдохнуть. А когда вернешься из отпуска...

Я не очень-то его слушала и уволиться намеревалась всерьез. Вдруг повезет, и Азазель оставит меня в покое. Хотя теперь я в этом здорово сомневалась. Анна никакого отношения к моей работе не имела, но зачем-то ему понадобилось, чтобы мы встретились, а значит, происходящее не связано с моим предполагаемым повышением. Я даже думать боялась, с чем оно может быть связано.

Олег поехал вместе со мной, по дороге он пытался уговорить меня «не делать глупостей», как он выразился, правда, в офис подниматься не стал, по моей просьбе ждал в машине.

Когда я сообщила о своем намерении Сергею Юрьевичу, лицо его приняло такое выражение, что мне даже стало его жаль.

— Как это? — растерялся он. — С какой стати? Да я слышать ничего не хочу об этом. Какая муха тебя укусила?

Я честно ответила, что после двух несчастных случаев чувствую себя здесь крайне неуютно, и хотя ценю свою работу и уважаю Сергея Юрьевича, но по здравом размышлении решила уйти.

— Нет, — отчаянно мотал он головой. — При чем здесь несчастные случаи? Работа есть работа... — Говорил он громко, и на его слова начали обращать внимание. Первой подошла Нина Львовна.

— Ты что, действительно хочешь уйти? — вроде бы не поверила она.

— Хочу, — кивнула я.

— Может, и правильно... по крайней мере я тебя понимаю.

— Идем к руководству, — сказал Сергей Юрьевич, сердито глядя на меня. — Я у тебя заявление не приму.

Юлька, когда я вошла в кабинет, слегка удивилась, а узнав, в чем дело, даже покраснела от досады.

— Нет, ты с ума сошла. Тебя же повышают...

Пока мы с ней разговаривали, Сергей Юрьевич беседовал с начальством, скоро и меня вызвали. Шеф повел себя неожиданно.

— Ульяна Александровна, — предложив мне сесть, ласково начал он. — Если я правильно понял, вы собираетесь уволиться из-за неких событий, которые произошли недавно в наших стенах? — Шеф любил выражаться витиевато, что часто служило поводом для насмешек, впрочем, его уважали, потому что специалист он был от бога. — Я знаю, что милиция этим продолжает интересоваться и в деле даже открылись некие факты... Вроде бы даже есть намек на возможное убийство.

«Вряд ли это положительно скажется на репутации фирмы, — мысленно продолжила я. — А раз так, то ваш уход как нельзя своевременен».

— Так вот, — продолжил он, устраиваясь напротив. — Сергей Юрьевич сообщил, что вы получили точно такое же письмо, как и Людмила с Ольгой. Вполне естественно, что у вас есть опасения. Разумеется, я далек от мысли, что кто-то из наших сотрудников... Однако кое-какие сомнения... а сомнения, как вы знаете, весьма разрушительны. Я предлагаю следующее: вы отправляетесь в отпуск, скажем, на пару недель, но знать об этом будем мы трое. Для остальных вы уволились. Что скажете? Думаю, этого времени хватит милиции, чтобы все выяснить. Или вам, чтобы успокоиться... А если все-таки среди нас есть человек... он как-то обязан проявить себя в такой ситуации.

— Я согласна, — сразу же ответила я. Шеф остался доволен.

— Ну вот и замечательно. О нашем разговоре никому ни слова. Заканчивайте дела и отправляйтесь в отпуск, а когда вернетесь, приступите к работе в новой должности. Вы ее заслужили. — Он с очень серьезным видом пожал мне руку, Сергей Юрьевич остался в кабинете, а я пошла к двери, шеф вышел в приемную вместе со мной. — Юля, подготовь приказ об увольнении, — сказал он,

Юлька метнула на меня гневный взгляд, так что я поторопилась уйти.

— Ну что? — спросил Олег, когда я вернулась в машину.

— Написала заявление, — ответила я, не желая вдаваться в подробности, если уж мы решили, что о соглашении должны знать только трое, стоит придерживаться этого.

— Ты с ума сошла, — покачал он головой.

Судя по всему, он действительно переживал, принимая мои дела близко к сердцу. Я была благодарна ему за это, и вместе с тем... мои чувства трудно выразить словами, где-то подсознательно я, должно быть, считала, что Анна права и Олег мне не поможет. И к благодарности примешивалась некая досада, точно он мешает сосредоточиться на важном, мешает понять... Что? Тайна затягивает, как омут. Как будто сидишь на высоком берегу, смотришь вниз и чем дольше смотришь, тем труднее оторваться.

У Олега зазвонил мобильный, я не смогла скрыть вздоха облегчения. Оказалось, что звонит Игорь.

— Поехали быстрее, — поторопил Олег. — У него есть новости.

Чувствовалось, что он очень рассчитывал на некий ответ, подтверждающий его правоту. Я пыталась отгадать, что мог обнаружить Игорь. Потом подумала: какой ответ смог бы удовлетворить меня, успокоить? Кто-то из коллег посылал мне сообщение, войдя в преступный сговор с убийцей? Почему-то я в это не верила, но поторопилась домой.

Игорь пил чай на моей кухне. Судя по выражению лица, вряд ли у него хорошие новости. Сейчас он выглядел еще более утомленным, постаревшим, что ли, в глазах нет и намека на победный блеск.

— Ну что? — спросил Олег, его энтузиазм вдруг испарился, наверное, тоже подумал, что победители так не выглядят.

— Судя по всему, сообщения присылали с компьютера, который находится в четвертой психиатрической больнице.

— В психбольнице? — оживился Олег. — Там была на лечении наша девушка Анна. Постой, что значит — судя по всему?

— Компьютер стоит в кабинете главного врача. Вряд ли больные имеют к нему доступ.

— Это что же получается? Послания прислал кто-то из персонала? А что? Если каждый день психи перед глазами, самому недолго свихнуться.

Игорь улыбнулся, улыбка получилась какой-то вымученной.

— Есть еще вариант: мы имеем дело с профессионалом. Я имею в виду не врачебную деятельность, а компьютер. И находиться он может где угодно, очень ловко запудривая нам мозги.

— Та-ак... — Мне было понятно возмущение Олега, вместо вожделенной разгадки — новые тайны. — И что, сделать ничего нельзя?

— Почему, можно, — усмехнулся Игорь. — Только времени займет немало. Попробую достать этого умника.

Проводив мужчин, я бестолково прошлась по квартире, потом бросилась к рисунку на стене. Рисунок был все тот же, девушка с лотосом. «А если я уйду, а вернувшись, увижу вместо цветка распятие... — подумала я. — Вдруг Олег все-таки прав и у кого-то есть ключи от моей квартиры? Человек мог побывать здесь раньше, а потом подменить рисунок. Самое нелепое, если картина опять изменится, это вовсе ничего не доказывает».

Повинуясь внезапному порыву, я поехала к Анне. На светофоре я обратила внимание на машину, марку я назвать затруднялась, спортивная модель с темными стеклами, черная, похожая на акулу. Не знаю, почему я обратила на нее внимание. Не очень-то я приглядываюсь к машинам. Эта остановилась рядом, я повернула голову, взглянула и почувствовала странное беспокойство. Странное, потому что повода беспокоиться не было, то есть поводов не стало больше. Сзади стоял огромный джип, выглядевший более угрожающе, но он ничуть меня не волновал, значит, дело вовсе не в машине, не в ее хищной форме и зловещем цвете, просто она по какой-то причине мне не понравилась.

Я отвернулась, приказывая себе не думать об этой машине. Загорелся зеленый, она рванула с места и вскоре скрылась с глаз, но облегчения я не почувствовала, напротив, беспокойство не проходило. Размышляя над странностями своего восприятия, я свернула во двор дома, где жила Анна, и увидела ее, она как раз выходила из подъезда.

Я затормозила, она подошла, открыла дверь и села рядом со мной. Смотрела в окно и молчала.

— Привет, — сказала я, потому что ощущала неловкость, хотелось поскорее нарушить молчание.

— Виделись, — ответила Анна, но все-таки повернулась ко мне. — Чего надо?

Вопрос поставил меня в тупик.

— Ты злишься на меня? — торопливо заговорила я. — Злишься, что я про тебя рассказала?

— Нет. С какой стати? Я спрашиваю, зачем ты приехала?

— Не знаю, — честно ответила я и добавила несколько не к месту: — Я с работы уволилась.

Это сообщение вроде бы заинтересовало Анну.

— Надеешься, что это поможет? — о чем-то размышляя, спросила она. — И он оставит тебя в покое?

— Вдруг он этого и добивался? — попыталась я отшутиться.

— Ну-ну. Может, и вправду повезет, кто знает, что у него на уме.

— Ты утром видела картину? — спросила я.

— Видела. И что? Там опять цветок?

— Ты знаешь?

— Догадываюсь. Иначе зачем тебе спрашивать.

— Олег считает, кто-то мог выкрасть ключи из моей сумки и...

— Не продолжай. Что еще мог сказать твой Олег? Он пытается все объяснить, и это самое простое объяснение. Хорошо, кто-то выкрал ключи, подменил картину. От меня ты чего хочешь? Я ключей не брала и картин не подменяла. Но думать иначе твое право.

— А ты что думаешь? — разозлилась я, мне стало стыдно за свою несдержанность, я являюсь, обвиняю ее в чем-то, то есть я ни в чем ее не хочу обвинить, но получается, что обвиняю. Кажется, я окончательно запуталась. — Ты куда собралась? — спросила я, желая сменить тему.

— В библиотеку, — ответила она и улыбнулась. — Тебя это удивляет? У меня нет компьютера, и я читаю книги. Хочу посмотреть, что там есть об этом Пятом Евангелии.

— Хорошо, поедем в библиотеку. В областную?

— Конечно. Там отличный фонд.

Последний раз я была в библиотеке, когда училась в институте. Я не могла объяснить, зачем я еду с Анной и что надеюсь найти в книгах, но поехала. Мы оставили машину на стоянке возле огромного, в три этажа здания областной библиотеки и через несколько минут уже были в читальном зале. Столы длинными рядами, потертые кресла, настольные лампы с зелеными абажурами. Я прошлась вдоль ящиков с картотекой, пока Анна разговаривала с женщиной возле высокой стойки.

— Это вон там, — шепнула Анна, подходя ко мне.

Мы нашли нужные ящики, стали не спеша просматривать карточки. Анна делала какие-то выписки на листах бумаги, я наблюдала за ней, косясь в ее сторону. Работать с картотекой для нее привычное дело, это я сразу почувствовала.

Она хмурила лоб, иногда что-то бормотала себе под нос, вдруг задумывалась, глядя прямо перед собой, пальцы ее быстро двигались, перебирая карточки.

— Нашла что-нибудь интересное? — спросила она, поворачиваясь ко мне.

— «Книга Еноха», — поспешно ответила я.

— Я ее наизусть знаю, — недовольно буркнула Анна. — Вот, взгляни.

Я подошла к ней, она щелкнула ногтем по карточке. «Пименов, — прочитала я. — «К вопросу о «пятом Евангелисте». Записки краеведа».

— И что? — спросила я, пытаясь отгадать, что ее так заинтересовало.

— Записки краеведа, — улыбнулась она. — Возможно, дядя прояснит, какое отношение Пятое Евангелие имеет к нашим местам.

Сделав запись на листке бумаги, она направилась к женщине за стойкой. Я задвинула ящик с некоторым раздражением. «Мы просто теряем время», — подумала с досадой, но пошла следом за Анной. Вскоре мы устроились за столом, на котором появилась стопка книг. Анна деловито их просмотрела и для начала раскрыла Пименова. Книга оказалась тонкой брошюрой, изданной в тридцать девятом году. Пожелтевшая бумага, загнутая по краям, несколько страниц подклеены.

— Будешь читать или тебе не интересно?

Я пожала плечами, но, когда она открыла книжку, добросовестно начала читать. Очень скоро книга неожиданно увлекла меня. Начиналась она с длинного пассажа о религии, опиуме для народа, надо полагать, это была дань времени. Автор разоблачал священнослужителей, которые при помощи всяких фокусов морочат головы легковерным. В качестве примера он привел типичный случай, «когда икона плакала кровавыми слезами», якобы это могли подтвердить более пятидесяти прихожан церкви Вознесения Господня села Новодворское. Однако, как утверждал автор, сам он ни одного свидетеля найти не смог, хотя и опросил всех жителей. Икона была отправлена на экспертизу, и на ней обнаружили следы крови, предположительно свиной. Вот так церковники творят чудеса. Далее Пименов делал вывод: «Чудо «пятого евангелиста» не более чем очередной дешевый фокус». После этого подробно объяснял несведущим гражданам, что Евангелий существует четыре, объяснил, что такое апокрифы, и сделал вывод, что Пятое Евангелие такая же чепуха, как и четыре хорошо известных. Сказки для темных и нищих духом.

Ничего для меня нового, если не считать полного отрицания автором любой религии и своеобразной лексики (выражения «мракобесы» и «коммунистическое сознание» встречались практически в каждом абзаце).

— Литературный памятник, — недовольно буркнула я, когда Анна перелистнула последнюю страницу. — Откуда в людях столько злости?

— Время такое было. Борьба мировоззрений. А книжка интересная, — вдруг заметила она.

— С точки зрения характеристики эпохи, — пожала я

плечами. — Подожди, — сообразила я. — Пятый евангелист? Чудотворная икона?

— Конечно. Что значит пятый евангелист, если их четыре? Лука, Матфей, Иоанн и Марк. Так?

— Так, — кивнула я. — Но здесь черным по белому: «пятый евангелист».

— Жаль, что дядя, сильно увлекшись критикой, не остановился на этом подробнее.

— Значит, речь идет об апокрифах, то есть о каком-то одном из них.

— Нет, — покачала головой Анна. — Это же икона, которую изъяли из церковного иконостаса. Насколько я знаю, пишутся они с соблюдением определенных правил, и совершенно невозможно создание иконы, идущей вразрез с церковным учением. А церковь учит: Евангелий четыре, и евангелистов, соответственно, тоже.

— Тогда вопрос прежний: почему «пятый евангелист»?

— Давай посмотрим, нет ли еще чего-нибудь об этой иконе.

Когда мы обратились с этим вопросом к библиотекарю, она взглянула так, точно мы спросили ужасную глупость. Вскоре ее реакция стала понятна.

— Есть, конечно, — ответила она. — Вот, взгляните. — И протянула нам «Справочник краеведа», изданный в прошлом году.

Полистав его, мы обнаружили следующее: «Пятый евангелист» — икона из Вознесенской церкви села Новодворское, находится в областном историческом музее. Копия иконы неизвестного мастера, предположительно четырнадцатого века».

— Он что, хочет, чтобы мы ее свистнули из музея? — нахмурилась Анна.

— Что свистнули? — не поняла я.

— Икону, что ж еще?

— Он писал о Пятом Евангелии, а не о пятом евангелисте.

— Какая разница? Если есть евангелист, должно быть Евангелие. Соображаешь?

— Не очень, — отмахнулась я.

— Как думаешь, музей сегодня работает?

— Почему бы и нет.

— Может, взглянем на икону? Вдруг мысли какие появятся.

— Давай взглянем, — согласилась я.

— Пойду узнаю, есть ли какие-то из этих книг на абонементе.

Анна вновь направилась к стойке, а я еще раз пролистала брошюру и обратила внимание на контрольный листок. Если верить записям, книга была востребована лишь четырежды: в 1947 году, в 1960 году и дважды в этом. Перед нами ее брал некто с читательским билетом за номером 1785. Я придвинула к себе книгу из стопки, лежащую сверху, и проверила контрольный листок. Последний, кто ее брал, имел тот же номер читательского билета: 1785. Я проверила все книги из стопки, вне всякого сомнения, кто-то интересовался тем же, что и мы, то есть задавался теми же вопросами. Могло это быть случайностью? Возможно, еще совсем недавно я именно так бы и решила. Но не теперь. Теперь во всем я видела если не указующий перст, то некую закономерность. Мы пришли сюда, мы взяли именно эти книги, и я обратила внимание на контрольный листок.

Когда вернулась Анна, я шепотом поведала ей о своем открытии. Внимательно меня выслушав, она взглянула как-то странно, с сомнением, что ли. Или в ее взгляде все-таки присутствовало удивление. Находка вдруг показалась пустяковой, и я закончила растерянно:

— Наверное, это ерунда, просто... просто показалось занятным.

— Может, и не ерунда, — ответила Анна, приглядываясь ко мне со все большим интересом, хотя теперь мне показалось, что в ее взгляде появилась настороженность. — Неплохо бы с этим человеком встретиться.

— Неплохо, — согласилась я. — Только библиотекарь вряд ли скажет, что это за человек и где его найти.

— Вдруг нам повезет, — усмехнулась Анна, и мы, взяв книги, направились к стойке. — Простите, — с улыбкой заговорила Анна, улыбка у нее, кстати, была очаровательная. Она улыбалась кончиками губ, не открывая рта, возле глаз собирались морщинки, расходясь лучиками, и глаза словно излучали сияние. Лицо становилось очень красивым, но не той яркой, притягивающей взгляд красотой. Ее красота была другого свойства, ты просто понимал, что перед тобой красивый человек, а не просто девушка с красивым лицом. — Нас очень заинтересовало Пятое Евангелие. Вы, должно быть, знаете всех людей, кто сведущ в этом вопросе. Мы обратили внимание, что все эти книги до нас брал один и тот же человек. Возможно, он не отказался бы поговорить с нами...

Я ждала, что произойдет дальше, наблюдая за библиотекарем, высокой худой дамой в старомодных очках. Сначала она едва заметно нахмурилась, потом, склонив голову вбок, слушала вполне доброжелательно, а под конец кивнула.

— Это, наверное, Платонов, — сказала она, взглянула на контрольный листок и вторично кивнула. — Он знаток в этих вопросах.

— Часто заходит в библиотеку? — спросила Анна.

— Нет, я его вообще ни разу не видела. — Мы недоуменно переглянулись, но она пояснила: — Он инвалид. За книгами приходит его родственник, а с Николаем Ивановичем мы общаемся в основном по телефону. Дело в том, что родственник глухонемой, вот Николай Иванович и звонит мне. Человек он общительный, а поговорить не с кем. — Она кивнула на телефон, который стоял на стойке. — Конечно, подолгу разговаривать не получается, телефон служебный, но иногда для человека очень важно с кем-то поговорить хоть минуту.

— Разве книги из читального зала дают на дом? — удивилась я. Во времена моего студенчества это не практиковалось, но, возможно, все изменилось.

— Нет, конечно, — ответила женщина. — Я же сказала, сюда приходит родственник, делает ксерокопии. У Николая Ивановича феноменальная память, он помнит, на какой странице интересующий его абзац.

— Вряд ли он откажется поговорить с нами, — опять улыбнулась Анна. — Вы не могли бы дать нам его адрес?

На какое-то мгновение женщина замешкалась, но быстро ответила:

— Я должна ему позвонить. Если он не против...

— Да-да, конечно, — в два голоса сказали мы.

Женщина набрала номер, ответили ей сразу.

— Николай Иванович, здесь две девушки интересуются краеведением, очень хотят с вами встретиться. Девушки красивые, — засмеялась она, должно быть отвечая на его вопрос. — Хорошо. Как ваше самочувствие? Вот и славно. Да, да... спасибо. — Она повесила трубку и на листке бумаги написала адрес и номер телефона. — Вот, пожалуйста. Думаю, никто не знает историю нашего края лучше, чем он, — заметила она на прощание.

Мы покинули библиотеку.

— Давай сначала заглянем в музей, — предложила Анна. — Очень мне интересно взглянуть на икону. А потом позвоним этому Николаю Ивановичу, номер, кстати, телекомовский.

— Это о чем-то говорит? — насторожилась я.

— Только о том, что у него мобильный телефон.

И мы поехали в музей.

Здание музея было построено еще в начале девятнадцатого века. В детстве я здесь неоднократно бывала, но теперь затруднялась припомнить, когда это было в последний раз. Навстречу нам выпорхнула стайка ребятишек во главе с молодой женщиной, которая пыталась их утихомирить.

— Петров, прекрати кривляться, — взывала она к кому-то, но увещевания не действовали, дети галдели, мальчишки носились друг за другом.

Я распахнула тяжелую дверь и первой вошла в музей. Прямо напротив входа находился киоск сувениров, слева касса музея.

Мы купили билеты и вошли в первый зал. Экскурсовод, собрав вокруг себя школьников, рассказывала о татаро-монгольском нашествии.

Икону мы обнаружили на втором этаже, в зале с экспозицией «Православие и атеизм». Старые фотографии, церковная утварь и икона за стеклом, внизу табличка «Пятый евангелист», икона из Вознесенской церкви села Новодворское». На иконе был изображен молодой мужчина, темные кудрявые волосы до плеч, аккуратная борода, в руках раскрытая книга, развернутая к зрителю, надпись на старославянском. Я попробовала прочитать, и у меня получилось следующее: «Яко ты создал всяческое: и волею твоею суть и сотворений».

— «Ибо ты сотворил все и все по твоей воле существует и сотворено», — медленно произнесла Анна.

— Что? — точно очнувшись, спросила я.

— Так звучит привычнее, — пожала она плечами. — Откровение святого Иоанна, или Апокалипсис.

Экскурсовод вошла в зал вместе с детьми. Мы решили дождаться ее объяснений. Дети заметно утомились, и экскурсию она сократила. Коротко сообщила, сколько церквей было в области до революции, сколько было разрушено в период борьбы с религиозным дурманом, и наконец указала на икону.

— А это знаменитый «Пятый евангелист». Предположительно копия иконы четырнадцатого века, которая в настоящее время утеряна. На ней изображен апостол Иоанн, любимый ученик Христа.

Дети выслушали все это без особого интереса и вскоре перешли в другой зал. Мы дождались конца экскурсии и перехватили экскурсовода у выхода из зала.

— Если это Иоанн Богослов, то почему икону назвали «Пятый евангелист»? — спросила я.

Молодая женщина окинула нас оценивающим взглядом, чувствовалось, что экскурсии и ее изрядно утомили, однако она сочла своим долгом ответить на наши вопросы.

— У иконы очень интересная история. Есть множество легенд о том, как эта икона попала в наши края. До сих пор ученые сомневаются, существовала ли в действительности икона четырнадцатого века, с которой якобы сделали эту копию. По этой причине икона, как видите, осталась в музее, в экспозиции, посвященной атеизму. Она считалась чудотворной, из глаз евангелиста стекали капли крови. В 1937 году икону отправили на экспертизу, разумеется, ничего чудотворного... время было такое, — точно извиняясь, добавила она. — Впервые на эту икону обратили внимание в девятнадцатом веке, тогда и попытались установить, кто же на ней все-таки изображен. Вы видите надпись в книге? Эта строка из Апокалипсиса Иоанна, потому и решили, что изображен на иконе апостол Иоанн. Однако существует легенда, что первоначально здесь была другая строка, которой нет ни в одном из текстов Священного Писания. Отсюда и название «Пятый евангелист». Якобы переписчик самовольно внес изменения, когда делал копию иконы. Знаете, самое интересное, что легенда о кровавых слезах не лишена оснований. По крайней мере есть свидетельства вполне уважаемых людей, что однажды икона действительно «плакала» уже здесь, в музее, где она находится с 1940 года. Произошло это восемь лет назад. Утром смотритель музея обнаружил капли крови на иконе, которые потом исчезли.

— И что? — жадно спросила Анна.

— Епископ почему-то с большим сомнением отнесся к этому факту... — Она развела руками и вдруг виновато хихикнула: — А вообще-то мы ее боимся. Смотритель вечером сюда один не заходит. Обратите внимание на его глаза. — Глаза евангелиста действительно производили впечатление. Огромные, темные, они смотрели осуждающе и строго, будто требовали ответа. — От него исходит какая-то недобрая сила.

— Вы сказали, это копия иконы четырнадцатого века. Где же сама икона? Исчезла?

— Да. Исчезла из кельи того самого монаха-иконописца. Его наутро нашли мертвым, а вот икона лежала на столе. Это легенда, — улыбнулась она. — Почти с каждой иконой связаны легенды, и эта не исключение.

Мы поблагодарили девушку и побрели к машине.

— С «Пятым евангелистом» более-менее ясно, — вздохнула я. — Но Азазель писал о Евангелии. По-моему, мы не там ищем.

— Не скажи, — усмехнулась Анна. — Если вдруг объявился «Пятый евангелист», вполне логично предположить наличие Пятого Евангелия.

— Странно, — размышляла я вслух. — Эта икона висит здесь всю мою жизнь, а я никогда не обращала на нее внимания.

— Ты просто никогда не поднималась на второй

этаж, — весело заметила Анна. — Позвони Платонову, — предложила она.

Николай Иванович с энтузиазмом откликнулся на нашу просьбу встретиться.

— Буду очень рад, если вы сможете подъехать часиков в пять-шесть. Вас устроит?

— Да, конечно, — сказала я.

— Вот и отлично. Если дверь долго не будут открывать, не торопитесь уходить. Я всегда дома.

Мы простились.

Я взглянула на часы, до пяти оставалось еще довольно много времени.

— Поедем ко мне? — предложила я.

Анна не отвечала довольно долго, разглядывая меня.

— Если там опять сюрприз, имей в виду, мы все это время были вместе, — наконец сказала она.

— Я тебя ни в чем не подозреваю, — ответила я с досадой, не удержалась и добавила: — Сообщения, скорее всего, приходят из психиатрической больницы.

— Очень подходяще, — кивнула она и неожиданно расхохоталась.

— Что здесь смешного? — не выдержала я.

— Твой мент наверняка решил, что это моих рук дело? Любопытно, как, по его мнению, я могла бы такое провернуть? В компьютерах я дуб дубом, так что здесь он ткнул пальцем в небо.

Пока я возилась в прихожей, запирала дверь, убирала ключи, Анна прошла в комнату и замерла перед картиной.

— Да-а, — сказала она нараспев.

— Что там? — испугалась я.

— Девушка держит в руках лотос.

Я подошла и встала рядом, картина выглядела точно

так же, как несколько часов назад, когда я разглядывала ее в последний раз. Казалось совершенно невозможным, что ночью здесь было изображено нечто другое. И тут в голову мне пришла вот какая мысль: неизвестно, что произойдет этой ночью. Я зябко передернула плечами и покосилась на Анну. Она продолжала с большим интересом рассматривать девушку с лотосом в руках.

— Ты можешь ночевать у друзей, — вдруг сказала она. — Иногда это помогает. А еще лучше перестань бояться.

— Как, интересно? — не выдержала я, ее слова, а главное, ее тон, спокойный, даже философский, раздражали.

— Просто скажи себе, что в этом мире все возможно. Все. И если из дыр в полу, к примеру, лезут полчища крыс, это всего лишь грызуны.

— Ты серьезно? — пробормотала я, чувствуя потребность поскорее оказаться в кресле.

— О чем?

— О крысах. Я их до смерти боюсь.

— Тогда лучше не думай о них. Выброси из головы.

— Боже мой... ты что, их видела? — не унималась я. — Ты видела?

— Нет. Я просто привела пример. Неудачный, — глядя на меня с печалью, ответила Анна.

Ее ответ не успокоил, напротив, я продолжала чувствовать себя крайне неуютно. «Чтобы нормальный человек оказался в психушке, ему много что надо увидеть», — с тоской подумала я, а вслух спросила:

— Останешься у меня сегодня?

— Если ты хочешь, — кивнула она.

Мы поели, неспешно обсуждая то, что узнали сегодня. Для меня было удивительным, что ранее я ничего не знала о «Пятом евангелисте». Икона вызвала столько споров, будоража воображение людей, а я до сегодняшнего дня даже не подозревала о ее существовании.

— Люди не любопытны, — не разделила моего удивления Анна. — Много ли мы вообще знаем о том, что происходило здесь?

— В нашем городе?

— В нашем городе, вообще на земле. Зубрим в школе: в 1812 году битва под Бородино, Наполеон с войсками занял Москву. Масса сведений, а за всем этим ни-че-го. Пустота. Каждый проживает свою жизнь, не очень-то интересуясь другими. Кто-то успевает рассказать о себе, большинство нет. Кого в нашем городе по-настоящему волнует эта икона? Двух-трех чудаков, любителей покопаться в истории.

— Кого-то она очень интересует, — не согласилась я. — Или то, что с ней связано. Если мы не ошибаемся, конечно.

— Ты говоришь о нем, как о человеке, — усмехнулась Анна.

— По-твоему, он появляется в красном плаще из пламени, демонически хохоча?

— Это расхожий образ. На самом деле зло многолико и может явиться в виде молодого красавца, о котором ты мечтала всю жизнь. А потом выяснится...

— Что?

— Ничего. И не забывай, он читает наши мысли.

— Прости, я не в состоянии поверить во все это.

— Тебе понадобится время. Главное, не сопротивляйся и воспринимай все как данность. Тогда сохранишь разум и, возможно, победишь.

— Разве человек может победить в такой схватке?

— Конечно. Мы ведь созданы по образу и подобию Божьему. Беда в другом. В нас слишком много от него. Мы говорим «я не смогу», а надо бы сказать «я не хочу».

— Как ты думаешь, почему это случилось с нами? — задала я вопрос, который очень мучил меня.

— На этот вопрос можно ответить, если пройти свой путь до конца. У тебя будет свой ответ, а у меня, возможно, свой. Ты не хочешь проверить почту? Может, мы напрасно теряем время и ищем совсем не там.

Я пошла к компьютеру, уверенная, что никаких писем нет, по крайней мере от Азазеля. Ведь сегодня Игорь полдня провел здесь.

— Я думаю о нем, как о человеке, — хихикнула я. — Но если он...

Письмо было. Глазам своим не веря, я прочитала: «Ты на правильном пути. Шахово».

— Ну вот, — заметила Анна. — Правильной дорогой идем, подруга. Что такое Шахово? — спросила она.

— Не знаю. Похоже на название населенного пункта.

— У тебя есть карта области?

— Лежит в машине.

— Надо будет взглянуть.

— Пора ехать к Платонову, — напомнила я. — Я весьма смутно представляю, где находится Марксистская улица.

— Где-то возле объездной дороги. Хотя я могу и ошибаться.

Нужную нам улицу пришлось искать довольно долго. За объездной дорогой, там, где раньше была березовая роща, вырос коттеджный городок. Самая дальняя улица оказалась Марксистской. Место мне понравилось. В черте города, но ощущение, что находишься за сотню километров от людской суеты и шума. Тишина. Птицы поют. Впечатление портили лишь высоченные заборы, отделяющие участки друг от друга, видеокамеры возле калиток, опущенные жалюзи на окнах домов. Особо общительными местные жители не казались.

— Ясно, почему старикану за счастье хоть по телефону поболтать, — заметила Анна, оглядываясь по сторонам.

— Ему ничего не стоит переехать. Дома здесь дорогие, так что оказаться в панельном доме с сотней соседей легче легкого. А вот и его дом.

Дом, где жил Платонов, выглядел скромнее, чем соседские. Правда, кирпичный забор и кованая калитка присутствовали, но сам дом, хотя и двухэтажный, вряд ли превышал сотню квадратных метров, зато имел застекленную веранду. В сад вел пандус.

— Кажется, я догадываюсь, почему он живет не в панельном доме, — вздохнула Анна.

Я остановила машину возле ворот, ведущих в гараж, и мы направились к калитке. Звонить пришлось трижды. Памятуя о предупреждении Платонова, мы спокойно ждали. Наконец раздался щелчок, и калитка открылась. Мы направились к крыльцу, дверь дома распахнулась, и мы увидели рослого здоровяка с мрачной физиономией.

— Здравствуйте, — дружно сказали мы. Он открыл дверь пошире, пропуская нас в дом, и ничего не ответил. Я почувствовала неловкость, но тут вспомнила, что говорила библиотекарь о родственнике Платонова: он глухонемой.

Он провел нас в просторную гостиную. Из мебели здесь были шкаф, диван и четыре кресла, в углу стоял телевизор на антикварной тумбочке, деревянная резьба потрескалась и побелела. Похоже, хозяин не особенно обращал внимание на вещи, его окружающие. Мужчина невнятно промычал что-то, кивнув нам на кресла, мы сели, а он принялся что-то объяснять жестами.

— По-моему, он хочет сказать, что Платонов немного задержится, — сообразила я. Мы с Анной дружно кивнули и улыбнулись.

В комнате царил полумрак, тяжелые шторы на окнах

были задернуты, в узкую щель между ними струился солнечный свет, здесь было прохладно, но ужасно неуютно. Я перевела взгляд на мужчину, который все еще находился в комнате. Лицо его было напряженным, а взгляд словно обращен внутрь себя. Это создавало странное впечатление. Широкий нос, большой рот, кожа с сероватым оттенком, то ли в оспинах, то ли в шрамах, сразу не поймешь.

— Чего он тут торчит? — вдруг сказала Анна. — Может, боится, что свистнем чего-нибудь? Так тут при всем желании взять нечего.

Точно услышав ее слова, мужчина резко повернулся и исчез за дверью, а мы остались сидеть в креслах, напряженно прислушиваясь. Тишина в доме была такая, что завораживала. Прошло довольно много времени, прежде чем я подумала, что хозяину давно пора появиться, невежливо заставлять гостей так долго ждать. Я тут же вспомнила, что он инвалид, и устыдилась своих мыслей. Однако просто сидеть и ждать уже надоело.

— Уж лучше бы глухонемой остался здесь, толку от него никакого, но хоть объект для наблюдения.

Наконец послышался шум, я не сразу сообразила, что заработал лифт, в двухэтажном доме это все-таки редкость. Дверь открылась, и мы увидели старика в инвалидной коляске. Старик был огромным, не полным, а именно огромным. Коляска казалась несуразно маленькой, точно взрослый мужчина, дурачась, устроился на детском велосипеде. Впрочем, коляской он управлял очень ловко. На мужчине был надет светлый пиджак поверх толстого свитера, ноги прикрыты пледом, на голове шляпа, на руках нитяные перчатки с отрезанными пальцами. В целом это выглядело забавно, хотя что забавного может быть в человеке на инвалидной коляске? Я сразу решила, что перед нами чудак, который даже в своем невеселом положении умудряется получать удовольствие от жизни.

У мужчины были длинные, совершенно седые волосы, борода и усы, скрывавшие вместе со шляпой почти все лицо, нос картошкой и глаза за темными стеклами очков.

— Здравствуйте, — радостно приветствовал он нас. — Прошу простить, что заставил ждать. Вам даже чая не предложили. Виталий всегда забывает о гостеприимстве. Сказать по правде, он побаивается молодых женщин и спешит уйти. Вот и сейчас выдумал срочное дело и сбежал куда-то. Что ж, давайте знакомиться. Платонов Николай Иванович, в прошлом нефтяник, теперь пенсионер. Увлекаюсь историей и краеведением. В этом смысле наша область исключительно благодатна, всей жизни не хватит, чтобы изучить историю здешних мест. Кажется, я опять заболтался, а вы так и не представились.

— Ульяна Осипова, — поднимаясь ему навстречу, сказала я, он протянул руку, а когда я хотела ее пожать, церемонно поцеловал мою.

— Рад видеть в своем доме таких красивых девушек, к тому же интересующихся историей.

— Анна, — не подавая руки, кивнула моя спутница.

— Ага, — тоже кивнул Платонов, с интересом приглядываясь к ней. — Вы студентки? Занимаетесь историей?

— Нет. Нас просто очень заинтересовала одна икона.

— Так вы не собираетесь писать курсовую или диплом?

— Нет, — ответила Анна.

— Жаль... то есть опять я очень болтлив. Вы знаете, обычно ко мне обращаются за помощью студенты. Я охотно помогаю. Я довольно одинок и... впрочем, вам это не интересно. Так какая икона? «Пятый евангелист»?

— Как вы догадались? — улыбнулась я.

— Ну... не так уж это сложно. Эта икона — предмет раздоров и споров уже на протяжении сотни лет. Вы поступили совершенно правильно, обратившись ко мне. Скажу без ложной скромности, вряд ли еще кто-то сможет сообщить вам столько подробностей о ее истории.

— Николай Иванович, — опять улыбнулась я, дядька мне нравился, чувствовался в нем какой-то молодой задор. — Почему все-таки икона так странно называется? Если это Иоанн, почему «Пятый евангелист», ведь Иоанн — один из четырех известных евангелистов.

— Потому что это вовсе не Иоанн, — весело ответил он. — Только деревенский батюшка мог такое придумать, дабы не вводить паству в сомнение.

— Интересно, так кто же там изображен на самом деле?

— Пятый евангелист, — засмеялся Николай Иванович. — Вот что, разговор нам предстоит долгий. Если вам не трудно, заварите чай, кухня вот за этой дверью, в шкафчике все необходимое.

Я хотела подняться, но Анна опередила меня. Она оставила дверь в кухню открытой, я видела, как она ставит чайник, готовит заварку, режет лимон, все это время Николай Иванович расспрашивал меня о моей жизни, чем занимаюсь, где работаю. Я боялась, вдруг он спросит, почему нас заинтересовала икона, и тогда вместо того, чтобы слушать, самой придется что-то объяснять, но он не спросил. Видимо, он считал икону настолько интересной, что наше любопытство было ему понятным.

Наконец вернулась Анна с подносом в руках, хозяин сам разлил нам чай, проигнорировав свою чашку.

— А вы что же, чаю не выпьете? — спросила я.

— Я, знаете, пожалуй, выпью водочки, — улыбнулся старик. — Время подходящее. Что скажете?

— Конечно, — пожала я плечами.

— Тогда будьте добры заглянуть вот в этот шкаф, — кивком головы указал он.

Я подошла, открыла резную дверцу и увидела хрустальный графин на подносе, рядом три рюмки с золотым ободком и блюдечко с дольками лимона. Похоже, Николай Иванович ожидал гостей. Я поставила все это на стол. Николай Иванович потянулся к графину.

— Буду рад, если вы составите мне компанию, — улыбнулся он.

— Спасибо, — ответила я. — Мы лучше чаю.

— Напрасно пренебрегаете, — заявил он с хитрецой. — Это водка не простая, а, можно сказать, золотая. В ней живительный огонь. И, между прочим, создана специально для дам. Качество высочайшее. «Довгань Дамская». Я, один раз попробовав, никакой другой уже не принимаю. Ну так что, составите компанию?

— Пожалуй, я попробую, — усмехнулась Анна.

— Вот это правильно, — хихикнул Николай Иванович. — Это по-нашему, по-русски. Уверяю вас, получите удовольствие. — Он разлил водку в рюмки, поднял свою и торжественно произнес: — За наше знакомство.

Мы выпили, Николай Иванович не спеша закусил водку лимоном, мы последовали его примеру.

— Ну, как? — спросил он.

— Хорошо, — ответила Анна, я кивнула.

— У нас сформировалось неправильное отношение к водке, — сложив руки на коленях, заговорил Платонов. — Либо пьют без меры, либо носы морщат: фи, водка... А между тем продукт исключительно полезный, в разумных дозах, разумеется. Повальное пьянство не приветствую, но точно знаю, что нет ничего лучше, как выпить рюмку-другую за приятной беседой. Мои собеседники в основном книги, сядешь вечерком, выпьешь рюмочку, душа согревается. И понимаешь тогда: жизнь еще не кончена, она еще удивит, непременно удивит. Русский человек водку всегда уважал, вино для итальянцев, французов и прочих южных народов, а нам требуется кровь разогнать, чтобы силу в себе почувствовать. Оттого русские всегда пили и будут пить водку.

— Наверное, все дело в климате, — подала я голос.

— И в климате, и в особенностях национального характера. Предкам стоит спасибо сказать, а тому, кто этот рецепт придумал, особая признательность. Сейчас женщинам, возможно, сложнее, чем мужчинам. Самостоятельность тоже имеет как плюсы, так и минусы. Работа, семья, сплошные стрессы. Иногда очень полезно хоть на полчаса забыть обо всех проблемах, отдохнуть, расслабиться. И тогда без водочки никуда, особенно без такой, как эта. И название подходящее: «Довгань Дамская». Сделана она с добавлением настоя яблок и винограда... Не из того ли самого яблочка, которым Ева соблазнила Адама, — засмеялся Николай Иванович. — Может, оттого и вкус столь приятен. Запретный плод... искушение первородного греха... А с другой стороны, какая история за этим именем.

— Об истории я знаю, — заметила я. — На днях познакомилась с Анастасией Довгань.

— Да что вы говорите? — необыкновенно заинтересовался Николай Иванович. — Удивительная девушка. Жаль, лично незнаком, но наслышан. А вы знаете, что ее прадед родом из наших мест?

— Я думала, он откуда-то с юга России, — удивилась я.

— Село Андреевское — их родовое имение. О, это потрясающая история. Прадед, а точнее, прапрадед вашей знакомой, Константин Довгань, красавец, блестящий офицер, отправился как-то погостить к своему товарищу в имение на юг России. А у товарища оказалась сестра, которую, кстати, тоже звали Анастасия. Красоты она была необычайной. Сердце нашего героя дрогнуло. Его знаки внимания не остались незамеченными, да вот беда, кроме славного имени да личных достоинств, у бравого офицера ничегошеньки не было. К тому времени Андреевское было продано за долги. Покойный батюшка отличался пагубной страстью к картам. А невеста с приданым, и родители, как водится, подыскивали для нее жениха познатнее, а главное, побогаче. Что прикажете делать в такой ситуации? А надобно сказать, что у родителей Анастасии были прекрасные виноградники и яблоневые сады. Разумеется, делали в имении и наливки, и настойки, и собственное вино. Как-то, прогуливаясь по прекрасному саду, Константин Довгань вспомнил свою маменьку покойную, родом из благодатных южных российских краев, оставившей вместе с благословением сыну рецепт водки, которую изготовляли ее предки. Маменька-то как в воду глядела, когда сказала, что фамильный рецепт сделает сына и счастливым, и богатым. Наш офицер отправился в полк, но к концу лета вернулся в имение возлюбленной с заветным рецептом. Отец Анастасии рецептом заинтересовался, и вскоре семейство с гостями собрались на дегустацию напитка. Водка получилась знатной, особенно понравилась она дамам за свои замечательные качества. В тот же вечер офицер признался Анастасии в любви, и она с румянцем на щеках ответила «да». Пошли молодые к родителям за благословением, и те с сердцем, размягченным божественным напитком да добрыми словами гостей, сказанными за столом, дали свое согласие. А там, как водится, пир на весь мир и счастливое житье-бытье. Константин вышел в отставку и стал жить в имении, а водка так полюбилась дамам, что без нее ни один бал, ни одно празднество уже не обходилось. За особое расположение к ней возлюбленных прозвана она была «эликсиром любви». Теперь это звучало бы слишком помпезно, и водке дали другое название — «Дамская». Так вслед за счастьем пожаловало к нашему Константину богатство. Вот такая история произошла с нашим земляком. — Он развел руками и с некоторым смущением добавил: — Простите великодушно, кажется, я опять заболтался. Вы ведь не о дамской водке пришли поговорить.

— Вы очень интересно рассказываете, — улыбнулась я.

— Болтлив, болтлив, каюсь, — засмеялся Николай Иванович. — Это стариковское. Ну что ж... вернемся к нашему «Пятому евангелисту».

Первое упоминание об этой иконе мы находим в 1387 году. Князь Василий Данилович сделал вклад в Вознесенский монастырь. Среди прочих вещей упоминается икона «Святой Иоанн» в серебряном окладе с каменьями. Храм Вознесенского монастыря был небольшой, в 1468 году к нему пристроили так называемую летнюю церковь и там подарку князя отвели почетное место, где икона якобы находилась до 1607 года.

— Якобы? — спросила я. Николай Иванович улыбнулся.

— Вы знаете, что в каждом монастыре проводились так называемые описи? В них содержатся сведения и об иконах. Я имел возможность взглянуть на одну из них, хранящуюся в нашем музее. Икона «Иоанн Богослов» подарена князем Василием. Тот, кто составлял опись, не видел в этой иконе ничего особенного, то есть икона была вполне канонической.

— Вы хотите сказать, что на самом деле никакой таинственной строки на иконе не было? — быстро спросила я.

— Не все так просто. События начали развиваться в самом конце шестнадцатого века. Именно тогда в монастыре стали происходить странные вещи.

— Какие? — насторожилась Анна.

— В монастырской летописи 1597 года есть некое упоминание о знамении. Икона святого Иоанна плакала кровавыми слезами. Люди со всей округи хлынули в монастырь, чтобы увидеть чудо. Вскоре один из монахов был найден мертвым на пороге своей кельи. Следов крови на нем не обнаружено, и было решено, что монах умер своей смертью. Через три недели умирают сразу четверо монахов. Затем в течение месяца еще двое. О монастыре идет дурная слава, епископ отправляет для дознания целую бригаду, как теперь бы сказали. Когда люди епископа прибывают в монастырь, застают там страшную картину: шестеро оставшихся монахов и игумен лежат в трапезной, буквально залитой кровью. Прибывшие решили, что монастырь подвергся нападению разбойников, но расследование ничего не дало. Разбойники в тех местах в ту пору не досаждали, ходили упорные слухи, что местный люд, почуяв неладное, разделался с монахами, которых, вполне возможно, сочли приспешниками дьявола.

— Но почему? — нахмурилась Анна. — Что дало повод так думать?

Николай Иванович пожал плечами.

— Монахи в основном были людьми молодыми, и их внезапная кончина, да еще в столь короткий период... Возможно, люди просто чувствовали некий дух... ауру, если угодно, оттого и решили, что в монастыре происходит нечто несовместимое со служением богу. Слухи также мог спровоцировать тот факт, что незадолго до этих событий в монастыре появился некий человек. Глухонемой. Монахи приютили его, он усердно трудился и исправно посещал службы, но, несмотря на это, вызывал у мирян лютый страх. Кстати, его труп не обнаружили. Естественно предположить, что он каким-то образом был связан с происшедшим. Однако доказать или опровергнуть это не смогли. Следствие закончилось, в монастырь пришли новые монахи, а через полгода игумен был обнаружен мертвым в монастырском подвале. Что ему там понадобилось, летопись умалчивает. На следующий день после похорон все монахи покинули монастырь, а еще через три дня он сгорел. Выгорел дотла, потому что вряд ли кто спешил тушить его. Возможно, и загорелся он далеко не случайно. Новый монастырь заложили только через тридцать лет в восемнадцати километрах от того места. Он, кстати, сохранился до нашего времени, правда, выглядит плачевно. Итак, монастырь сгорел, и икона должна бы вместе со всеми прочими погибнуть в огне. Однако через несколько лет происходит ее чудесное обретение. Крестьянка Прасковья Петрова возле лесного ключа видит икону святого Иоанна в серебряном окладе и сообщает о чуде местному батюшке. С крестным ходом икону приносят в церковь села Новодворское, которое находится в трех километрах от места, где ее обнаружила Петрова, и в двадцати пяти километрах от бывшего монастыря. Серебряный оклад ничуть не пострадал от огня, что, естественно, сочли чудом. Икона простояла в этой церкви до середины девятнадцатого века. Богатое торговое село год от года нищало. Торговля приходила в упадок, смертность возросла, мужчины умирали в молодом возрасте, точно людей косила эпидемия неизвестной болезни. Справедливости ради стоит сказать, что село было «пьяное». Вам известен этот феномен русской жизни? Села делили на пьяные и трезвые. В трезвых селах мужское население кабаков сторонилось, пьянство в общине осуждалось, ну а пьяные... — Николай Иванович развел руками. — В середине сороковых годов соседнюю деревню покупает отставной полковник Мартынов. Со священником Вознесенской церкви его связывает большая дружба, оба выпивохи, ценящие земные удовольствия. Ранним сентябрьским утром 1847 года Вознесенскую церковь охватил пожар, и в ее пламени погибли и священник, и полковник Мартынов. Как это могло произойти — совершенно неясно. Как-то сомнительно, что оба кинулись в огонь спасать церковные ценности, рискуя собственной жизнью.

— Икона вновь чудесным образом спаслась от пожара? — спросила я, Анна едва заметно усмехнулась, казалось даже, что рассказ Платонова не очень ее занимал.

— Разумеется, — засмеялся он. — Ее обнаружили, когда пришли разбирать пепелище. Хотя серебряный оклад несколько пострадал от огня.

— И что дальше?

— Сын полковника Мартынова решил заказать новый оклад на икону, благо средства позволяли. О том, что произошло дальше, «Губернские ведомости» рассказывают так: когда оклад сняли, надпись в книге оказалась совершенно иной. Хотя, возможно, все было проще: слой краски отшелушился, и под одной надписью обнаружилась другая. В четырнадцатом веке новую надпись сделали поверх старой.

— И что за надпись там оказалась? — насторожилась я.

— Надпись в высшей степени интересная. «И предав меня сядешь одесную отца небесного». Этой строки нет ни в одном известном тексте Священного Писания, что и послужило поводом для слухов, будто существует еще один текст, откуда и взята эта строка. Оттого икона и получила свое название.

— «Пятый евангелист»?

— Именно. «Пятый евангелист». Но не это главное. Сзади в доске было углубление, где якобы обнаружили пергамент с текстом на непонятном языке, что тоже, возможно, имело некие основания. Дело в том, что серебряный оклад был необычным, он закрывал доску целиком, точно футляр.

— И Мартынов его обнаружил?

— Не Мартынов, а монах, которому принесли икону, чтобы сделать с нее копию. Так пожелал Мартынов. Он заказывает в местной иконописной мастерской копию иконы, но никто из мастеров сделать копию так и не смог. Не спрашивайте меня почему, об этом нет никаких сведений. Тогда Мартынов едет в отдаленный монастырь, где монах-иконописец берется выполнить работу.

— Монаха наутро нашли мертвым?

— Разумеется. Причем икона вместе с пергаментом исчезла, а копия, которую он успел сделать, стояла на столе. И надпись в книге гласила «И предав меня сядешь одесную отца небесного». Следствие ничего не дало, Мартынов с копией вернулся к себе и вскоре скончался. Икона осталась в их семье, и, странное дело, никакого интереса к ней никто не проявлял. В конце девятнадцатого века его правнук решает вернуть икону Вознесенской церкви. Однако надпись на книге была уже другая, строка из Откровения Иоанна. Думаю, ту, прежнюю, просто счистили и поверх написали эту. Очень скоро начали происходить чудеса. Многочисленные исцеления. К тому же лик на иконе источал кровавые слезы. Прошу заметить, накануне революции неверующих было пруд пруди, но есть документальные свидетельства людей образованных, причем среди них встречаются атеисты. Ну а дальше вы уже знаете. В тридцатые годы церковь разрушили, а икону передали музею. Она была объявлена подделкой, священник якобы мазал ее кровью животных, а темный народ верил в чудо. Вот такая история.

— История занятная, — кивнула я. — Только что в ней правда, а что вымысел?

— На этот вопрос вам никто не ответит.

— Меня больше интересует цитата в книге, — подала голос Анна. — Звучит довольно странно. «И предав меня сядешь одесную отца небесного». Так, кажется?

— Именно. Хотя проверить сие уже невозможно. Но есть свидетельства, что там была именно эта строка.

— Допустим, действительно существует или существовал еще один евангелический текст. Но... в этой строке нет смысла. Иисуса предал Иуда, это все знают. «И предав меня сядешь одесную отца небесного», то есть окажешься в раю? Как мог Иисус сказать такое?

— Ну, сказал же он разбойнику: «Истинно говорю тебе, ныне же будешь со мною в раю», — усмехнулся Николай Иванович.

— Разбойник поверил в него. А Иуда предал. Предал любимого учителя.

— Все так, все так, — покивал он головой. — Весь вопрос в том, кто написал Пятое Евангелие. Возможно, тогда слова эти стали бы понятны.

— По-вашему, Пятое Евангелие написал сатана? — усмехнулась Анна.

— Довольно распространенное мнение, — вновь кивнул Николай Иванович. — Очень подходит для беллетристики. Давайте пофантазируем. Зачем врагу рода человеческого могло это понадобиться? Вы знаете ответ?

Лично я затрудняюсь даже предположить, какие у него были к тому мотивы.

— Не удивительно, что затрудняетесь, — хмыкнула Анна. — На то и сатана.

— Да-да, — охотно согласился Платонов. — Однако меня больше привлекла иная версия. Вот, взгляните. — Ловко управляясь с креслом, он подъехал к шкафу, что стоял у стены, и достал из ящика толстую книгу. — Закон Божий, — пояснил он. — Издание 1913 года. — Он подъехал к нам, положил книгу на стол, сдвинув чашки в сторону, и открыл ее. — Все четыре Евангелия, как известно, написаны через много лет после распятия Христа. Святой Иоанн ознакомился с тремя из них и их одобрил. Затем ученики уговорили его составить свое повествование о земной жизни Христа, что он и сделал. Довольно странно, что в своих странствиях никто из двенадцати не потрудился записать притчи, которыми так любил поучать Христос. Хотя среди них были люди образованные. В Библии немало пророчеств, и за Христа принимали и Илию, и Иоанна Крестителя...

— Я не очень понимаю, куда вы клоните, — начала я, но Анна меня перебила:

— Николай Иванович хочет сказать, что кто-то еще при жизни Христа составил описание совершенных им чудес. Но по какой-то причине они были забыты или утеряны.

— Или к ним было резко отрицательное отношение из-за их автора, — весело добавил он.

— Вы считаете, что автор Пятого, то есть Первого Евангелия — Иуда? — спросила Анна.— Вынуждена заметить, что это тоже весьма расхожее мнение. Лично я читала три детектива — два переводных и один отечественный, в которых речь о Пятом Евангелии, якобы написанном Иудой.

— При чем здесь детективы? — спросила я.

Николай Иванович на замечание Анны ответил мягкой улыбкой:

— Это лишь говорит о том, что идея, так сказать, витала в воздухе. А идеи на пустом месте не возникают, что-то им дает толчок. В нашем случае загадочная цитата в книге в руках пятого евангелиста. Если принять версию, что евангелист Иуда, то ее смысл вполне понятен.

— Только не для меня, — покачала я головой. — По-вашему, Христос простил его и обещал ему царствие небесное?

— А если это не слова Христа? — вкрадчиво заметил Николай Иванович.

— Тогда чьи?

— Пятого евангелиста, то есть Иуды.

— И он обвиняет Христа в предательстве? — растерялась я.

— Христос сказал, что будет предан, распят и воскреснет на третий день. Кто-то из учеников должен был предать его. И он заранее знал кто и даже назвал его на Тайной вечере. На вопрос Иуды «Не я ли, Господи?» ответил: «Ты сказал».

— Конечно, потому что читал в сердцах людей и видел сущность Иуды.

— А что вы скажете о предопределении? Разве не на все воля Божья? И Иуда знал, что для предательства учитель выбрал его? Человека, который безумно его любил? Но что он против воли Божьей? Чтобы свершилось пророчество, Христу надлежало быть распятым, а Иуде предать. И не рыдал ли он вместе с Господом, прося: «Пусть минует меня чаша сия»? Если взглянуть на все глазами Иуды, это Христос предал его, возложив на его плечи непосильную ношу. Он выполнил волю Божью и покончил с собой, оставив нам эту строку как обвинение.

— Он не только смотрит наши фильмы, он читает нашу беллетристику. Хотя неизвестно, кто кому идеи подбрасывает, — сказала Анна. И в ответ на недоумевающий взгляд Николая Ивановича пояснила: — Это я к тому, что особо оригинальной вашу версию не назовешь.

Он засмеялся:

— Согласитесь, версия недурна.

— Так можно оправдать любое предательство, — разозлилась я. Разговор произвел очень сильное впечатление, хотя я понимала, что все эти догадки ровным счетом ничего не стоили. — Мол, на все воля Божья. Предал, потому что так угодно Богу, а если б было не угодно, он бы предать не позволил. Очень удобно. Я не сильна в Священном Писании, но точно знаю, что Бог дал нам свободу выбирать между добром и злом.

— Помилуйте, я вовсе не оправдываю предательство. Это лишь моя версия. — Он вздохнул и развел руками. Я почувствовала неловкость, не стоило говорить с человеком в подобном тоне, он тратит на нас время, а я...

— Философский спор о том, насколько мы свободны, предлагаю временно прекратить, — сказала Анна. — Кто автор этих строк, установить невозможно. Да и их наличие сомнительно, раз в музее висит икона с цитатой из Апокалипсиса.

— Сомневайтесь на здоровье, — улыбнулся Николай Иванович. — Но не забывайте легенду о главе из неизвестного Евангелия, которая якобы была спрятана в иконе.

— Куда же она делась? — усмехнулась Анна.

— В середине позапрошлого века такую рукопись оторвали бы с руками, — нахмурилась я. — Карамзин, как известно, привил россиянам любовь к истории. В любом случае, если глава существовала, она просто была бы обязана где-то всплыть, не сама, так упоминание о ней. А ничего подобного мне не встречалось.

— Я еще не утомил вас своими рассказами? — улыбнувшись, спросил Николай Иванович. — Вы не представляете, какое это для меня удовольствие, но я, кажется, злоупотребляю...

— Вовсе нет. Но если у вас дела... мы можем приехать еще.

— Что вы, что вы. Я, напротив, очень рад. Итак. Вернемся к иконе. Я вам рассказал несколько легенд, связанных с ней. Что вы о них думаете?

— О легендах? — удивилась я. — Правду от вымысла отличить очень трудно. Возможно, правды и вовсе нет или ее совсем немного, как в легендах о Дракуле. Существовал человек с таким именем, а все остальное просто сказки.

— Забавно, что вы о нем вспомнили.

— О Дракуле? — не поняла я.

— Именно. Среди людей князя, подарившего икону монастырю, был некий человек, прозванный Молчун. В совсем юном возрасте он отправился с торговым караваном на Каспий, попал в плен, бежал, долго скитался, пока уже в преклонных годах не вернулся на родину. Его считали чуть ли не колдуном и побаивались. Однако он был человеком верующим и везде возил с собой икону.

— «Пятого евангелиста»? — спросила я. Платонов кивнул.

— Именно он завещал ее монастырю, а князь лишь заказал на нее богатый оклад из серебра с драгоценными каменьями.

— Это тоже легенда?

— Конечно. А вот уже факт. Незадолго до смерти полковника Мартынова, погибшего при пожаре, в селе появляется некий глухонемой, прозванный Скопцом, родом из Трансильвании. Что ему понадобилось в наших краях, неизвестно, однако он поселился в доме полковника. Взятый в дом из милости, он пользовался там невероятным уважением, а в селе его боялись.

— И тоже считали колдуном.

— А как же иначе? Так всегда бывает, когда люди сталкиваются с чем-то непонятным.

— И кто, по-вашему, был этот человек? — спросила я, чувствуя некоторую нервозность, непонятно, что меня раздражало, сам рассказ или то, с какой убежденностью говорил Платонов.

— Хранитель, — пожал он плечами, при этом выглядел совершенно искренне, точно он действительно говорил о чем-то само собой разумеющемся.

— Час от часу не легче, — вздохнула Анна. Я испугалась, что Николай Иванович обидится и прогонит нас, но он весело засмеялся.

— Это же очевидно. Такую ценность не могли оставить без присмотра. В четырнадцатом веке князь решил, что самое надежное место для нее — монастырь в глухих лесах. Леса тогда в нашей местности действительно были непроходимые. После того как монастырь сгорел, икона оказалась в сельской церкви. Место тоже вполне подходящее. Особого внимания на нее деревенские не очень-то обращали, да и местное дворянство вряд ли бы ею заинтересовалось.

— Из вашего рассказа следует, что икона приносит несчастья. Сплошные пожары и убийства.

— Икона здесь ни при чем, — удивился он. — Убийцы — люди. Другое дело, что иногда что-то заставляет нас поглубже заглянуть в свою душу и...

— Монахов косит эпидемия? — не удержалась я.

— Порой открываются такие тайники души... Я вас утомил, — развел он руками. — Простите мою старческую болтовню. Все, что я вам здесь рассказываю, просто мои догадки. Возможно, ни один ученый с ними не согласится. Хотя все это происходило в действительности.

— Что вы знаете о Хранителях? — спросила я.

— Вы слышали об Альбигойской ереси?

— Что-то связанное с тамплиерами?

— Альбигойцы, или катары, приверженцы еретического движения в Южной Франции XII—XIII веков. Выступали против догматов католической церкви, призывали к аскетизму и тому подобному... Были разгромлены в двадцатых годах XIII века северофранцузскими рыцарями и королем Людовиком VIII. Так вот. Я нашел упоминание о некой секте, которая появилась в тех краях примерно в то же время. Их также обвинили в ереси, и знаете, что оказалось: они почитали пятого евангелиста, которого обрек на вечные муки «распятый». Христа они иначе как «распятый» не называли.

— В то время полно было всяких сатанистов, — нахмурилась Анна. — Черные мессы и прочее в том же духе. Выходит, Хранители иконы те же сатанисты.

— Сатанисты поклоняются дьяволу, как вечному злу. А они обвинили Бога в том, что он предал свое творение.

— Мы опять возвращаемся к вопросу о свободе воли, — поморщилась я недовольно.

— Смотрите, что происходит, — не унимался Николай Иванович. — Бог посылает своего сына на землю в искупительную жертву за грехи человеческие. Если Христос не будет распят, человечество не спасется.

— А если Иуда не предаст, Иисуса не распнут?

— У каждого из них была своя чаша, которую надлежало испить. И тот и другой спасали человечество.

— Чушь, — громко сказала Анна. — Если Иуда шел на подвиг, точно Александр Матросов, во имя человечества, перешагнув через свою любовь к учителю, тогда отчего он повесился? Ведь если все от Бога и чашу свою он испил до дна, в чем он мог обвинить себя?

— А если его любовь к учителю оказалась выше, чем любовь к человечеству?

— Мы неподходящие оппоненты в религиозных спорах. Вам стоит поговорить на эту тему со священниками, — заметила я. — Они наверняка смогут ответить на все возможные вопросы.

— Разумеется. Есть учение, и есть официальная точка зрения, которой каждый священнослужитель обязан придерживаться. Не думаю, что беседа с ними покажется особенно интересной. Так вот, секта была разгромлена, но кое-кому из них удалось скрыться. Незначительная их часть осела на территории современной Румынии.

— Разгромили альбигойцев в XIII веке, а слуга князя возвращается из дальних странствий...

— Примерно через сто пятьдесят лет после этого.

— И он привез реликвию: икону и главу из Евангелия? Но если копия в музее соответствует оригиналу, то икона, безусловно, византийская. У католиков, насколько мне известно, нет такого почитания икон, как у нас.

— С чего вы взяли, что Хранители католики? А потом, не забывайте, что икона лишь футляр для главы из Евангелия. Ее мог заказать слуга князя уже перед возвращением на родину.

— Почему не спрятать текст в любой другой иконе?

— Чтобы посвященные знали, где искать.

— Допустим. Значит, несколько веков реликвия преспокойно хранилась в сельской церкви в русской глубинке, пока в середине позапрошлого века здесь не объявился Хранитель. Я правильно поняла?

— Конечно. Этот человек умер в глубокой старости, но до конца своих дней выглядел так же, как и тогда, когда впервые появился здесь. Разумеется, людская молва приукрашивает реальность, но вот еще факт. Сразу после его смерти вблизи поместья Мартыновых появляется некий отшельник, тоже глухонемой. Старец Игнатий. По слухам, он пришел откуда-то из Молдавии. И вот что интересно, он стал наставником Мартынова и даже жил у него в доме.

— Подождите, оклад с иконы сняли примерно в середине века, тогда же обнаружили главу Евангелия, которая вдруг исчезла вместе с иконой.

— Совершенно верно, — улыбнулся Николай Иванович. — Мартынов скончался, а его наследники ничего толком не знали о главе Евангелия, а может, и не хотели знать.

— Вы думаете, Евангелие хранилось у них?

— А где же еще? На смену одному Хранителю пришел другой. Почему младший Мартынов решил вернуть икону церкви, неясно. Но мотивы, безусловно, были. Возможно, он просто чего-то боялся...

— И поэтому заказал новый оклад?

— Или новый футляр, чтобы сбить кое-кого с толку.

— Хранителей?

— Или их врагов. Все имеет свою противоположность, любое явление, идея. Добро — зло, верх — низ. Хранители и антихранители, или посвященные, называйте как хотите.

— И именно они, убив монаха, похитили икону?

— Монаха нашли мертвым, об убийстве речи не было, но вы ведь знаете, что человека можно убить по-разному. Они забрали икону, но смогли ли добраться до главы Евангелия?

— Где, по-вашему, она может быть?

— Если оба Хранителя жили в доме Мартынова, логично предположить, что там она и хранилась. После революции окрестные крестьяне потихоньку начали растаскивать добро, пользуясь отсутствием хозяев. Позднее остатки некогда прекрасной библиотеки перевезли в город, кое-что можно обнаружить в областной библиотеке, ценные предметы меблировки отдали в музей, а в господском доме устроили приют для детей-сирот.

— На месте Хранителей я бы вывезла Евангелие сразу после революции, не дожидаясь погромов.

— Боюсь, что к тому моменту Хранителей уже не осталось. Я не смог найти никаких интересных фактов после гибели старца Игнатия.

— Так он погиб?

— Да. Вместе со своим духовным сыном. Они совершали обычную прогулку, когда на них напали разбойники. На теле старца обнаружили двадцать семь ножевых ран.

— Думаете, от него хотели узнать, где хранится глава Евангелия?

— Разве не эта мысль приходит в голову первой? Но старец молчал, как и его духовный сын.

— А Евангелие осталось спрятанным где-то в доме? Что там сейчас?

— Несколько лет назад был детский санаторий. Теперь, кажется, ничего. Не уверен, что дом сохранился. Шахово в трех километрах от села Новодворское.

— Шахово? — переспросила я.

— Да. Имение Мартыновых.

Мы с Анной молча переглянулись

— Вы мне так и не объяснили, почему вас вдруг заинтересовала икона? — спросил Николай Иванович, с хитрецой поглядывая на нас. — Сейчас редко кого волнуют «преданья старины глубокой».

— Мы, как видите, исключение, — пожала я плечами. — Спасибо, что уделили нам столько времени. История вышла потрясающая. Можно узнать источники...

— Все книги есть в моем библиотечном формуляре. Ксения Викторовна, милейшая женщина, она охотно вам поможет.

— Спасибо.

Мы поднялись, а Николай Иванович направился на своем кресле к двери.

— Взгляну, не вернулся ли Виталий, он вас проводит к калитке.

Мы ждали в прихожей, Николай Иванович исчез за соседней дверью, оттуда не доносилось ни звука. Прошло минут пять.

— Куда он подевался? — буркнула Анна — Может, пойдем?

— Неудобно как-то. Николай Иванович! — позвала я.

— Можно просто захлопнуть дверь, замок английский.

— Подожди, — неуверенно возразила я.

Тут дверь открылась, и мы увидели глухонемого. Не обращая на нас внимания, он прошел к входной двери и распахнул ее. Анна вышла первой, задев его плечом, мне не хотелось прикасаться к нему, и я протиснулась боком, стараясь не смотреть в его лицо. Чувство было неприятным, он чем-то беспокоил и даже пугал, хотя я считала, что должна проникнуться состраданием к этому человеку из-за его недуга. Я выскользнула на крыльцо и только тогда решилась поднять на него взгляд. Его глаза поразили меня. Он смотрел не мигая, и в них была странная пустота. «Он глухонемой, — напомнила я себе. — Он живет в абсолютной тишине, возможно, оттого у него и взгляд такой». Я почти бегом догнала Анну, слыша, как дверь за моей спиной с шумом захлопнулась.

Провожать до калитки он нас не стал, я была этому только рада, не знаю, как долго я смогла бы еще вынести этот взгляд. Но когда я повернулась, чтобы закрыть калитку, то вновь увидела глухонемого, он стоял возле окна, слегка отдернув занавеску, и наблюдал за нами.

— Чего он так смотрит? — не удержалась я. — У меня от его взгляда мурашки по коже.

— Может, парень — женоненавистник, — усмехнулась Анна. — Встречаются такие. А может, другая проблема. Видит око, да зуб неймет.

— Это в каком смысле?

— Допустим, у него давно не было подруги, а мужик он молодой. Живет здесь с этим старым хрычом, кстати, не худо бы узнать о дяде побольше.

— Чем он тебе так не понравился? — удивилась я, устраиваясь в машине.

— Тем, что Иуду защищает. Для кого Иуда герой, тот сам ничуть не лучше. А тебе он понравился?

— Дядька забавный. Безобидный чудак, копается в книжках в поисках загадочных историй. А что еще делать в его положении? Он, по крайней мере, не потерял интерес к жизни. Но...

— Что «но»?

— Он как будто знал, зачем мы приехали.

— Так ты ему сама об этом по телефону сказала.

— Нет, я имею в виду название деревни. Азазель оставил сообщение, а дядька заговорил о Мартынове и его родовом имении.

— Чего ж тут удивляться. Вот если бы название не всплыло в разговоре, мы бы сейчас сидели и ломали голову, что за Шахово такое и где его искать. А теперь все ясно. Пятое Евангелие предположительно там.

— Ты серьезно в это веришь? — усомнилась я.

— Серьезно я верю только в Бога. Ну что, прокатимся до Шахова? Карта у тебя где?

— В кармане твоего сиденья.

Я плавно тронулась с места, а Анна достала карту и разложила ее на коленях.

— Мы вот здесь, — ткнула она пальцем в объездную дорогу. — А вот и Новодворское. Сорок семь километров. Довольно далеко, а время позднее.

— Будем там через полчаса, — возразила я. — Стемнеет еще не скоро, успеем взглянуть на дом.

По объездной мы поехали на северо-восток, свернули на перекрестке. Дорога вполне приличная. Возможно, времени потратим даже меньше, чем я предполагала. Вскоре нас обогнал рейсовый автобус, затем маршрутка с надписью «Новодворское» на лобовом стекле, а затем мелькнул указатель. Село оказалось большим, с длинной улицей трехэтажных городских домов, коттеджами у реки, слева трубы завода, как выяснилось, стекольного. Чуть выше у реки мы увидели церковную колокольню, церковь была разрушена. Дальше шли частные дома, сады, улицы, переулки.

— Платонов сказал, Шахово в трех километрах отсюда. Только вот в какую сторону? — оглядываясь, заметила Анна. — Не проскочить бы.

— Наверняка есть указатель.

— Хорошо, если так.

Мы доехали до конца села, однако указателя не увидели.

— Придется граждан спрашивать, — вздохнула Анна.

Мы остановились возле дома с резным палисадником, по соседству с которым стояли две старушки.

— Не подскажете, как проехать в Шахово? — спросила я, приоткрыв окно.

— Это вам возле магазина свернуть надо было, направо.

Я поблагодарила, развернулась, и мы направились к магазину, старушки с интересом проводили нас взглядом.

Возле магазина действительно начиналась дорога, мимо церкви и дальше вдоль реки. Мы проехали три километра, если верить спидометру, а никакого указателя не увидели. По обеим сторонам узкой дороги стоял лес, высоченные сосны вперемешку с березами.

— Красиво, — сказала Анна, глядя в окно. Я согласно кивнула.

Наконец мы заметили дорогу, уходящую от основной вправо, однако указатель по-прежнему отсутствовал.

— Может, сюда? — неуверенно спросила Анна.

— Кто у нас штурман? Посмотри по карте.

— На карте его нет.

— Давай свернем, — кивнула я и тут увидела машину, которая двигалась нам навстречу. Старенькие «Жигули» остановились, когда я, притормозив, мигнула фарами. — Как в Шахово проехать? — крикнула я.

Молодой парень, что сидел за рулем, кивнул в сторону дороги.

— Вон туда. А чего вам там понадобилось? — спросил он.

— Говорят, здесь детский санаторий?

— Ну, был. Уже лет семь, как его в Корнеево перевели. А в Шахове в одном доме вроде жили еще прошлой зимой, но потом в село перебрались. Чертово место.

— Почему? — нахмурилась я.

— Потому что гиблое, — ответил парень, с сомнением глядя на нас. — Чего вам там делать в это время?

Я хотела порасспрашивать его еще, но парень закрыл окно и поспешно тронулся с места.

— Впечатляющее напутствие, — усмехнулась Анна. — Может, домой двинем?

— Довольно глупо. Ты не находишь? Уж если...

— Поехали, — кивнула она. — Посмотрим, что там, если есть на что смотреть.

Дорога через несколько минут вывела нас к металлическим воротам, одна створка которых была распахнута. Стена из красного кирпича выглядела довольно крепкой, справа от ворот виднелось кирпичное сооружение, скорее всего, бывший каретный сарай, на деревянных воротах висел замок, но рядом зиял пролом в стене, сквозь который и слон пройдет.

Мы с опаской въехали на территорию, вполне возможно, что здесь все-таки был сторож или жили люди и наше вторжение им не понравится.

— Вот это да, — вдруг сказала Анна, а я не сразу сообразила, о чем это она, впереди была лужа, и я сосредоточилась на том, как бы половчее ее объехать, притормозила, заглушила мотор и наконец смогла осмотреться.

Когда-то это была красивейшая усадьба. Слева дом из красного кирпича, готическая башня, стрельчатые окна. Даже цветные витражи кое-где сохранились. Рядом одноэтажный домик, еще совсем недавно жилой, на окнах висели занавески, но чувствовалось по запустению, царящему вокруг, что жильцы покинули его. А впереди перед нами высилось настоящее чудо в два этажа. Дворец из белого камня. Две башни, резной балкон, огромная веранда, стены сплошь покрыты орнаментом, похожим на резьбу по дереву. Рядом котельная, чуть дальше одноэтажное сооружение, окна заколочены фанерой, над дверью еще осталась вывеска: «Столовая».

Дальше детская площадка, парк и двухэтажный панельный дом на четыре квартиры. Окна выбиты, двери распахнуты настежь. Санаторий перевели в другое место, сотрудники, которые здесь жили, тоже переехали. Работы нет, следовательно, для жизни место совершенно непригодное.

— Дом красивый, — заметила я. — Подойдем поближе?

— Ты же видишь, в каком он состоянии, полная разруха. Что ты надеешься там найти?

— Просто посмотрим, — упорствовала я.

Мы направились к дому. Дверь, что выходила к котельной, была открыта, черный дерматин свисал клочьями, рядом высилась куча угля. Я заглянула внутрь. Вне всякого сомнения, здесь когда-то была водолечебница. Просторное помещение выложено голубой плиткой, какую встретишь в любой больнице, часть плитки отбили, должно быть, на собственные нужды, грязный пол усыпан осколками, прошлогодней листвой, вдоль стен торчали ржавые трубы, отсюда вел коридор в другое помещение, я осторожно пошла вперед, Анна молча ко мне присоединилась.

Коридор вывел нас в холл. Резная дверь была заколочена, справа ржавые решетки, должно быть, ими собирались заделать окна, но так и не собрались. Здесь еще кое-что осталось от былого великолепия. На потолке плафон с амурами и гирляндами цветов, штукатурка потемнела от сырости, в центре металлический крюк, на нем когда-то висела люстра. Стены отделаны мраморной плиткой, чудом сохранившейся. Наверное, просто не смогли отбить. В стенах ниши, когда-то здесь стояли вазоны с цветами или скульптуры. Двустворчатая дверь вела в зал. Пол прогнил и провалился, пройти здесь без риска сломать ноги было невозможно. Стена напротив и потолок сохранили следы росписи, я разглядела двух дельфинов и руку женщины.

— Ты ведь не думаешь, что мы здесь что-то найдем? — подала голос Анна.

— Зачем-то он нас послал сюда, — ответила я. Мне хотелось, чтобы это прозвучало насмешливо. Анна досадливо покачала головой.

— Там лестница на второй этаж, — сказала она, скорее всего, просто потому, что стоять и пялиться на противоположную стену ей надоело.

Перила лестницы были металлические с затейливым рисунком, а вот ступени из серого камня.

Мы поднялись наверх. Узкий коридор со множеством дверей, здесь находились палаты, на ближайшей двери сохранился номер.

— Второй этаж переделывали, — заметила Анна. — Двери фанерные, на полу линолеум. Идем, скоро стемнеет.

Мы спустились вниз, странное дело, покидать дом мне не хотелось, точно я ждала чего-то.

— Еще одна лестница, — кивнула я.

— Там подвал. Какие-нибудь хозяйственные помещения.

— Я посмотрю.

— Ты же крыс боишься, — съязвила Анна.

— Думаешь, они там есть?

— Нет, — покачала она головой. — Что им здесь делать? Жрать тут нечего.

Лестница упиралась в дверь, она была открыта, впереди темно, но я все-таки подошла ближе и заглянула в подвал. Напротив узкое окно, свет едва проникал сюда.

— Там какая-то надпись, — нахмурилась я. И в самом деле на стене угадывались буквы, написанные белой краской.

— Маша плюс Саша, — хмыкнула Анна.

— Нет, — ответила я и вдруг испугалась, но вместо того, чтобы бежать отсюда без оглядки, прошла вперед. — Азазель, — прочитала я без всякого удивления.

— Ну вот... — начала Анна, подходя ко мне, в этот момент дверь захлопнулась. Мы вздрогнули и резко повернулись. Затем, не сговариваясь, бросились к ней. Дверь была заперта, по крайней мере не открывалась, несмотря на все наши усилия.

Я в страхе била кулаком по металлической обшивке, пока Анна не произнесла:

— Без толку.

— Здесь нет замка, как она могла закрыться? — шепнула я, мне хотелось кричать, но вместо этого я перешла на шепот, и Анна последовала моему примеру.

— Значит, ее чем-то подперли с той стороны.

— Кто?

— Откуда мне знать? Я с этой стороны, а не с той.

— Господи, — пробормотала я, — что же делать?

— Ждать, что будет дальше, — ответила Анна. Ее спокойствие удивляло и даже злило, я хотела ответить что-нибудь резкое, но тут вспомнила, что в этот дом и в этот подвал привела ее я, это моя вина, что мы оказались запертыми здесь, и мне следует быть благодарной ей, что она ни в чем меня не обвиняет.

— Но не можем же мы...

— Тихо, — перебила она, приложив палец к губам, и подняла голову.

А я услышала шаги. Кто-то шел наверху, неторопливо, точно прогуливаясь: шаг, второй, третий, пауза. Потом опять шаги, теперь они удалялись.

— Эй! — крикнула я. — Эй, кто там? Выпустите нас отсюда.

Шаги стихли, я напряженно вслушивалась, но было тихо.

— Это плохая шутка! — заорала я. — Выпустите нас.

Шаги раздались вновь, теперь уже на улице, кто-то шел вдоль стены дома, мусор трещал под подошвами.

— Выпустите нас! — взвизгнула я, сердце билось так, что того гляди разорвется. Вновь стало тихо, сколько я ни прислушивалась, никаких звуков.

Я достала мобильный. Связи не было, что и неудивительно. От города далеко, мы в подвале дома с толстыми стенами.

— В окошко не протиснуться, — заметила Анна, двигаясь вдоль стены. — Может, есть еще дверь? Смотри-ка, здесь был бассейн... забавный домик. Думаю, внутри его не раз перестраивали, так что если тайник существовал, его просто обязаны были найти.

— Меня сейчас волнует, как мы выберемся отсюда, — зло ответила я.

— Выберемся. Главное, не терять присутствия духа. — Она говорила спокойно, но я видела, в каком напряжении она пребывает, точно готовясь отразить удар. — Жаль, что ни ты, ни я не курим, была бы зажигалка. Вон там еще окно.

Я пошла за ней, совершенно не рассчитывая на удачу. Окно было, но такое же узкое. Я обо что-то споткнулась и едва не упала.

— Тут шею свернешь, — буркнула я в досаде и тогда услышала скрип. Впечатление такое, точно провели железом по стеклу, у меня сразу заныли зубы. — Что это? — прошептала я в страхе.

— Не знаю, — ответила Анна, прислушиваясь, помолчала и добавила: — Давай вернемся. Мне кажется, или там действительно светлее.

Вдоль стены, придерживаясь за нее руками и ориентируясь на прямоугольник окна, мы пошли назад. Дверь была приоткрыта. В первый момент я не поверила своим глазам и даже не обрадовалась. Бросилась вперед, ожидая подвоха, но дверь и в самом деле оказалась открыта. Я толкнула ее, и она распахнулась во всю ширь, ударилась о стену, а я выскочила из подвала и только тогда сообразила, что произошло.

— Кто открыл дверь? — спросила я, обращаясь к Анне, вопрос глупый, но молчать я не могла.

— Возможно, тот, кто ее и закрыл, — отозвалась она флегматично. — Давай сматываться отсюда.

Предложение, на мой взгляд, было дельное. Теперь дом откровенно пугал, он сам или то, что таилось в нем. Я торопилась как можно скорее его покинуть. О том, чтобы возвращаться через котельную, не хотелось и думать. Я шагнула к ближайшему окну, до земли не более полутора метров.

— Прыгаем, — сказала я, влезая на подоконник.

Когда мои ноги коснулись земли, я почувствовала себя гораздо лучше, хотя страх не отпускал. Он таился за спиной. Я боялась повернуться, взглянуть на дом, торопилась оказаться как можно дальше от этого места. По тропинке друг за другом мы отправились к машине.

— Постой, — вдруг сказала Анна, в то же мгновение я услышала звук работающего мотора. Я побежала, вывернула из-за угла и успела увидеть, как черный джип выезжает из ворот.

— Сукин сын! — рявкнула я и понеслась к своей машине, не разбирая дороги. Не знаю, верила ли я всерьез, что смогу догнать джип. Предположим, мне бы это удалось, и что дальше? Даже если там всего лишь один мужчина из плоти и крови, я вряд ли с ним справлюсь. Но в любом случае желание догнать и потребовать ответа было так велико, что все здравые мысли отступили.

Наконец мы достигли машины, я на ходу достала ключи, и тут выяснилось, что бежать сломя голову не стоило: оба задних колеса спущены.

— Черт, — выругалась я и повторила громче, в досаде размахивая руками: — Вот черт...

— Я же просила не поминать его без особой надобности, — флегматично заметила Анна, привалившись к крылу машины. Она зябко передернула плечами. От меня не укрылось, что она, как и я, избегает смотреть на дом.

— Прекрати, здесь был какой-то мерзавец, и это он запер нас в подвале.

— Или выпустил, — кивнула Анна с раздражающим меня спокойствием.

— Если выпустил, то почему бросил нас здесь и уехал? Какая-то зараза шины проколола, — без перехода заметила я чуть не плача.

— Вот это плохо, — кивнула Анна. — Оставаться здесь на всю ночь — себя не любить.

— Зачем мы вообще сюда приехали, — в отчаянии покачала я головой. — Глупость несусветная. Здесь одни развалины, все разорено и до этого сто раз перестроено...

— Это точно, — Анна вновь кивнула, не меняя позы. — Но кое-что все-таки обнаружили.

— Да? И что же? — язвительно осведомилась я.

— «Хвост», как сказали бы в шпионских фильмах. Я назову его Смотрящим. Кто-то приглядывает за нами, Ульяна, — вздохнула она.

— Азазель? — спросила я, понизив голос и испуганно огляделась.

— А хрен их знает... самому-то вроде не по чину. Хотя... Ладно, что с тачкой делать? Проверь, работает ли телефон, вдруг повезет, вызовем эвакуатор. Самим не справиться, а машину бросать здесь без присмотра опасно, можем и не найти поутру.

Я достала телефон, связи не было. Я едва не выругалась, но вовремя вспомнила предостережение Анны, сунула телефон в карман и с некоторым удивлением обнаружила там листок бумаги. Обычный тетрадный листок в клеточку, разорванный на четыре части, именно разорванный, края неровные. Вот на таком клочке и было написано крупными печатными буквами: «Опасайся Хранителей».

— Нет, это бог знает что, — возопила я, когда после шока, вызванного находкой, смогла прийти в себя. — Это твоих рук дело? — напустилась я на Анну, прекрасно понимая абсурдность своих обвинений. Зачем это Анне, какой смысл? Правда, она сама предупреждала, что искать смысл бесполезно.

— Если хочешь, можешь орать громче или топать ногами, — вздохнула она. — Но я бы лучше вышла на дорогу. Авось поедет добрый человек, одолжит запаску до ближайшего шиномонтажа. У тебя, кстати, запаска есть?

— Есть, — ответила я гораздо спокойнее.

— Хорошо. — Анна, отлепившись от машины, зашагала к шоссе. Я, на мгновение замешкавшись, отправилась следом. — Если запаску никто не пожертвует, придется самим ехать в шиномонтаж и уговаривать мужиков не дать погибнуть двум красавицам. Ты не помнишь, по дороге станция была?

— Кажется, в Новодворском я видела указатель «Шиномонтаж».

— Хорошо. Село недалеко, на худой конец, пешком дойдем, лишь бы хозяина застать на месте. Время позднее, надеюсь, он в селе живет.

Ее слова меня немного успокоили. Когда мы вышли на пустынное шоссе, я не удержалась и спросила:

— Как думаешь, каким образом записка оказалась в моем кармане?

— Самым простым, — пожала плечами Анна, по-видимому, это ее вовсе не занимало. — Подсунули, наверное.

— Кто подсунул?

— Ну, если бы мы смогли определить, когда приблизительно она появилась... Смотри, что получается: мы в библиотеке узнаем о Платонове, едем к нему, он рассказывает нам о Хранителях, мы сдуру едем в это богом забытое место, а в твоем кармане оказывается листок: «Бойся Хранителей».

— Думаешь, это Платонов ее подбросил?

— Скорее всего, он.

— Но зачем? Или ты считаешь, что ему известно гораздо больше, чем он рассказал?

— Может, ему просто нравится дурака валять? — усмехнулась Анна. — Бывают такие чудаки. Или ему позвонил Азазель и дал задание, которое он и выполнил.

— Мне бы только выбраться отсюда, — со злостью сказала я. — И я из этого старикана всю правду выбью.

— Хотелось бы знать, как ты намереваешься проделать такое? — усмехнулась Анна и вздохнула: — У него очень впечатляющий страж.

— Глухонемой верзила?

— Ага. Взгляд дурной, комплекция подходящая. Да и сам дядя мне не понравился.

— Чем? — слегка растерялась я, Платонов представлялся мне чудаком, но вполне безобидным.

— Всем, — лаконично ответила Анна.

— Ты подозреваешь... Но ведь это мы вышли на него, причем совершенно случайно, и мы сами попросили о встрече.

— Ага. Случайно. Исайя, глава 14.

— Что? — нахмурилась я.

— «Как я помыслил, так и будет, как я определил, так и состоится», — процитировала она.

— Азазель узнал о нашем интересе к Платонову и предупредил старика? — Мне самой стало тошно от такой глупости. — Анна, как, по-твоему, эти Хранители существуют?

— Отчего же нет? Полно чудаков. Но он говорил еще о тех, что за Хранителями охотятся или за Пятым Евангелием, что по мне одно и то же.

— А мы каким-то образом оказались в этом замешаны? Оттого и происходит вся эта чер... все это безобразие? Какие-то люди, забыв, что сейчас двадцать первый век... У подобных типов вполне могут быть редкие яды. Как считаешь?

— Я считаю, нам надо идти в село, пока не замерзли. — И мы побрели по дороге.

Стемнело, ко всему прочему начал накрапывать дождь, я озябла, разговаривать не хотелось. Дорога была попрежнему пуста, но вдруг впереди возник свет фар, а через мгновение мы уже размахивали руками, привлекая внимание к своему бедственному положению. Грузовичок остановился, дверь водителя открылась, и он весело проорал:

— Мне же в другую сторону, девчонки. Замерзли? Смогу на обратном пути подобрать, когда работу закончу.

Тут я с некоторым удивлением прочла надпись на борту грузовика: «Шиномонтаж».

— Вы-то нам и нужны, — нахально внедряясь в кабину, заявила я. — У нас машина стоит возле бывшего санатория. Два колеса спущены.

— Так это вы? — засмеялся он. — Поехали, посмотрим, что с вашей тачкой.

Анна к тому времени тоже устроилась в кабине рядом со мной. Парень тронулся с места, продолжая улыбаться. На нас он поглядывал с интересом. А я задумалась, после чего спросила:

— Вы спросили «так это вы»?

— Ну, — кивнул парень.

— То есть...

— Так я же еду вашей тачке колеса менять. У вас «Жигули», пятнадцатая модель? Стоит возле детского санатория.

— Да, — кивнула я в полном замешательстве. — Но откуда вы знаете?

— Мужик заехал ко мне, дал денег, сказал, что у вас запаски нет. Вот я и поехал.

— Какой мужик? — окончательно запуталась я.

— Ну... видный такой мужик, молодой... вроде бы. Так вы что, его не знаете? Блин... он же деньги заплатил, сказал, две девчонки, «Жигули», пятнадцатая модель. Вот у меня и номер записан. Ваш?

— Мой, — взглянув на клочок бумаги, кивнула я, Анна смотрела в окно с полным равнодушием к происходящему.

— Слава богу, — кивнул парень. — А то вдруг еще кто-то загорает... Места здесь глухие, заповедник. В ту сторону движение будь здоров, а здесь пять машин в день и то по обещанию. Дальше Терехова вообще одни леса. Только рыбаки да охотники катаются.

Мы свернули с дороги, впереди в свете фар появилась стена детского санатория. Я с беспокойством вглядывалась в темноту, но, заметив свою машину, вздохнула с облегчением.

— Ну вот... — Парень затормозил и распахнул дверь. — Вы сидите, грейтесь. Только ключи от тачки дайте. Запаска есть?

— Да. В багажнике.

— Хорошо. Второе колесо перебортировать придется.

— А это долго?

— Да уж постараюсь побыстрее, — усмехнулся он и как-то странно огляделся. — Как вас сюда занесло? — пробормотал он.

Фары грузовика он не выключил, в их свете подошел к моей машине, открыл багажник. Я покинула кабину и подошла к парню.

— Мы думали, Шахово — это деревня.

— Была лет десять назад, — отозвался он, доставая запаску. — Старого Шахова давно нет. Оставалось еще несколько домов, но и те снесло в половодье. Деревня как раз на берегу стояла. — Парень покачал головой. — Место дурное.

— Почему? — спросила я.

— Не знаю, так старики говорят. Жили здесь несколько семей, при санатории, и те сбежали. — Парень улыбнулся, точно извиняясь.

Был он молод, лицо приятное, улыбка почти не сходила с его губ, и работал он сноровисто, чувствовалось, что дело свое знал. Однако ощущалась в нем какая-то нервозность. Я заметила, что он то и дело поглядывает в сторону барского дома, белые стены которого проступали из темноты.

Я топталась рядом, помощи от меня никакой, но парень больше не предлагал мне подождать в кабине, думаю, мое присутствие его успокаивало.

Он быстро закончил, вытер руки тряпкой и кивнул мне:

— Порядок.

— Сколько я вам должна?

— Так расплатился же мужик. Мне лишнего не надо. Заводите машину.

Машину я завела. Прислушиваясь к шуму мотора, парень улыбнулся.

— Порядок.

— Мотор у меня не ломался, — пожала я плечами.

— В таком месте никогда не знаешь... Давайте выбираться отсюда.

К этому моменту Анна уже пересела в мою машину. Я развернулась, парень забрался в кабину грузовичка и поехал за нами. Когда мы выехали на шоссе, я притормозила и открыла стекло, неизвестный благодетель не давал мне покоя. Парень на грузовичке остановился, поравнявшись со мной.

— Тот мужчина, что рассказал вам о нас, был на джипе?

— Да. Черный «Круизер». Вспомнили его?

— Вы случайно на номер внимание не обратили?

— Я тачку мельком видел, когда он уже отъехал. Занят был, а он в мастерскую зашел...

— Спасибо вам.

— Ну, счастливо, — махнул он рукой.

На пустынной дороге я развила приличную скорость, и грузовик вскоре остался позади.

— Это тот самый тип, — произнесла я вслух, Анна повернулась ко мне, но ничего не ответила и смотрела без особого интереса. — Он помог нам выбраться и даже послал сюда мастера. Что бы это значило?

— Ты же сама сказала: он нам помог.

— Но почему?

— Людям свойственно помогать друг другу. Ты ничего об этом не слышала?

— Если он помог нам исключительно из милосердия, отчего, открыв дверь, ему не поговорить с нами? Какая, мол, нелегкая вас сюда занесла? А он исчез так же внезапно, как появился. И что он там делал, если он случайный прохожий или проезжий? Что ему могло понадобиться среди развалин?

— Нам же понадобилось? Свернул посмотреть на бывший санаторий, увидел нашу машину...

— Если он нас выпустил, тогда кто нас запер? Только не говори, что он сам это и сделал. Какой смысл? — Анна пожала плечами, а я продолжила: — Азазель — один из Хранителей. Или, наоборот, один из тех, кто за ними охотится. Ему понадобилась наша помощь. Хотя мне в голову не приходит, чем мы можем помочь. Кто-то пытается нам помешать, но...

— Кто-то помогает, — закончила Анна. — Все как в приличном детективе.

Последнее замечание я решила проигнорировать, увлеченная своими теориями.

— Значит, Платонов говорил правду, то есть я имею в виду... существует что-то вроде секты, и их методы... ты меня слушаешь? — Анна равнодушно смотрела в окно и в ответ на мои рассуждения время от времени кивала. — Никакой мистики, — обрадовалась я. — Это просто группа людей.

— Ты хоть одного видела? — вдруг спросила Анна.

— Видела, — нахмурилась я. — Парня в черном свитере. Вот только какое отношение к тому, что мы узнали, имеют Ольга и Людмила?

— Вот-вот, — кивнула Анна. — А старичок занятный. Не успел нам сказку рассказать, как тут же появились Хранители, или кто они там.

— Я уверена, записку мне в карман он подсунул. Хотел предупредить.

— И спасителя послал? — усмехнулась Анна. — А может, наоборот, дождался, когда мы спустимся в подвал. Дядя парализованный, но этот его родственник вполне мог бы... рожа подходящая.

— Он глухонемой, следовательно, с парнем из шиномонтажа не родственник Платонова разговаривал.

— Кончай гадать, а? — вздохнула Анна. — Выбрались отсюда — и слава богу.

— Выбрались-то выбрались, но что же дальше? Где это Пятое Евангелие искать?

— Это уж его забота направить нас в верном направлении.

— Он и направил, — усмехнулась я.

— Это точно. Отвези меня домой, — попросила Анна, мы как раз подъезжали к городу.

— Ты можешь остаться у меня. — Я слегка растерялась, услышав о ее решении, и теперь даже не знала, как к этому отнестись. Мне казалось, что до конца этой истории мы будем держаться вместе. «До конца истории?» — мысленно вздохнула я.

— Не хочу злоупотреблять твоей добротой, — ответила Анна, я подумала, что в ответе скрыта насмешка, но, кажется, она говорила вполне серьезно.

— Ты не злоупотребляешь... — пробормотала я.

— Хорошо, поехали к тебе.

— И все-таки кое-что нам удалось узнать, — оптимистично заметила я, возможно, из-за пережитых волнений на меня вдруг напала болтливость. — Так что к Платонову мы поехали не зря, и в Шахово тоже.

— И что же мы узнали? — улыбнулась Анна, ее тон здорово раздражал меня. — Ворох разрозненных сведений, правдивость которых весьма сомнительна. Вот и все. Я же говорю, он великий путаник.

— Прекрати, пожалуйста, — повысила я голос. — Речь идет о людях, каких-то сектантах...

— И они подменили тебе картину? — невинно поинтересовалась Анна. — Еще вопрос, что из рассказа дяди правда, а что он сам присочинил для красного словца.

— Ты же могла убедиться, местные считают Шахово опасным. Этот механик молодой, но ему было страшновато, и, по-моему, он здорово удивился, что мы так легко выбрались оттуда.

— Это я заметила, — согласилась Анна. — В любом районе есть места, которые считают гиблыми, опасными...

— Но не везде случайных путников запирают в подвал.

— Кстати, ты обратила внимание на засов? — спросила Анна.

— На двери в подвал? Нет, конечно. Мне не до него было, хотелось поскорее оказаться на свежем воздухе.

— А я взглянула. Засовчик-то новенький.

— Кто-то был уверен, что мы полезем в этот подвал? — По-моему, звучало довольно глупо. — Да я сама не знала, что решусь заглянуть туда.

— Но что-то нас заставило это сделать.

— Хорошо. Заставило. Но тому, чье-имя-называть-мы-не-будем, ни к чему новые засовы, ты как считаешь?

— Я считаю, не одни мы получаем команды. Он дергает за ниточки, а мы танцуем.

— И Платонов отправил нас туда нарочно, получив приказ? А чтобы совесть не мучила, сунул мне в карман записку с предупреждением? Но он ведь не знал, что мы туда отправимся.

— Это после его-то рассказов? Элементарно, Ватсон.

— Но если следовать твоей логике, кто-то отправился туда раньше нас, поставил надежный засов... о господи. Нам повезло, что мы выбрались оттуда. Подожди, тогда выходит, что парень на джипе знал или предполагал, что там произойдет, и поехал за нами. У меня голова кругом, — честно призналась я.

— Моя голова давно в плачевном состоянии, — усмехнулась Анна.

Мы замолчали, однако мысли продолжали роиться в моей голове. Правда, толку от этого было немного. Я доискивалась первопричины, но не видела ее. Но ведь она должна быть. «Так и свихнуться недолго», — решила я в досаде.

Оставив машину на стоянке, мы поднялись в квартиру. Первым делом я подошла к картине и убедилась, что она все та же. Однако это не успокоило. В собственной квартире я себя чувствовала, как в стане врагов. Мы приготовили ужин. Анна молчала, и я тоже, хотя поговорить хотелось. Но каждый раз, собираясь открыть рот, я прекрасно понимала, что ничего нового сказать не могу, все те же домыслы, которые Анну, судя по всему, не очень-то интересовали.

— О чем ты думаешь? — все-таки не выдержала я.

— Ни о чем, — ответила она вроде бы с удивлением. — Просто режу петрушку. Если тебя раздражает, что делаю я это без мыслей...

— Меня не раздражает. Но...

— Лучше проверь почту, а я здесь закончу.

Почтовый ящик я проверила, было два письма, но совсем не те, что я ожидала.

— Ничего? — спросила Анна, заглядывая в комнату.

— Ничего, — покачала я головой.

— Странно. — Она присела на диван. — Задание мы не выполнили, а он помалкивает. Впрочем, хозяин — барин. Ему виднее. — Она поднялась и ушла на кухню.

После ужина я затеяла стирку, чтобы успокоить нервы, Анна смотрела телевизор.

— Завтра поедем к Платонову, — сказала я, часа через полтора вернувшись в комнату.

— Хорошо, — пожала Анна плечами. Она выглядела усталой, лицо осунулось, под глазами круги. Я устроилась в кресле, молча пялилась на экран телевизора, не понимая, что там происходит.

— Я, пожалуй, лягу спать, — поднимаясь, сказала Анна.

— Конечно. Сейчас достану раскладушку.

Она ушла в ванную, а я приготовила постели. Спать мне не хотелось. Можно почитать, Анна все равно спит со светом, и телевизор ей не мешает.

Телевизор я все-таки выключила, взяла с полки детектив. Но повествование не увлекало. Собственная жизнь теперь была такой насыщенной, что чужие проблемы казались пустяковыми. Анна, укрывшись с головой одеялом, сразу же уснула или делала вид, что спит. А я листала страницы и вроде бы чего-то ждала. Время шло, сна по-прежнему ни в одном глазу, и читать не хочется. Раньше, столкнувшись с такой проблемой, я поступала просто, зажигала свечи и начинала мечтать. Я и сейчас попробовала, закрыла глаза и... увидела мрачный подвал. Допустим, скверные люди меня там заперли, я богатая наследница, и кто-то жаждет от меня избавиться, и вот, когда я совсем отчаялась, появляется он. Мужчина на черном джипе? А откуда он взялся? Он тайно в меня влюблен, узнал, что я в беде, и поспешил на помощь. Ни у кого из моих знакомых нет черного джипа. Может, мы незнакомы и я о нем даже не подозреваю. Он распахивает дверь, и я бросаюсь ему на шею... Вместо этого он поспешил уехать, хотя, если хотел произвести впечатление, просто обязан был остаться. В состоянии, в котором я тогда пребывала, если бы я и кинулась к нему, то скорее с вопросами «откуда он там взялся», а главное — «кто нас запер». Романтического знакомства не получилось бы...

В таком духе я продолжала довольно долго, пока вдруг в тишине квартиры не раздался телефонный звонок. Звонили настойчиво, я посмотрела на часы, пять минут второго, в такое время по пустякам не беспокоят. Анна завозилась под одеялом, а я бросилась к телефону.

— Алло, — пробормотала я, но мне не ответили, в трубке что-то потрескивало, но человек на другом конце провода молчал. Кто-то ошибся номером. Я повесила трубку, но не успела вернуться на диван, как телефон зазвонил вновь. Я сняла трубку, но на этот раз не произнесла ни слова. Кроме прежнего треска в трубке, никаких звуков.

Я швырнула трубку, но теперь не спешила уходить, и правильно сделала, телефон зазвонил почти сразу. Я протянула руку, но тут Анна сказала:

— Подожди. — Поднялась с постели и не спеша подошла, взяла трубку, вздохнула полной грудью, как перед прыжком в воду, и бодро гаркнула: — Здорово, мамуля.

Я невольно отпрянула, не понимая, что происходит, затем вспомнила ее рассказ и перевела взгляд на часы. Из трубки до меня доносился на редкость противный голос, что-то квакающее, визжащее, отчего мороз шел по коже.

— Надумала улизнуть от меня, мерзкая девчонка. Никуда ты не денешься, я тебя везде найду. Дрянь этакая, бегает от матери.

Я быстро наклонилась и выдернула телефонный провод из розетки. Голос смолк, я стояла, глядя на Анну, тяжело дыша, точно загнанная лошадь. Анна повертела трубку в руках, наконец она положила трубку на место и перевела взгляд на меня.

— Телефон отключать бесполезно, — напомнила она с печалью. — Будет только хуже. Стоило потерпеть и выслушать старушку, небось хозяин велел нам что-нибудь передать.

— Анна... — Я взяла ее за руку, мне хотелось быть очень убедительной, чтобы слова прозвучали весомо, но я не была уверена, что у меня получится. — Анна, это не может быть твоя мать. Это...

В дверь позвонили, я вздрогнула, бросилась к двери и заглянула в «глазок». На лестничной клетке темнота, тут же зазвонил мой мобильный.

— Ну все, все, — пробормотала Анна. — Не надо буйствовать, мамаша.

Она подключила телефон, и звонки по мобильному прекратились, правда, через минуту домашний телефон вновь зазвонил. Я заткнула уши и бросилась в ванную. Зачем-то включила воду, смотрела в зеркало, не видя себя.

— Это чепуха, — бормотала я. — Все от начала до конца. Такого не может быть.

Когда я вышла из ванной, Аня была в постели, лежала, закинув руки за голову, лицо бледное, над верхней губой капельки пота.

— Заколебала, старая, — сказала она, точно извиняясь, и попробовала улыбнуться. Однако улыбка вышла неестественной и жалкой. — Надо мне было домой топать, — отвела она взгляд.

— Если обратиться в милицию, — осторожно начала я, — они быстро выяснят, кто звонит.

— Да-да, я знаю, — отмахнулась она, как от назойливой мухи.

— Я говорю серьезно. Почему ты...

— Ульяна, — она приподнялась на локте, глядя на меня с сомнением, как будто решая, стоит говорить или нет. — Здесь привычные средства не помогут. Потому что... Ладно, давай спать. Старушка выдохлась и больше беспокоить не будет.

— Но ты ведь не веришь, что она звонит с того света? Что это действительно твоя мать. Это безумие...

— Так я же сумасшедшая, — улыбнулась Анна. — Давай следовать своим путем, — добавила она устало. — По возможности никого не вмешивая. Это для третьих лиц скверно кончается. И если нам повезет, мы все поймем и во всем разберемся. Главное, не делать резких движений, чтобы остатки мозгов не улетели.

— Я ничего не понимаю, — качая головой, ответила я.

За окном была ночь, в углах комнаты черные тени, в ванной капала вода из крана. И вдруг мое существование показалось совершенно невыносимым. Если бы в то мгновение кто-то сказал «сейчас, сию минуту ты умрешь», я бы и бровью не повела, а может быть, даже порадовалась. «Вот так приходит мысль о самоубийстве», — спокойно и даже отстраненно подумала я, поднялась и пошла к дивану, но Анна сказала:

— Ты бы почтовый ящик проверила. Мамаша рекомендовала.

Я пожала плечами и направилась к компьютеру. Письмо действительно было.

— Ну, что там? — поторопила Анна.

— Опять цитата из Священного Писания. «Се, я посылаю Ангела моего перед лицом твоим», — прочитала я. — Подписи нет.

— Откуда это? — нахмурилась Анна.

— Сейчас проверю. — Через несколько минут я смогла ей ответить. — Пророчество Малахия, глава 3. Полностью цитата звучит так: «Се, я посылаю Ангела моего перед лицом твоим, который приготовит путь пред тобою».

— Знаю я эту цитату, — сунув подушку под спину, кивнула Анна. — Пророчество Малахии указывает на

Иоанна, который приготовляет путь для Христа. Что сие должно обозначать в нашем случае?

— Я не сильна в толковании Священного Писания, но, по-моему, понять это можно только в положительном смысле, то есть ничего особо пакостного. Я думаю, он посылает нам помощника, — озарило меня. — Ну, конечно. «Я посылаю вам Ангела моего перед лицом твоим...»

— Ага, помощник — это хорошо, лишь бы не Ангел смерти, который поведет прямехонько в ад. И подписи нет? Скверно. Гадай, кто нам Ангела посылает. Что там дальше?

— «И кто выдержит день пришествия Его, и кто устоит, когда он явится? Ибо он — как огонь расплавляющий и как щелок очищающий».

— Ладно, любопытно будет взглянуть. — Анна поправила подушку, повернулась лицом к стене и затихла, а я в недоумении разглядывала ее спину, затем выключила компьютер и забралась в постель.

В то, что завтра Ангел сойдет с небес, поверить было трудно, то есть совершенно невозможно вообразить такое. Может, цитату стоит понимать в переносном смысле: появится человек, который поможет разобраться в происходящем? Если Анна права, тот, кто пишет мне письма, помочь разобраться не спешит, напротив, любит запутывать. Тогда что же получается? Я опять вспомнила мужчину на джипе. Если он нам помог, а он помог, значит... он тот самый Ангел? Надеюсь, у меня появится возможность задать ему вопросы... Я глубоко вздохнула и попыталась расслабиться, поразмышлять спокойно, не отвлекаясь на мелочи. Мы оказались впутаны в дела какой-то секты. В это поверить проще, чем решить, что Азазель лично шлет мне послания. Цели этих людей неясны, но они, безусловно, есть. Вмешивать в это милицию, скорее всего, действительно не стоит, в секте скоры на расправу и, если решат, что кто-то опасен... Анна права, надо следовать своим путем, то есть тем путем, к которому нас подталкивают, и все время быть начеку.

Завтра с утра поедем к Платонову. Записку мне в карман наверняка подсунул он, надо выяснить, с какой целью он это сделал и что ему вообще известно о происходящем. Я осталась собой довольна, план намечен, теперь дело за его выполнением.

Утром я проснулась оттого, что Анна разбила на кухне чашку. В моем сне грохот стоял страшный, кажется, рушились стены, я вскочила в испуге и зажмурилась, комнату заливал солнечный свет. Я невольно улыбнулась, а потом и хихикнула, услышав, как Анна ворчит из-за разбитой чашки. Я встала и прошлепала в кухню.

— Чашку разбила, — покаянно вздохнула Анна. — Извини. Руки-крюки. Разбудила?

— Очень кстати, мне кошмар снился.

— Хочешь кофе?

— Хочу.

Я устроилась за столом. Окно кухни выходило во двор, но и здесь было по-праздничному светло и ярко.

— Скоро лето, — заметила Анна, поглядывая в окно, но радости в ее голосе не слышалось.

— Когда все кончится, купим в бутике самые красивые платья и поедем к теплому морю, — сказала я. Мне так хотелось, чтобы Анна мне поверила. Она улыбнулась, но в улыбке были вежливость и понимание, а мне стало горько.

Кофе остывал, я торопливо выпила чашку, думать о

еде не хотелось, меня переполняло нетерпение. Поехать к Платонову, задать вопросы... Анна буквально сразила меня, когда сказала:

— Ладно, пора на работу.

— Куда? — прозвучало это на редкость глупо.

— Улицу мести, — добродушно отозвалась Анна.

— Но... я думала, мы поедем к Платонову.

— Поедем, только не сейчас.

— Хорошо, тогда я пойду с тобой, — с готовностью поднялась я из-за стола. — Вдвоем улицу подметем быстрее.

— Ты в самом деле собираешься метлой махать? — вроде бы не поверила Анна.

— Не думаю, что этому так трудно научиться. Что можешь ты, смогу и я.

— Хорошо, пошли.

К месту работы мы отправились пешком.

— Дворник на собственной тачке — чересчур экзотическое зрелище для знакомых старушек, — веселилась Анна.

Так рано появляться на улице мне давно не приходилось, я шла, чувствуя, как тело наполняется бодростью, хотелось беспричинно улыбаться. В городе еще было тихо, я услышала пение птиц и сказала, должно быть, не к месту:

— Знаешь, в такой работе есть свои преимущества.

— Ага, — с готовностью кивнула Анна. — Зимой снег чистить запаришься... а вообще и зимой неплохо. У меня на участке снегири жили. Я их раньше только на картинке видела.

На уборку у нас ушло не больше часа. Мы убрали ведра и метлы, вымыли руки, поливая друг другу из пластиковой бутылки, и отправились ко мне. Город за это время обрел привычный вид, спешащие граждане, грохот трамваев, автомобильные гудки.

— Жить надо, когда все спят, — изрекла Анна, — а спать днем. Гораздо приятней и для души полезней.

В моей квартире надрывались телефоны (мобильный я забыла дома), с некоторой опаской я сняла трубку и услышала голос Олега.

— Ты чего не отвечаешь? — возмутился он. — Я тут уже черт-те что начал думать.

— Напрасно, у меня все нормально. Вышла на прогулку, а мобильный оставила.

— На прогулку? — Как видно, идея прогуливаться в это время показалась Олегу несерьезной.

— На пробежку, — нашлась я. — Решила заняться собой в преддверии лета.

— Завидую. Жаль, что лень не позволяет присоединиться, люблю поспать. У тебя правда все в порядке? — спросил он совсем другим тоном. Я покосилась на Анну, она накрывала стол к чаю, но, без сомнений, прислушивалась к разговору.

— Все хорошо, — бодро ответила я, решив ничего не рассказывать о вчерашних приключениях. Для начала поговорим с Платоновым.

— Надо бы к Игорю заглянуть, — сказал Олег. — Любопытно, что он накопал. Позвоню тебе после работы, идет?

— Хорошо. Буду ждать. — Мы простились, и я пошла пить чай.

— Звонить Платонову будешь? — спросила меня Анна.

— Нет. Думаю, стоит появиться без предупреждения, чтобы он не успел подготовиться к нашему приезду.

Она кивнула, соглашаясь со мной.

— Тогда попьем чаю, и поехали. Старики обычно встают рано.

Мы отправились за машиной, которая находилась на стоянке. Не успели выйти со двора, как я почувствовала смутное беспокойство, оно лишь усилилось, когда я заметила в трех шагах от киоска «Роспечати» черную спортивную машину. Я не стала бы клясться, что это та самая машина, которую я видела на днях, хотя на самом деле была уверена в этом. Я непроизвольно схватила Анну за руку и зашагала быстрее.

— Ты чего? — приглядываясь ко мне, спросила она.

— Машина, вон там, у киоска. Кажется, я видела ее раньше.

Анна нахмурилась, но оставила мое сообщение без комментария. Когда мы свернули к стоянке, машина все еще стояла неподалеку от киоска. Стекла у нее были тонированные, так что не разглядишь, есть ли кто в салоне или хозяин просто оставил ее здесь на неопределенное время.

Анна ждала меня возле калитки, я заметила, что она то и дело посматривает на машину. Охранник открыл мне ворота, я выехала, притормозила возле Анны, она шмыгнула в кабину и быстро захлопнула дверь. Лицо у нее было скорее возбужденное, чем встревоженное.

— Мне тачка подозрительной не показалась, — сделала она заключение.

Это утверждение надлежало проверить, я направилась в центр города, то и дело поглядывая в зеркало, довольно скоро мои старания были вознаграждены, в зеркале заднего вида я обнаружила все ту же машину, через минуту она исчезла, но я уже больше не сомневалась: кто-то наблюдает за нами.

— Ты запомнила номер? — быстро спросила я.

— Нет. Лишняя трата времени. Угробим время с большим старанием, а потом выяснится, что зря.

— В каком смысле?

— В том, что данный человек, ее хозяин, никакого отношения к происходящему не имеет и иметь не может, потому что находится на другом конце планеты. Лучше не отвлекаться на пустяки и следовать к главной цели.

— А по-моему, установить хозяина машины стоит. Хотя бы на всякий случай.

— Допустим, ты звонишь своему Олегу, он в ГАИ, мы ждем результатов. Короче, все заняты делом, а в этот момент что-то происходит под нашим носом, но мы этого не видим. На этом все фокусы построены, — с удовлетворением закончила она.

— Ты меня не убедила, — упрямилась я.

— Тогда звони.

— Номер машины я тоже не запомнила.

— О чем мы тогда спорим? — Я невольно засмеялась, Анна отвернулась и стала смотреть в окно. — Остановика вот здесь, — вдруг сказала она, я притормозила, оглядываясь. Мы находились возле ворот городского парка.

— Что тебе здесь понадобилось? — с некоторым недоумением спросила я.

— Прогуляемся. Погода отличная.

— А как же Платонов?

— Он от нас никуда не денется. А твои догадки стоит проверить.

Хранители

Тут я поняла, о чем это она, и вышла вслед за Анной. Однако лишь только мы миновали ворота парка, ее затея мне показалась довольно опасной. В это время парк выглядел пустынным. Те, кто по утрам выходил на пробежку, сейчас уже на работе, для мамаш с колясками и пенсионеров еще слишком рано, они заняты домашней работой и покупками.

Парк больше походил на лес с вырубленными просеками, тремя лучами они расходились от центрального входа. Дорожки заасфальтированы, кое-где стояли скамейки. Больше ничто не напоминало о цивилизации. Даже шум города с трудом проникал сюда. Анне, как видно, эти мысли в голову не приходили, она уверенно шла по аллее, увлекая за собой меня. Я не выдержала и обернулась. Аллея до самого входа была пуста, это вызвало у меня вздох облегчения. Я затруднялась сказать, чего боюсь больше: увидеть преследователей или убедиться, что мы никому не нужны и я лишь сама себя пугаю.

Анна, сойдя с аллеи, начала пробираться через кусты и тянула за руку меня. «Что за блажь», — хотела сказать я, но промолчала, она шла быстро и явно куда-то стремилась попасть, понять куда, в общем-то, не сложно, скорее всего, Анна собиралась выйти на соседнюю аллею. И вдруг она остановилась, а потом, точно по инерции, сделала шаг, но не вперед, а назад. Я проследила ее взгляд и невольно попятилась. Кусты справа раздвинулись, и я увидела мужчину в темной куртке, лицо его было до того уродливо, что даже не поддавалось описанию, такое впечатление, что по нему прошлись катком. Плоская, без всякого выражения физиономия, уши на бритой голове казались непомерно большими.

— Опаньки, — пробормотала Анна, я резко повернула голову и смогла убедиться, что плосколицый был не один, через кусты ломился второй обладатель черной куртки, физиономия его напоминала первого, точно они братья или слепил их один скульптор без намека на фантазию. Они приближались, не произнося ни слова.

У меня было единственное желание: бежать. Бежать, пока это еще возможно. Я дернула Анну за рукав, вдруг нам повезет и на дорожке появятся прохожие. Вряд ли эти рискнут вести себя особенно нагло при свидетелях, но Анна точно приросла к месту.

— Бежим! — рявкнула я и вновь дернула ее за руку.

— Зачем? — вроде бы удивилась она.

— Ты что, с ума сошла? — Довольно глупо говорить это сумасшедшей.

В этот момент раздался какой-то странный звук, то ли свист, то ли затейливая мелодия, исполненная на примитивном инструменте. Высокий звук, необычный. Парни замерли, как по команде, затем развернулись и через мгновение исчезли в зарослях. Я вертела головой, пытаясь понять, откуда шел звук и что вообще происходит.

Анна сложила ладони на груди и принялась хохотать. Выглядело это нелепо и даже беспокоило. Я собиралась произнести что-то резкое. «Видимо, это нервное», — сообразила я и поторопила:

— Идем отсюда, вдруг они вернутся.

Мы поспешно выбрались на аллею, Анна продолжала хихикать. Когда я почувствовала себя в относительной безопасности, обняла ее и сказала:

— Успокойся...

— Хороша бы я была, окажись они обычными грабителями, — заявила Анна, чем, признаться, удивила меня. — Забрали бы мои денежки, а их и так кот наплакал.

— Какие грабители? — Видя мою растерянную и даже страдальческую физиономию, Анна пояснила: — Я ведь что подумала: если это его люди, бегать ни к чему. Не убежишь. Если его враги, так тоже нечего пятки сбивать: его забота нас от неприятностей избавить, ежели ты избрана, а я вроде как при тебе. То есть по-любому нечего ерзать. Улавливаешь мою мысль?

— Ничего глупее я сроду не слышала, — отмахнулась я.

— Ага, а потом подумала: а ну как бравые ребята позарились на наши кошельки или девичью красу и ничего о его великих замыслах не знают.

— Ну, он бы мог швырнуть в них молнию, — ответила я и тоже засмеялась, после пережитого страха моим нервам требовалась разрядка.

— Он сделал лучше, отозвал их свистом. — Ее слова прозвучали неожиданно серьезно.

— Ты слышала этот звук? — спросила я, смеяться мне расхотелось.

— Конечно. Можно с уверенностью сказать, что проверка... ничего не дала. Что это за типы и какого лешего им надо?

— Хранители? — робко предположила я.

— Больше на шпану похожи. Ладно, поехали.

— Если какой-то гад опять шины проколол...

— Ну, в городе не пропадем, — улыбнулась Анна.

Однако мои опасения не оправдались, ничего с моими «Жигулями» за это время не произошло, я огляделась, но испугавшей меня машины не заметила.

— Неужели за нами все-таки следили? — не удержалась я.

— Может, и следили, — отозвалась Анна. — Если так, то мы еще встретимся.

Я невольно поежилась, парни казались очень опасными.

— А может, это действительно шпана, что грабит прохожих в пустынных местах. Кто-то заметил приближение милиции и предупредил свистом.

— Мне нравится твоя версия, — серьезно кивнула Анна, но я все равно заподозрила ее в насмешке.

— В любом случае это не имеет никакого отношения к мистике.

— Ты только не дразни его, ладно? — ласково попросила Анна. — А то он враз покажет, что к чему имеет отношение.

— Ты меня просто удивляешь, — начала я, но, заметив, как Анна недовольно поморщилась, сочла за благо замолчать.

Между тем мы выехали на объездную и вскоре уже сворачивали на улицу, где жил Платонов.

— Он, кажется, сказал, что работал нефтяником? — произнесла я. — Должно быть, неплохо зарабатывал, если может позволить себе такой дом в этом месте. — Анна потерла подбородок, глядя на меня с любопытством, точно ожидая продолжения. — Далеко не каждому пенсионеру это по силам.

— Он вроде говорил, что инженер-нефтяник. На нефти люди немалые деньги зарабатывают.

— Но не инженеры.

— Может, у него сын банкир или дочка замужем за арабским шейхом.

— Библиотекарь сказала, он одинокий.

— Хочешь, спроси у дяди, откуда бабки. Или ты своего мента предпочитаешь?

— От него может быть явная польза, — обиделась я.

— Никакой, если окажется на том свете. — Говорила она серьезно, жестко, и я не решилась возразить, только подумала: о чем Анна так и не удосужилась рассказать мне? С чем связана ее скрытность? Может, она просто щадит меня, не рассказывая всего, что успела пережить сама?

Анна вышла из машины первой и позвонила. Очень долго никто не отвечал. Наконец мы услышали голос Николая Ивановича:

— Кто там?

— Николай Иванович, это Ульяна и Аня. Можно с вами поговорить?

Почему-то я была уверена, что он сошлется на нездоровье или придумает еще какой-то повод, чтобы отказать нам, но тут раздался щелчок, и калитка открылась, мы быстро прошли к крыльцу.

— Взгляни, — шепнула Анна, я бестолково вертела головой, а она добавила: — Возле дома напротив. — Там, точно тень, мелькнул силуэт мужчины в черной куртке.

— Они? — охнула я. — Неужели они?

Мы уже довольно долго стояли у двери. Я вглядывалась в соседние дома, участок улицы, видневшийся отсюда, но никого больше не заметила. Улица была пуста.

Из-за двери донесся скрип, затем чей-то кашель, и дверь наконец открылась. В темном холле в кресле сидел Платонов.

— Входите быстрей, — резко сказал он и, как только мы вошли, захлопнул дверь, ловко развернулся и поехал в кабинет, а мы последовали за ним.

Шторы на окнах были задернуты, горела настольная лампа, я вспомнила, что хозяин жаловался на болезнь глаз, и не спешила удивляться этим чудачествам.

— Вам ничего не показалось подозрительным? — разворачиваясь к нам, спросил Николай Иванович.

— А в чем, собственно... — начала я, он махнул рукой и покачал головой, то ли извиняясь за свою несдержанность, то ли предлагая не обращать на его слова внимания.

— Итак, о чем вы хотели поговорить?

Платонов был одет точно так же, как и в прошлую нашу встречу: неизменная шляпа, неряшливый пиджак, плед на больных ногах, но выражение лица было совсем другим, ни намека на добродушие и ласковое любопытство. С первого взгляда становилось ясно: он чем-то взволнован, скорее даже испуган. Взгляд его метался по комнате, избегая наших глаз, он нервно стискивал старческие пальцы в нелепых перчатках. За несколько минут до этого я собиралась говорить с ним требовательно и даже грубо, а сейчас испытывала что-то вроде сочувствия.

— Извините, у меня не так много времени, — нахмурился он и даже повысил голос, но эффект получился скорее комический, голос неожиданно сорвался. Он сложил руки на груди и сердито взглянул на нас.

— После нашего разговора мы отправились в Шахово, — начала Анна, устраиваясь на диване. Платонов перебил ее:

— Вот как? А зачем, позвольте спросить?

Мы переглянулись.

— Вы смогли возбудить наше любопытство, — улыбнулась Анна. Как я уже говорила, улыбка у нее чудесная, вряд ли кто способен устоять перед ее обаянием. Николай Иванович вздохнул и горестно покачал головой, но заговорил спокойно, теперь в его голосе не было и намека на враждебность.

— Как это глупо, — поморщился он. — Я должен был предвидеть...

— Что предвидеть? — тут же спросила я.

— То, что вы решите взглянуть на барский дом, хотя смотреть там совершенно не на что. Насколько мне известно, там развалины. Я видел фотографии.

— Фотографии?

Он вздохнул:

— Да. Виталий сделал фотографии по моей просьбе. В прошлом году. Вряд ли с тех пор там что-либо изменилось, по крайней мере в лучшую сторону.

— Вы правы, — подтвердила я. — Мы имели неосторожность спуститься в подвал, и кто-то нас там запер.

— Вы видели их? — спросил старик с беспокойством.

— Кого? — насторожилась я.

— Ну... тех, кто вас запер?

— Николай Иванович, вам не кажется, что вы должны нам кое-что объяснить? — вкрадчиво спросила я. Он отчаянно замотал головой.

— Ничего подобного. С какой стати? И что вообще, по-вашему, я должен объяснять?

— Некоторые странности. Мы поехали в Шахово и оказались в неприятной ситуации.

— Я-то здесь при чем? — возмутился Платонов. — Откуда мне было знать, что вы туда поедете?

— Предположить такое не трудно.

— Это все моя болтливость, проклятая старческая болтливость, — сказал он в досаде и стукнул кулаком по подлокотнику кресла. — И ваше любопытство. В результате...

— А что скажете на это? — спросила я, достав из кармана записку и протягивая ее Платонову.

Он схватил записку, глаза его стали огромными за стеклами очков, руки дрожали так, что записку он выронил, и она упала ему на колени.

— Я так и думал, я догадывался...

— О чем вы догадывались? — не отставала я.

— Он не случайно здесь появился.

— Кто?

— Виталий. Я... у меня были подозрения, он совсем не похож на бомжа, к тому же... ах, что говорить...

— Так эту записку написал Виталий?

— Вне всякого сомнения. — Платонов подкатил кресло к шкафу и достал тетрадь. Обычная ученическая тетрадь в двадцать четыре листа. Открыл ее и протянул мне.

«Что купить?» — прочитала я. Далее другим почерком перечень продуктов. Ниже опять той же рукой: «Починил кран». Конечно, я не графолог, но почерк очень похож на тот, которым написана записка. Платонов взял авторучку и написал на чистой странице: «Это Виталий». Почерк у него был своеобразный, красивый, со множеством завитушек, он разительно отличался от того, каким была написана записка.

— Убедились? — вздохнул старик, отбрасывая тетрадь.

— Допустим, это Виталий, — кивнула я. — С ним можно поговорить? Я хотела сказать, задать пару вопросов.

— Его нет, — покачал головой Платонов и как-то странно передернул плечами. — Он исчез. Ушел вчера вечером и больше не появился.

— Такое раньше бывало? — вздохнула Анна.

— Никогда. Из дома он уходил только по делам. И всегда возвращался вовремя. Я ведь без него совершенно беспомощен, о чем ему прекрасно известно. А вчера он ушел, ничего мне не сказав. Я даже не заметил, когда это произошло. И он до сих пор не вернулся. С ним что-то случилось. Без сомнения, с ним что-то случилось. — Голос его звучал как стон, я была уверена, он сейчас заплачет. Мою недавнюю подозрительность сменила жалость.

— Может быть, позвонить в милицию?

— Бесполезно. Они начнут поиски через три дня. Виталий бездомный, у него даже паспорта нет, кому нужно его искать. Они отмахнутся от меня, как от назойливой мухи.

Эти слова вновь возродили мое недоверие.

— Виталий бездомный?

— Я же вам говорил, он бомж.

— Но каким образом он оказался в вашем доме?

— Год назад зимой позвонил в калитку. Был страшный мороз. Я его впустил. В то время я жил один, по хозяйству помогала соседка, с остальным кое-как справлялся сам.

— И вы впустили его в дом? — не поверила я.

— В доме в тот момент была Валентина. В случае чего могла позвонить в милицию. В конце концов, это был акт человеколюбия. На улице стоял страшный мороз, а он практически босиком, в драном пиджаке.

— И он остался у вас?

— Не сразу. В тот день он отогрелся, мы нашли ему кое-какую одежду, накормили, конечно. Вечером он ушел. А через некоторое время появился опять. С воспалением легких, едва живой.

— И вы оставили его у себя?

— Сначала он жил в пристройке позади дома. Там отдельный вход, то есть ночью я чувствовал себя в безопасности. Я был уверен, что по весне он уйдет, но он остался. И я, признаться, был рад этому, потому что привык к нему, да и вообще...

— Он вам что-нибудь рассказывал о себе?

— В подробностях — нет. Я знаю, что он отбывал наказание за кражу.

— И несмотря на это... — не поверила я.

— Его откровенность мне импонировала. Ему ведь ничего не стоило соврать, я бы все равно не смог проверить, а он сказал правду... если это, конечно, была правда, — пробормотал Платонов. — После освобождения его обокрали на каком-то полустанке, родственников у него не было... В общем, он стал бомжом.

— А что вас насторожило в его поведении? — не унималась я. Личность Виталия теперь очень меня интересовала.

— Он был безусловно образованным человеком. На

банального вора совсем не походил. Мы, конечно, не могли полноценно общаться, но... вы же понимаете: глухонемой вряд ли мог получить высшее образование, а он многие вещи прекрасно понимал и знал то, что далеко не всякому...

— Вы же сами только что сказали, что не могли полноценно общаться.

— Да, но он был прекрасным помощником, мог работать с текстом. А потом, я же видел, с какой жадностью он читает книги. И какие книги. Однажды я его застал с томом Цицерона в руках, вот он, на полке. Можете сами убедиться, на латыни.

— А вам не пришло в голову, что появление здесь бомжа по меньшей мере странно? За такими заборами, как правило, живут люди, далекие от христианского милосердия. Вряд ли они охотно кормят бомжей, скорее собаку спустят.

— Здесь живут вполне нормальные люди.

— Но пришел он именно к вам?

— Теперь и я прекрасно понимаю, как не случаен был его выбор.

— Очередной глухонемой появляется в нашем рассказе, — с улыбкой сказала Анна. Было непонятно, иронизирует она или просто констатирует факт. Я нахмурилась, переводя взгляд с нее на Платонова. Руки старика вновь нервно задергались, он вздохнул, посмотрел на них и сунул под плед. — Вы считаете его Хранителем? — все с той же улыбкой спросила Анна.

— Н-нет, — помедлив, ответил он. — Нет. Иначе в записке нет смысла. Зачем ему предостерегать вас от самого себя?

— Чтобы напугать, к примеру, — пожала я плечами.

— Нет, я не думаю, что он Хранитель. Скорее уж напротив... В любом случае мы, сами того не желая, привели в движение некие силы.

Мы ждали, что он еще скажет, но он молчал, и я переспросила:

— Некие силы?

Он кивнул, раз, другой.

— Да. Долгое время никто не проявлял интереса к определенным вещам, и чье-то внезапное любопытство их насторожило. Вспомните, глава из Пятого Евангелия долгое время спокойно хранилась в монастыре, но вдруг все пришло в движение. Смерти, пожары. То же самое произошло в следующий раз, когда икона оказалась в церкви Вознесения. До поры до времени все тихо, и вдруг... какой-то толчок. Что-то их напугало, они почувствовали угрозу и начали действовать.

— Вы имеете в виду Хранителей?

— Хранителей или их врагов.

— В результате исчез Виталий?

— Возможно.

Его ответы становились все более лаконичными, взгляд сделался неподвижным, он уставился на какую-то точку в стене напротив.

— Явное нарушение логики, — покачала головой Анна. Я с удивлением перевела на нее взгляд, и Платонов тоже, точно вдруг очнулся. — «Бойся Хранителей», по-вашему, предупреждение о том, что любопытство проявлять не стоит. Хранители заинтересованы в том, чтобы Пятое Евангелие тихо-мирно лежало где-то в абсолютной безопасности, на то и Хранители. На фига им свистопляска с трупами или, как в нашем случае, лишние разговоры, даже вмешательство милиции. Ну, полазили бы мы по этому подвалу, и что? Вы ж сами говорите: ничего там найти невозможно. Вышли бы все в паутине и отправились восвояси. Вот и все.

— Да-да, я понимаю, о чем вы. Скорее всего, это те, кто ищет Евангелие. Бог знает как они себя называют. Между ними идет вечная вражда. Я думаю, антихранители постоянно провоцируют своих врагов, заставляя проявить себя. Понимаете? Только так они могут обнаружить Хранителей и выйти на Евангелие.

— Убийства среди монахов, поджоги?

— Да. Именно. Они догадываются, но не знают. Моя мысль ясна для вас? Мы стали невольным катализатором, если здесь допустимо это слово. И все из-за нашего неуемного любопытства, — закончил он с горечью.

— Ну, не скажите, — заметила я. — Если Виталий появился именно у вас, этому должна быть причина.

— Вы думаете? И где-то в старых книгах... Конечно, у меня есть редкие издания. Очень редкие. Но они прошли через множество рук, и я знаю каждую страницу...

— Возможно, Виталий считал иначе. Отсюда его страсть к книгам.

— Но я говорю вам: это невозможно. Я знаю каждую строку, каждую букву. Я одиннадцать лет прикован к креслу, и эти книги — моя единственная радость.

— Недавно я получила письмо, — вздохнула я. — После прочтения буквы как по мановению волшебной палочки исчезли.

— Что вы хотите этим сказать? — поднял голову Николай Иванович.

— Я не историк, но знаю, старинные книги, написанные на пергаменте, таят множество загадок. К примеру, один текст счищали и писали по старому новый. При определенных условиях...

— Да-да, я понимаю. Но у меня нет таких книг. Ни одной книги, изданной раньше позапрошлого века. Какой уж там пергамент...

— Глава Евангелия исчезла как раз в девятнадцатом веке, — не отступала я.

— Допустим, кто-то вверстал в книгу главу из Евангелия и даже замаскировал текст. Неужто вы думаете, что я не заметил бы странность? Бумагу от пергамента отличить легко. К тому же я покупал книги у букинистов, это в большинстве своем очень сведущие люди и такой детали не упустили бы, а, заметив, проявили бы интерес. Одно несомненно: Евангелие где-то рядом, и какими-то своими поступками мы привели машину в движение и сами оказались замешанными в это.

— А может, ваш Виталий просто устал от оседлой жизни? — вдруг сказала Анна. — А все остальное — чьи-то глупые шутки и наша разыгравшаяся фантазия?

— Хотел бы я думать так же, — немного помолчав, точно оценивая ее слова, произнес Платонов. — Если это шутка, то дурного тона. — Он подкатил кресло к окну и слегка приподнял штору. — Взгляните. Они здесь со вчерашнего вечера.

С замиранием сердца я подошла к окну и осторожно выглянула, чувствуя возле своего уха горячее дыхание Анны. В нескольких метрах от дома стояла черная машина. Я не уверена, что та самая, которая мелькнула вчера, прежде чем скрыться за кирпичной стеной бывшего санатория. Окно было открыто, и я увидела лицо человека в профиль. Очень бледное лицо, по контрасту с солнцезащитными очками — смертельно бледное.

— Их трое, — вздохнул Платонов. — И они сменяют друг друга.

— Надо вызвать милицию, — пробормотала я и кинулась к телефону.

— Бесполезно, — печально ответил Николай Иванович, осторожно опуская штору. — Разве вы не поняли, с чем имеете дело?

— Милиция быстро разберется с этими типами.

— Подъедут и проверят документы, — подала голос Анна. — Единственное, что они могут. — Ее отношение к милиции мне было известно, и то, что она вдруг поддержала Платонова, меня не удивило. — А парни скажут, что движок забарахлил и они ждут эвакуатора. Или еще что-нибудь в этом духе. Между прочим, имеют право, раз ничего не нарушают.

— Проверить документы тоже немаловажно. По крайней мере будем знать, кто они.

Анна с Платоновым переглянулись, он вздохнул, а она покачала головой.

— Если вмешается милиция, очень возможно, появится еще труп.

— Что ты имеешь в виду? — нахмурилась я, данное утверждение прозвучало довольно двусмысленно.

— Когда надо, они действуют очень решительно, — кивнула она в сторону окна. — И никакая милиция не убережет.

— Вы... вы ведь не просто так появились здесь? — забеспокоился Николай Иванович. — «Пятый евангелист» вызвал ваше любопытство, но вы так и не сказали, что этому предшествовало. Это не простое любопытство, я прав? — Он выделил слово «не простое», Анна развела руками, а я не спешила с ответом. — Значит, прав, — кивнул Николай Иванович. — Надо было сообразить еще в прошлый ваш визит. Кто из молодых в наше время так заинтересуется краеведением, что отправится к старому брюзге выслушивать его истории. Так на чьей вы стороне?

— А вы? — ответила я вопросом на вопрос, вместо того чтобы призвать его умерить свои фантазии.

— Я... это звучит кощунственно, но я бы просто хотел удовлетворить свое давнее любопытство. Увидеть главу Пятого Евангелия. Тогда я смог бы узнать, верны ли мои догадки.

— Об Иуде? — вновь спросила я. Он сглотнул, как будто что-то мешало ему говорить. — Чем он вас так занимает?

— Всегда следует выслушать противоположную точку зрения. Мы знаем о нем лишь от его врагов. Он был проклят ими и сведен до положения банального предателя. Тридцать сребреников, — хмыкнул Платонов. — Чушь... Я думаю, мы бы наконец узнали всю правду. О моралисте из Галилеи и тех, кто его окружал. Пятое Евангелие самое правдивое, с этим никто не будет спорить, раз написано оно еще при жизни Христа. Потом все эти апостолы его подправили, подредактировали, впрочем, и тогда без досадных накладок не обошлось. Ну да ладно. Представьте, что начнется, если человечество узнает, что две тысячи лет безнадежно заблуждалось, верило не в то и не в того.

Я с изумлением слушала эту речь, глядя на побелевшее от гнева лицо старика. Анна стремительно пересекла комнату и склонилась почти к самому лицу Николая Ивановича.

— На самом деле Хранители следят за тем, чтобы рукопись никогда не увидела света? В этом их задача?

— Думаю, да, — ответил старик, было заметно, что слова давались ему с трудом, он слабел, и я боялась, что он может упасть в обморок.

— Значит, эти люди стоят на страже традиции... Почему бы тогда попросту не уничтожить Евангелие?

Старик закрыл глаза и покачал головой.

— Вы не понимаете. «Ибо Господь Саваоф определил, и кто может отменить это?»

— Если это есть, значит, это должно быть, — пробормотала Анна едва ли не с отчаянием. — А сатанисты, или кто они там, ищут Евангелие с целью изобличить Христа? Опровергнуть его божественную сущность? И в своем стремлении ни перед чем не остановятся?

Старик едва заметно вздохнул.

— Люди, там, за окном, — сатанисты? Или Хранители? Кто-нибудь объяснит мне, что происходит? — возмутилась я. На какое-то мгновение мне показалось, что эти двое отлично понимают друг друга, а у меня от всего этого в голове была полная путаница.

— Вы до сих пор не сказали, кто вы? — спросил в свою очередь Платонов внезапно окрепшим голосом. — Кто вас послал ко мне?

— Азазель, — ответила Анна, не спуская с него взгляда.

— Азазель? — Он вроде бы удивился, потом лицо его посуровело. — Падший ангел. Враг бога. У меня нет книги, вы можете перевернуть дом снизу доверху, но ничего не найдете. И скажите этим, — он кивнул в сторону окна, — зря стараются. Евангелия здесь нет.

— А где оно? — вкрадчиво поинтересовалась Анна. Он вновь закрыл глаза и победно улыбнулся.

— Вы совершенно напрасно нас подозреваете, — рассердилась я, взглянула на Анну и растерянно замолчала, я уже не была уверена, что ей известно только то, что знала я. Я ни в чем не была уверена.

— Если глухонемой — Хранитель, книга, скорее всего, исчезла вместе с ним, — спокойно заметила Анна, выпрямляясь. — И вы нам просто голову морочите, хотя прекрасно знаете, где он.

— Не знаю, — отозвался Николай Иванович.

— А если он из этих, — кивнула она в сторону окна, — то вы наверняка убедились в ее сохранности, то есть в том, что к нему в руки она не попала. И не попадет.

Признаться, эти ее слова здорово меня напугали. Прибавьте к этому ее странное поведение в парке...

— Я совершенно ни в чем не уверен. Я опасаюсь за свою жизнь. Вот и все.

— И при этом открыли нам дверь? Малознакомым людям?

— Я... я беспокоился... совершенно невозможно понять, кто на чьей стороне. А вы мне понравились. Теперь вы вольны вызвать милицию, открыть дверь этим или уйти отсюда, предоставив меня своей судьбе.

— Если вы беспокоитесь за свою жизнь, значит, надо звонить в милицию, — сказала я, у меня уже голова шла кругом, но кое-какие остатки здравого смысла все же остались.

— И тем самым сократить свою жизнь, — саркастически усмехнулся он.

— Я ничего не понимаю, — сказала я в отчаянии.

— Хорошо, мы уйдем, — кивнула Анна и решительно направилась к двери. Я замешкалась в растерянности.

— Ступайте, — сказал мне Платонов и махнул рукой, вроде бы прощаясь.

— Ничего не понимаю, — повторила я, но пошла за Анной.

Мы покинули дом, замерли на крыльце, дожидаясь, когда щелкнет замок. Я услышала какой-то скрип, возможно, так скрипело колесо инвалидного кресла. Мы выбрались на улицу, Анна проверила, захлопнулась ли калитка.

— Идем в машину, — хмуро сказала она.

Из узкого переулка показался тип в черном, лицо его скрывали большие очки от солнца, он быстро приближался к нам, но вдруг замер. Он выглядел совершенно нелепо, точно кукла, у которой внезапно кончился завод.

— Быстрее, — позвала Анна, дважды повторять ей не пришлось. Очень быстро мы добежали до машины, я боялась, что она не заведется или колеса окажутся спущенными, но нам позволили уехать.

Однако, оказавшись в трех кварталах от дома Платонова, я притормозила и решительно повернулась к Анне:

— Что происходит, черт возьми?

— Я же тебя просила, — поморщилась она.

— Извини, я забыла, что его не стоит поминать напрасно. — Мне казалось, что я говорю язвительно, но голос срывался от гнева, беспокойства и обиды. — Ты мне объяснишь, что происходит? — повторила я.

— С чего ты взяла, что мне известно более того, что знаешь ты? — усмехнулась Анна.

— Похоже, ты прекрасно ориентируешься в происходящем.

— Да? Это иллюзия.

— Ты говорила с ним со знанием дела.

— Я делала вид, что все прекрасно понимаю. Это разные вещи.

— Моих знаний не хватает даже на то, чтобы сделать вид, — заметила я с обидой.

— Старик мне сразу не понравился. Он рассказал нам о Хранителях и даже намекнул на глухонемого. Помнишь, все эти колдуны из Трансильвании и бог знает откуда появившиеся монахи. Он отправил нас в Шахово, где мы едва не оказались в ловушке. А теперь глухонемой исчез, и записку нам вроде бы написал он.

— А что, если он и засов открыл? — озарило меня. — Только как он мог оказаться в Шахове? Вряд ли у него есть машина, хотя машина не проблема для такого человека. Но если джип возле дома тот самый, что мы видели в Шахове, значит, уезжал на нем не глухонемой, а, скорее всего, тот, кто нас запер. А где был он? Прятался в развалинах? И где-то у него была спрятана машина, тоже джип... но он не мог предупредить парня на станции, ведь он же глухонемой.

— Человек, который не говорит, не обязательно немой. А те, что сидят в джипе, не обязательно враги, а старик не обязательно жертва, — монотонно проговорила Анна. — Я выдвинула одну из версий, показавшуюся мне наиболее логичной, а он ее подтвердил. Вот только почему? Потому что я угадала или он хотел, чтобы я так думала?

— Анна, ради бога, я сейчас сойду с ума. Все это замечательно, наши догадки и прочее, но там остался беспомощный инвалид, а рядом какие-то подозрительные типы. Если мы не сообщим в милицию...

— Старик — зло, — жестко сказала Анна, и лицо ее мгновенно изменилось, стало мрачным, подбородок отяжелел, а глаза смотрели не мигая, точно она видела то, что было недоступно мне.

— Час от часу не легче, — усмехнулась я, но уверенности в моих словах не было. Я приглядывалась к Анне с затаенной робостью. — Что значит зло?

— Я не могу объяснить, — встряхнувшись, ответила она и, поглядев на меня, улыбнулась. — Я просто чувствую. От него исходит зло. Иногда я это вижу. Точно фиолетово-черные лучи. У него видела. Пальцы светились фиолетовым цветом, не зря он их прятал. Я не знаю, кому он служит, но он зло. А может, и не служит, может, ему служат. Мы с тобой, к примеру. Он ведь великий путаник.

— А вот сейчас как позвоню Олегу... — разозлилась я.

— Позвони. Я что, против? — Она устало откинулась на сиденье и закрыла глаза.

С минуту я молча разглядывала ее лицо, потом спросила гораздо спокойнее:

— Что будем делать?

— Домой поехали, — вздохнула Анна. — Ждать дальнейших указаний.

— А старик?

— Он хотел, чтобы его оставили одного. Он один. Поехали.

Тут я подумала, что действительно стоило убраться отсюда подобру-поздорову, вдруг те типы передумают и решат поговорить с нами. Мы отправились домой, приготовили обед и поели. Но покоя в душу это не внесло. Я без конца возвращалась к мыслям о старике, не выдержала и позвонила ему. Он снял трубку сразу, должно быть, она находилась у него под рукой.

— Николай Иванович, это Ульяна, — дрожащим голосом сообщила я. — Как ваши дела?

— Ульяночка, — радостно запел он. — Рад, что вы позвонили. Я сам хотел вам звонить. Как вам наш маленький спектакль? Когда история — не сухие факты, когда облекаешь ее в плоть и кровь, это... совсем другие ощущения. Вы согласны?

— Я не понимаю, о чем вы, — растерялась я.

— Записку вам действительно подбросил Виталий. Он глухонемой, но отлично читает по губам, и наш разговор не был для него тайной. Вот и решил пошутить. Разумеется, он и предположить не мог, что вы поедете в Шахово и там с вами произойдет приключение, которое придаст шутке зловещий характер. А вечером он, представьте, пошел прогуляться, и его забрали в милицию. А он без документов и объяснить не может, кто и откуда. Когда выяснили, кто он такой, стало даже хуже, грозились засадить за решетку. Он упросил кого-то позвонить мне, и лишь благодаря моему вмешательству... В общем, он сейчас дома, а молодые люди на джипе оказались охраной моего соседа из дома напротив, точнее, не самого соседа, а его коллеги, который приехал к нему из Москвы. Очень важная особа, вот охрана и присматривала за всей улицей. Мне позвонила Валентина, соседка, и рассказала об этом. — Он засмеялся радостно, по-мальчишески задорно. — А мы-то с вами навыдумывали...

Я держала трубку в руках, до неприличия широко раскрыв рот.

— Что? — нахмурилась Анна.

— Буду очень рад, если вы выберете время навестить старика. Всего доброго.

В трубке пошли короткие гудки, а я все стояла, открыв рот. Анна подошла, взяла трубку из моих рук и положила ее на место. Это, кажется, привело меня в чувство.

— Ясно, что старикан жив, здоров, насколько это возможно в его положении. А дальше что?

— Виталий вернулся. Его забрали в милицию, а парни на машине — соседская охрана, — пробормотала я.

— А записка — шутка убогого? — весело спросила Анна.

— Похоже, что так.

— Где она, кстати?

Я бросилась в прихожую, где висело мое пальто. Записки в кармане не оказалось, я проверила карманы самым тщательным образом и даже заглянула в сумку, хотя была уверена, что сунула записку в карман.

— Ну, что? Исчезла? — спросила Анна, стоя в дверях.

— Да, — растерянно ответила я. — Он что, украл ее?

— Ну, если ты сама ее не потеряла, выходит, что украл.

— Зачем?

— Затем, чтобы твой рассказ выглядел глупой выдумкой, если вдруг ты побежишь в милицию. Он ведь только что изложил свою версию событий. Вот что он ответит ментам, если те проявят любопытство. Все логично и понятно. А что расскажешь ты? Сущий бред о Хранителях и сатанистах, которых в глаза не видела и не знаешь, где искать.

— Но зачем ему понадобилось... Я не о разговоре по телефону, а вообще... зачем он выдумал эту историю? Какой смысл?

— Может, и не выдумал. Поди разберись, где ложь, а где правда. Азазель послал нас к нему, значит, что-то имел в виду.

— Азазель нас не посылал, — возразила я. — Этого Платонова мы сами нашли.

— Может, это нам только кажется, — вздохнула Анна, пожав плечами. — В любом случае он четко указал на Шахово, куда мы и отправились. И тут появились джип, неизвестный и прочие радости. Если дедуля не законченный враль и кое-что в его словах правда...

— Мы выступаем в роли приманки, чтобы Хранители себя проявили? — догадалась я.

— Хранители или сатанисты, мы же не знаем, у кого из них Евангелие и кто за ним охотится. Я смотрю, ты совершенно уверена в их существовании? — вдруг спросила Анна и улыбнулась. Это меня здорово разозлило.

— А ты сомневаешься?

— Не знаю, — равнодушно ответила она, точно и ее впрямь не интересовал этот вопрос. — Собственно, об их существовании мы узнали от старикана, а теперь он пытается нас убедить, что все это шутка.

— Думаешь, ему угрожали и он вынужден был это сказать? — испугалась я.

— Если честно, такая мысль даже не приходила мне в голову, — подняв брови в изумлении, ответила Анна. — Я же тебе говорю, наш друг великий путаник...

— Но что же теперь делать? — растерялась я.

— Ждать, естественно. Мы люди подневольные.

— Неплохо бы узнать об этом Платонове побольше, — задумчиво произнесла я.

— Если хочешь потратить время впустую, — усмехнулась Анна.

— Но почему, почему ты так думаешь? — не выдержала я.

— Потому что давно поняла, с кем имею дело, — ответила она чрезвычайно серьезно. — Как только появится, нет, наметится след, он его обрубит. Самым решительным образом. У меня ни малейшего желания с ним тягаться, — закончила она устало.

— Ты по-прежнему считаешь, что за всем этим стоит... хорошо, не буду упоминать его имени, раз тебе это так неприятно. Как можно поверить в такое?

— Ты сама совсем недавно верила. Разве нет?

— Допустим, — недовольно кивнула я. — Но...

— Но вернулась к тому, что привычнее для твоего разума, — перебила меня Анна. — И готова верить в Хранителей, сатанистов и прочую чушь. А я спятила, оттого не боюсь видеть главное...

— Азазель не человек, а самый настоящий злой дух? — усмехнулась я.

— Он воплощение всего черного, страшного, грязного и постыдного. А это принято называть сама знаешь как.

— Хорошо. Допустим, этот человек действительно сочетает в себе все пороки. Но в одиночку он не в состоянии провернуть все это...

— Ты сказала «человек», — усмехнулась Анна.

— Прекрати, — не выдержала я. — Да, и у меня был момент слабости, когда я поверила, но...

— Но это не укладывается в твоей голове, — печально закончила Анна. — Давай прекратим спор. Чем собираешься заняться? — спросила она, поспешив сменить тему.

— Наверное, немного поработаю, — ответила я первое, что пришло в голову.

— Ты же уволилась? Впрочем, я ничего не знаю толком о твоей работе. У меня тоже кое-какие дела.

— Ты уходишь? — вышло это у меня испуганно. Я почувствовала неловкость, почему бы Анне действительно не заняться своими делами?

— Ты всегда можешь мне позвонить или приехать, — мягко ответила она.

Она пошла в прихожую, и я за ней с намерением проводить ее.

Не успела за Анной закрыться дверь, как раздался звонок. Я решила, что это она вернулась, и с некоторым недоумением обнаружила на пороге Олега.

— Вы много времени проводите вместе, — заметил он, кивнув в сторону лестницы, надо полагать, он только что столкнулся с Анной в подъезде.

— Она мне нравится, — ответила я и нахмурилась, давая понять, что не намерена продолжать разговор на эту тему.

— Тебе надо заглянуть в милицию, — с некоторым смущением сказал он.

— Заглянуть? — не поняла я.

— Надо кое-что уточнить.

— У вас нет другого подозреваемого, и теперь подозревают меня? — спросила я язвительно, но страшно испугалась. Если это так... даже представлять не хочется, какими скверными могут быть для меня последствия.

— Вовсе нет. Появились вопросы, ведь идет следствие...

— Надо ехать сейчас?

Он взглянул на часы и кивнул.

Вопреки ожиданиям, никаких каверзных вопросов мне не задавали. Отпустили меня довольно быстро, я вздохнула с облегчением, но неприятный осадок и беспокойство все равно остались. Олег попросил подождать его на улице. Появился через пять минут.

— Тебе Игорь не звонил? — спросил он с сомнением.

— Нет. Он должен был позвонить?

Олег пожал плечами.

— Поинтересовался на всякий случай. Звоню ему, без конца занято.

— Так он, наверное, в Интернете.

— Мобильный не отвечает.

— Выключил, чтобы не мешали.

— И на работу сегодня не вышел.

— Ты беспокоишься? — спросила я. Сердце вдруг сжалось в предчувствии беды.

— Как-то не по себе, — ответил Олег, отводя взгляд.

— Тебе известно, где он живет? — спросила я.

— Конечно.

— Ну так давай съездим и узнаем, почему он стал отшельником.

— Поехали, — кивнул Олег.

Всего через пять минут мы подъехали к обычному пятиэтажному дому неподалеку от цирка.

— Он один живет? — спросила я.

— Да. С женой развелся два года назад.

Мы вошли в подъезд и поднялись на второй этаж. Олег позвонил, и мы некоторое время спокойно ждали. Однако дверь нам никто не открыл. Олег достал мобильный и быстро набрал номер, один раз, потом второй. Мобильный отключен, а домашний занят. Я нажала кнопку звонка и давила не меньше минуты. Даже глухой наверняка бы услышал. Но и на этот раз дверь не открыли.

— Он мог выйти куда-то, — сказала я.

— Без мобильного и не подключив домашний телефон?

— Но не ломать же дверь?

По выражению, которое появилось на лице Олега, я поняла, что как раз об этом он и думал.

— Надеюсь, кто-нибудь из граждан дома, — буркнул он и стал звонить в соседские двери. Вскоре появился мужчина с нижнего этажа, вооруженный чем-то похожим на монтировку.

— Под твою ответственность, — с сомнением глядя на Олега, сказал он. Я подумала, вряд ли Игорь обрадуется нашей затее, если сейчас неожиданно вернется.

Монтировкой сосед орудовал очень ловко, дверь с треском подалась и вскоре открылась. Я почувствовала сильный запах газа, Олег вошел в прихожую и вскоре исчез из поля моего зрения. И тут я услышала его громкий вопль:

— О, черт...

Сосед бросился в квартиру, и я с замиранием сердца вошла тоже. Олег был на кухне, он успел распахнуть окно, свежий воздух ворвался в квартиру, но голову тут же стянуло болью от нестерпимого запаха. Мой взгляд переместился от окна к плите, и я увидела, что духовка открыта, все конфорки включены, а на полу лежит Игорь. Голова повернута к плите, руки сложены на груди. Похоже, он спал. На темно-коричневой плитке пола я не сразу заметила подтеки крови. Игорь был одет в бордового цвета халат, оттого кровь на нем я тоже заметила не сразу, а когда заметила... У него были перерезаны вены на руках и ногах. И, судя по всему, он сделал это сам. Лег возле плиты и для надежности открыл газ. Олег склонился над ним и пробормотал:

— Кажется, он жив. Ульяна, «Скорую».

Я достала мобильный, набрала нужный номер, сосед бегал по квартире, распахивая двери и окна. Стало холодно, зато можно было дышать.

Я поспешила уйти с кухни, но покинуть квартиру не решилась. Вошла в комнату и увидела компьютер. Оглянулась на Олега, ему было не до меня. Я очень хотела знать, что искал Игорь, точнее, что успел найти. Еще раз взглянув на Олега, я придвинула кресло. В середине рабочего стола монитора был синий прямоугольник, похожий на конверт с восклицательным знаком. Я щелкнула мышью. Через мгновение на экране появились строчки. Это было прощальное письмо Игоря. «Передайте его родителям, что я очень сожалею. Простите меня, если можете». Я смотрела на экран, вытянув руки и боясь пошевелиться. Мне кажется, на какое-то мгновение я лишилась чувств, но тут послышались громкие шаги, голос соседа, и я поняла, что приехала «Скорая».

Когда Игоря увезли, я позвала Олега.

— Взгляни, что я нашла. — Он прочитал послание и нахмурился. — Ты понимаешь, о чем речь?

Олег отвернулся, но все-таки ответил:

— Догадываюсь.

— Что это значит? — спросила я требовательно.

— Я тебе говорил, Игорь работал в милиции. Но потом ушел. Скверная история произошла. В ночном клубе ребята затеяли потасовку. Ничего особенного, охрана бы разогнала драчунов. Но Игорь решил вмешаться. В общем, он расшвырял парней, как котят, одного из них ударил в живот, а у того оказалась язва желудка. Совершенно нелепый случай... Шестнадцать лет, мальчишку не успели довезти до больницы, он умер от внутреннего кровотечения. Никто ведь не знал...

— Если бы ему вовремя оказали помощь, могли спасти?

— Конечно. Но... пока вызывали наряд, пока... прошло много времени. Пацан чувствовал себя скверно, но на это не особо обращали внимание, мог ведь притворяться. Уголовное дело возбуждать не стали, списали на несчастный случай.

— Но Игорь считал себя виноватым?

— Конечно, считал, — неохотно ответил Олег и вдруг взглянул на меня едва ли не со страхом. — Ты хочешь сказать...

— Я хочу сказать, что его история похожа на мою. Только мне почему-то повезло больше.

— И ты думаешь, Игорь пытался найти этого типа, а в результате... Я вызову группу, здесь все проверят...

— И вряд ли что найдут, — горько заметила я. — Что сказали врачи? Он выживет?

— Как всегда, ничего определенного. Будем надеяться. Ты уходишь? — встрепенулся он.

— А что мне здесь делать? — пожала я плечами.

Возвращаться домой не хотелось, я не представляла, чем смогу занять себя там. Я не представляла, чем вообще сейчас могла бы заняться, где хотела бы быть? Пройдя пару троллейбусных остановок пешком, я остановила машину и поехала к Анне. Она мыла полы в подъезде, увидев меня, кивнула и сказала:

— Проходи, я сейчас.

Я поднялась в ее квартиру, дверь была открыта. Прошла в кухню, включила чайник. Анна вернулась, долго возилась в ванной, потом устроилась за столом, разлила чай.

— Я была в милиции, — сказала я. Незаметно было, что ее это заинтересовало, выражение лица не изменилось, она просто пила чай, не глядя на меня. — По поводу Горбовского. У них нет подозреваемого, как я поняла. Расследование топчется на месте.

— Что-нибудь нароют, — пожала Анна плечами.

— Решат, что это я его убила, — мрачно пошутила я.

— Вряд ли ему это придется по вкусу. Ты же избрана. — Она вроде бы тоже шутила.

— Игорь пытался покончить жизнь самоубийством, — помолчав немного, сообщила я. — Тот самый компьютерщик.

Анна отставила чашку, но не произнесла ни слова. С некоторой обидой к отсутствию у нее интереса я рассказала о происшедшем.

— Понятно, — кивнула она, когда я закончила.

— Что тебе понятно?

— Наш хозяин не любит любопытных. Игорь попытался его нащупать, и вот итог.

— Он переживал из-за того случая.

— Да, но до сего дня к самоубийству не тяготел, по крайней мере попыток не предпринимал.

— Мы не знаем, что у него было на душе. Может, съездим в Шахово? — предложила я.

— Зачем? — удивилась Анна.

— Не знаю. Невозможно просто сидеть и чего-то ждать.

— Ага. Топай, но не стой, как любила говорить моя бабушка. Суета от лукавого. Лучше книжечку почитай.

— Библию?

— Можешь Библию, но у меня и детективы есть.

— Спасибо, — усмехнулась я. — Мне своего детектива хватает.

— Напрасно пренебрегаешь. Очень полезно, помогает отвлечься.

— Пойдем в кино, — сказала я, сама себя удивляя.

— Пойдем, — подумав, пожала плечами Анна.

Ангел

Фильм закончился поздно, на улице уже стемнело.

— Ночуешь у меня? — спросила я Анну.

— Если хочешь...

— Тогда прогуляемся немного.

Мы шли по улице, иногда встречая редких прохожих. На перекрестке надо было перейти дорогу, вот тогда я и обратила внимание на джип. Он ехал довольно медленно, особенно если учесть позднее время, свободную дорогу и отсутствие постовых. Джип двигался почти вплотную к тротуару, точно раздумывая, где остановиться.

Мы свернули в переулок, и вскоре джип появился там. Следовал за нами на некотором расстоянии.

— Ты видишь? — спросила я Анну.

— Тачку? — Она остановилась и принялась ее разглядывать. — Думаешь, по наши души? Может, каким-то придуркам просто захотелось женского общества? — Объяснение, кстати, вполне логичное, но почему-то меня это не успокоило.

— Давай свернем, в арку джип не проедет.

Мы свернули во двор ближайшего дома и почти сразу пожалели об этом. Возле бывшей спортшколы затеяли строительство, фонарь не горел, и здесь вполне можно было свернуть шею. Ко всему прочему поднялся туман, на улице это не очень-то чувствовалось, но здесь, вблизи реки, он стоял плотной стеной. Это выглядело фантастично, как декорации к фильму ужасов: покосившийся забор, уродливая береза с длинной веткой-щупальцем. Свет, падающий из окон, делал картину еще более причудливой.

Я невольно замедлила шаг, прикидывая, не вернуться ли на улицу, и тут в арке появились двое мужчин.

Грациозно и почти бесшумно они бежали в нашу сторону. Это выглядело как танец с выключенной музыкой.

— Бежим, — шепнула Анна и, схватив меня за руку, бросилась к реке. Я бежала, думая о том, как это глупо. Надо оставаться возле дома, где светятся окна, есть люди, и кто-то, возможно, придет на помощь. Анна увлекла меня в узкий проход между кирпичными гаражами, мы оказались в соседнем дворе. Впереди смутно виднелась церковь, отсюда до моего дома всего несколько десятков метров, но совсем близко я увидела мужскую фигуру, вздрогнула и хотела бежать к подъезду дома, но Анна вновь увлекла меня в лабиринт сараев, гаражей, каких-то странных построек неизвестного назначения. В конце концов мы оказались в тупике. Прямо перед нами была кирпичная стена, слишком высокая для того, чтобы мы смогли преодолеть ее без посторонней помощи, слева мусорные баки. Нам ничего не оставалось, как спрятаться за ними и уповать на то, что в темноте да еще в тумане нас не заметят. И тут мы услышали голос:

— Эй, ребята, вы куда спешите?

Какое-то мгновение было очень тихо, потом кто-то вскрикнул вроде бы от боли. Послышалась ругань, вопли, и вдруг все опять стихло.

— Надо полагать, это его выход, — сказала Анна и засмеялась, должно быть, пережитые волнения так на нее подействовали. Я не удержалась и спросила:

— Кого?

— Ангела, — совершенно серьезно ответила она и вздохнула. И тогда я услышала шаги. Если это Ангел, то появился он шумно. Шел, печатая шаг, точно военные на параде. Я прислушивалась и до боли в глазах вглядывалась в темноту. И тут из тумана появилась мужская фигура в черном кожаном плаще, плащ был расстегнут, и длинные полы его напоминали сложенные крылья.

«Сумасшедший дом», — подумала я, а Анна рядом хихикнула. Мужчина замер, глядя в нашу сторону, и позвал:

— Эй, вылезайте оттуда.

Мы переглянулись и по молчаливому уговору затаились. Он сделал еще несколько шагов в нашу сторону и сказал сварливо:

— Ульяна, кончай дурака валять. Красивой девушке нечего делать в таком месте.

Прятаться дальше не было смысла. Мы поднялись, настороженно косясь в ту сторону, откуда он пришел, ожидая появления его сообщников или врагов, разве поймешь? Но никто не появился. Я плохо видела его лицо, но была уверена, что он улыбнулся.

— Идемте. — Он повернулся, сделал шаг, посмотрел через плечо и заметил недовольно: — Вы идете или нет? Им ничего не стоит вернуться. А я успел исчерпать лимит добрых дел на сегодня.

— Вы кто? — спросила я, с трудом приходя в себя от изумления. Он назвал меня по имени, выходит, мы знакомы, но я была абсолютно уверена, что вижу его впервые, голос точно раньше никогда не слышала.

— Ангел-хранитель, — ответил он с удивлением и даже обидой. — Кто же еще?

— Это в переносном смысле?

— Ничего подобного. Я — твой Ангел-хранитель. Обычно я топчусь поблизости, не особо высовываясь, но сейчас все так запуталось, пришлось менять правила. Незыблемые. — Он ткнул пальцем в небо и добавил весело: — Но ему видней.

— И вы думаете, я вам поверю? — возмутилась я, выбираясь из-за баков.

— Ты, главное, пошевеливайся, — вздохнул он. — До чего ж я не люблю эти подворотни, а воняет-то как...

Он ускорил шаги, и мы припустились следом чуть ли не вприпрыжку. Когда миновали арку и впереди засиял сквозь туман свет фонаря, я почувствовала себя увереннее, оттого и настроена была весьма критически.

Первым делом я попыталась его рассмотреть. Он был высокого роста, волосы длинные, почти до плеч, и вроде бы вьются. Кожаный плащ, перчатки и сапоги, которые в ходу у мотоциклистов. Если бы мне пришла охота вообразить Ангела-хранителя, такая внешность вряд ли пришла мне в голову. Лица его я по-прежнему отчетливо видеть не могла, и это почему-то раздражало.

Он уверенно двигался в направлении моего дома, явно зная конечный пункт. Я перевела взгляд на Анну, она ни слова не произнесла с момента его появления, и я спросила:

— Что ты об этом думаешь?

— Он появился вовремя, — серьезно кивнула она.

— И это все, что ты можешь сказать?

— А чего ты от меня ждешь?

— Ангелы-хранители существуют? — спросила я со злостью.

— Многие в это верят, — совершенно спокойно ответила она.

Мы очень быстро достигли моего дома. Ангел, кто бы он ни был, набрал шифр кодового замка, дверь открылась, а он произнес:

— Прошу.

— Откуда вы знаете код?

Он закатил глаза, вздохнул и даже покачал головой.

— Давай договоримся: не задавать глупых вопросов. По-твоему, я не в состоянии запомнить комбинацию из четырех цифр, тем более что это дата твоего рождения. 2507.

— В самом деле, — сказала я удивляясь. Если честно, мне не пришло в голову, что комбинацию цифр можно воспринимать таким образом: 25.07.

Я достала ключи, открыла входную дверь, пропустила Анну вперед и только тогда подумала... ну не пускать же его в квартиру.

— Не дури, — сказал он и вошел в прихожую, я щелкнула выключателем и наконец-то смогла его разглядеть как следует. Он привалился к тумбочке, сложил на груди руки и улыбнулся.

Улыбка у него была потрясающей. Если бы не его дурацкое утверждение, я бы решила, что передо мной очень хороший человек (плохие так улыбаться не должны), добрый и красивый. Волосы были темные, сейчас влажные после дождя и тумана, и сплетались в тугие кольца. Лицо смуглое, глаза карие, огромные, с пушистыми ресницами. В целом он выглядел парнем с глянцевой обложки, если б не улыбка. Парни с обложек улыбаются по-другому: зазывно, страстно или насмешливо. В его улыбке была доброта, понимание и, вне всякого сомнения, любовь. Хотелось сразу броситься к нему на шею, поудобнее устроиться на груди и в таком положении пребывать целую вечность. Однако глупости, которые он болтал, настораживали, и бросаться на шею я не спешила.

— Как вас зовут? — спросила я.

— Михаил, — ответил он, продолжая улыбаться. Анна весело фыркнула. Михаил пожал плечами, точно извиняясь, и улыбнулся шире.

— Что тут смешного? — не выдержала я. Анна сделала серьезное лицо и виновато заметила:

— Он опять нагло тырит чужие идеи. Хотя...

— О чем ты? — разозлилась я, потому что ничего не понимала.

— Майкл, — сказала она. — Траволта в главной роли.

— О господи, — простонала я и хотела выгнать гостя, но вместо этого схватила за руку и потащила в комнату. Он упрямился и сказал то, что я никак не ожидала:

— Дай я сниму сапоги, я же здесь натопаю.

— Хорошо, — кивнула я. Вместе с сапогами он снял плащ и оказался в кожаных штанах и темно-синей водолазке, провел по ней руками и спросил:

— Тебе нравится?

— Что?

— Ну... как я одет? Я выбрал картинку в журнале. Если честно, мне бы хотелось тебе понравиться.

— Ты мне нравишься, — кивнула я, вновь хватая его за руку, но он стоял как вкопанный и спросил:

— Правда?

— Что?

— Я тебе нравлюсь?

— Еще бы, идем в комнату.

— Накладочка вышла, — усмехнулась Анна. — На Траволту он не похож, скорее на Бандероса. Не нашлось у них подходящего парня.

— У кого у них? — опять забеспокоилась я.

— Откуда мне знать? Спроси у Ангела.

Ангел между тем устроился в кресле и продолжил лучисто улыбаться.

— Рассказывай, — напустилась я на него. Он убрал улыбку и кашлянул.

— О чем?

— Ты же Ангел, ты все знаешь. Объясни, что за фигня происходит?

— Момент, — он поднял указательный палец с очень серьезной миной. — Я Ангел-хранитель, должен тебя оберегать и помогать, если это не идет вразрез с другими интересами, по-вашему, с Божьим провидением. Но я совершенно не обязан что-то объяснять и рассказывать. Начнешь приставать с глупостями типа как там и что там...

— Ты издеваешься? — спросила я. Хотела, чтобы получилось грозно, а вышло жалко.

— Нет, — вздохнул он печально. — Просто есть правила, которые надо соблюдать. Не проси о том, что я не могу сделать.

— А что ты можешь?

— Очень многое. Хранить тебя от зла. Зло бывает самое разное. Впрочем, тебе это должно быть известно.

— Но ты ведь не считаешь, что я могу поверить... бред какой-то...

— Я не бред. Можешь меня потрогать. — Он взял мою руку. — Видишь, я вполне материален. — Он говорил так, точно этим очень гордился.

— Разумеется, ты материален. И никакой ты не Ангел.

— А кто? — забеспокоился он.

— Чокнутый. Или еще хуже: притворщик, враль, человек, который хочет заморочить мне голову. — Он пожал плечами и загрустил. — Чего ты молчишь? — испугалась я.

— Если человек не желает верить, он не верит. Хотя это обидно. Вы верите во всякую чепуху, а в разумные вещи нет.

— В какую чепуху, по-твоему, я верю?

— Ну, к примеру, в микробы ты веришь?

— Микробы — научный факт.

— Да? А ты их видела когда-нибудь? Не видела. И никто не видел. Один умник их придумал, убедил еще нескольких умников, и все, дело в шляпе. И вы в них верите. А в Ангелов — нет. Хотя их видели многие. А я так вообще сижу перед тобой.

— Тогда покажи крылья.

— Господи, — поморщился он. — Какой примитив. Ты всерьез хочешь, чтобы я таскался с крыльями, приводя собак в замешательство? У тебя мобильный в кармане, и тебя не удивляет, что ты можешь говорить хоть с Америкой, хоть с Иудеей. Для того, чтобы быть Ангелом, мне не нужны крылья, то есть к парадному мундиру я их надеваю, но чтоб каждый день... Они весят килограммов сорок, их таскать замучаешься. Ты поможешь мне обзавестись гардеробом? — заинтересованно спросил он. — Я бы хотел купить рубашку в горошек. Видел на одном типе...

— Заткнись, — сказала я, он тут же замолчал, а я обратилась к Анне: — Что с ним делать?

— Это твой Ангел, ты и думай, — усмехнулась она.

Я вздохнула, призывая себя к терпению и спокойствию.

— Ты сказал, что ситуация изменилась, и поэтому ты здесь. Так?

— Так, — важно кивнул он.

— Что ты имел в виду?

— Ты в опасности. В большой опасности. Тебе нужна помощь.

— Ну так помоги. Объясни, что происходит?

— Ничего нового, — удивился он. — Зло пытается победить добро. Глупость несусветная, но они все равно пытаются, такая уж у них натура.

— Если глупость, может, и волноваться не стоит? — усомнилась я.

— Ты слышала о таком понятии, как движение? Ну так вот, противоборство — необходимое условие движения, то есть развития.

— Если я правильно поняла, — подала голос Анна, — победить зло так же невозможно?

— А зачем? — удивился он. Мы вздохнули. — Если они найдут Евангелие, — пожал он плечами, — то, во что люди верили две тысячи лет, будет поколеблено.

— Ты хочешь сказать, что Христос на самом деле...

— Оставь его в покое, дело совершенно не в нем. Перед тем как удавиться, Иуда изложил кое-какие соображения по поводу божественного провидения. Мысли спорные, но... он ведь по-своему был гений.

— Глава из Евангелия — это последняя глава?

— А из-за чего такой сыр-бор?

— Почему бы тогда ее не уничтожить?

— Ничего ты не понимаешь, — покачал он головой.

— Ах да. Это повод для движения, то есть развития.

— На этот раз они подошли слишком близко...

— И он, — я взглянула на потолок, — решил, что доверять такое дело людям...

— Ничего подобного. О недоверии и речи нет. Просто мы уравниваем силы. Им помогает Азазель, а тебе помогу я. Все честно.

— Но... я думала, меня выбрал Азазель. Разве нет?

— Само собой. Но он здорово лопухнулся. Ты оказалась совершенно неподходящей кандидатурой для его планов.

— Чем дальше, тем понятнее, — усмехнулась я.

— А никто и не обещал все преподнести на блюдечке, — порадовал меня Михаил.

— И что нам делать?

— Следовать предназначению.

— А попонятней нельзя?

— Ищите Пятое Евангелие.

— Мы вроде подсадных уток, — с усмешкой заметила Анна. — Будем искать Евангелие и поднимем всю муть со дна, а этот будет ловить рыбку. Неизвестно какую. И спрашивать бесполезно. Все равно не скажет.

Ангел мило улыбнулся, подтверждая правоту ее слов.

— Отвечай сейчас же, — кинулась я на него. — Кто тебя послал? Хранители?

— Как некрасиво ты себя ведешь, — поморщился он. — Помни главное: я на твоей стороне. Всегда. При любых обстоятельствах.

— Это ты писал мне письма? Ты — Азазель?

— Это совершенно невозможно. Он хочет тебе зла, а я — добра.

— И я буду активно развиваться, — съязвила я.

— Конечно, но есть одна деталь. Я тебя люблю, — заявил он с самым серьезным видом. Никто никогда так не произносил этих слов, обращаясь ко мне. — Я тебя люблю, — повторил он совершенно серьезно. — У вас бы сказали — больше всего на свете. На самом деле гораздо больше, потому что ты — это я. Растолковать это трудно, так что поверь на слово. Я часть твоей души, та, которая бессмертна. Хотя мой учитель пришел бы в ужас от такой формулировки, но в целом это близко к истине.

Он сделал шаг, положил руку мне на грудь, там, где билось сердце, и сказал тихо:

— Я с тобой.

И случилось странное. Сначала я почувствовала, как меня наполняет тепло. Нас охватило золотое сияние. Сияние исходило не только от его руки, но и от меня. Я чувствовала его, я его видела. Михаил улыбнулся и провел ладонью по моему лицу. Я точно очнулась.

— А теперь, если не возражаешь, я уйду.

Он отправился в прихожую, натянул сапоги и, присев, начал застегивать многочисленные ремешки, а я устроилась напротив, глядя на него во все глаза.

— Миша, — позвала я.

— А-а, — откликнулся он.

— Чего ты дурака валяешь. Охота дурачиться, в самом деле?

— Это одно и то же.

— Что?

— То, что ты сказала. Ты просто дважды повторила одно и то же.

— Я тебя убью.

— Это очень просто, — поднял он голову, — если убьешь себя, убьешь меня. Самоубийство — самый страшный грех. Хреновый Хранитель, допустивший до этого.

— Ты из милиции. Нет... зачем бы им врать? Значит, кто-то из этих... Если бы ты просто сказал, я смогла бы...

— Ну вот, — перебил он меня, поднимаясь и надевая плащ. — Спокойной ночи. Дверь запри как следует. Но особо не бойся.

— А картина? Ты знаешь про картину?

— Здесь ты в безопасности. И не забывай, я рядом.

— Выпендрежник, — не выдержала я. — Нет бы правду сказал. Или тебе нельзя?

— Конечно, нельзя. Успокойся и не мучай меня глупостями.

Он наклонился, чмокнул меня в нос и вышел из квартиры. Через несколько секунд я услышала, как хлопнула подъездная дверь. Я поспешно вернулась в комнату. Анна сидела в кресле, разглядывая обои на стене напротив, больше там ничего не было.

— Как думаешь, он из милиции? — начала я приставать к ней за неимением Михаила.

— Чепухи-то не болтай. Психов в ментовку не берут. В диспансер за справкой гоняют.

— По-твоему, он псих? — испугалась я.

— Конечно, если, будучи ментом, выдает себя за Ангела. Оттого и говорю, не болтай чепухи.

— Значит, он не чокнутый?

— Я не психиатр.

— О господи, ты можешь сказать попросту, что думаешь обо всем этом?

— То же, что и раньше. В этом мире может быть все. Почему бы не быть Ангелу.

— Есть какая-то секта, — не обращая внимания на ее слова, быстро заговорила я. — Они верят в Пятое Евангелие, что-то затевают. Но есть и другие люди, которые пытаются им противостоять. Они почему-то держат свою миссию в тайне. Возможно, это даже связано со спецслужбами. Михаил из их числа. Он не может рассказать правду, но... Чего ты молчишь? — недовольно спросила я.

— Что ты сейчас делаешь? — вздохнула Анна. — Создаешь реальность, которая тебе понятна и оттого удобна. Реальность воображаема, а воображение реально.

— А что мне еще делать? Поверить в то, что он сошел с небес? — взорвалась я.

— Допустить, что он псих или шарлатан, ты не хочешь?

— Когда он подошел ко мне и положил руку... — Я зажмурилась, вспомнив это ощущение

— Что ты почувствовала? — спросила Анна. — Тепло? Видела золотой луч?

— Ты тоже видела? — воскликнула я.

— Нет, но предположить такое не трудно. Ульяна, скажи на милость, ты что, никогда не слышала, к примеру, о медитации?

— Это что-то из психологии?

— Это что-то из психологии, — кивнула Анна с грустным видом. — Между прочим, кассеты на каждом углу продают, тебе приятным голосом шепчут: «Представьте, что вас окутывает голубое пламя...»

— Значит, все-таки обманщик? — испугалась я. — Но я не верю, что человек с такой улыбкой...

— Понятно. Успокойся, Ульяна. Он тот, кем ты его вообразишь. Ты хочешь, чтобы он был Ангелом, и он им будет. По крайней мере для тебя. И никто не убедит тебя в обратном.

— Я хочу понять...

— Пожалуй, я тоже пойду домой, — вздохнула Анна.

— Почему? — испугалась я.

— Ты в состоянии говорить только о нем, а сведений о нем больше не станет, значит, будем ходить по кругу. Совершенно бесполезное занятие.

Под моим возмущенным взглядом она оделась и покинула квартиру. Я включила компьютер и некоторое время честно пыталась работать, но вскоре поняла всю бесперспективность своей затеи, перебралась в кресло и задумалась. Разумеется, все мои мысли занимал Михаил, тут Анна совершенно права. Я пыталась представить, кто он на самом деле. Думать о нем как о каком-то сектанте не хотелось. Остаются спецслужбы, они заинтересовались происходящим и... довольно странно в этом случае морочить мне голову всякими глупостями.

Так ничего не придумав, я легла спать. Как ни странно, уснула я почти мгновенно и сны видела счастливые, потому что проснулась в предвкушении чуда. Даже цыганку вспомнила. Что, если он тот самый... Я призвала себя к порядку и решила попробовать узнать побольше о Хранителях, их врагах или соперниках, то есть хоть немного приблизиться к разгадке многочисленных тайн. Для этого необходимо отправиться в библиотеку и ознакомиться с источниками, из которых Платонов черпал свои знания.

Возле двери я вспомнила присказку, которой в детстве научила меня бабушка, и прошептала:

— «Ангел мой, идем со мной, ты впереди, я за тобой».

Выйдя из подъезда, я увидела Михаила. Он сидел на детских качелях и радостно мне улыбался.

— Привет, — сказал он и помахал рукой.

День обещал быть теплым, и он сменил кожаный плащ на серую ветровку, вместо кожаных штанов — джинсы, вместо сапог — кроссовки. Я направилась к нему, он поднялся, уступая мне место на качелях. Когда я устроилась на них, он начал потихоньку их раскачивать.

— Пойдешь в библиотеку? — спросил он весело.

— Откуда ты знаешь? — нахмурилась я.

— Я спрашиваю. Так пойдешь или нет?

— Пойду. Хотя, если бы ты рассказал мне...

— Нельзя, — грустно покачал он головой. — Я же говорил, есть определенные правила.

— Ну и молчи, а еще лучше убирайся отсюда.

— Не могу. И не хочу. — Тут он расстегнул ветровку и со счастливой улыбкой произнес: — Как тебе?

Сначала я не поняла, но потом увидела, что на нем рубашка в горошек, темно-коричневая в черный горох. На любом другом это выглядело бы верхом безвкусицы, а ему шло необыкновенно.

— Здорово, — восхитилась я.

— Тебе правда нравится?

— Очень.

— Я рад, — кивнул он, потом прислонился к качельному столбу и с блаженным видом потерся об него спиной.

— Что ты делаешь? — не удержалась я.

— Крылья чешутся, — ответил он задумчиво, а я рявкнула:

— Прекрати немедленно.

Я вскочила с качелей и зашагала прочь со двора, он двинулся следом.

— Ну хорошо, хорошо. Тебе хочется, чтобы я был обычным парнем. Чтобы тебе угодить, я готов даже на это. — Он выдал свою бесподобную улыбку, и мне сразу расхотелось на него злиться.

— Ты необыкновенный парень.

— Да уж. И не гони меня, это глупо. К тому же я могу разозлиться и в самом деле уйти. Что ты тогда будешь делать? И кто звал меня всего несколько минут назад?

Я растерянно смотрела на него, а он засмеялся.

— Идем, вон там моя машина.

— Машина?

— О господи. Если я такой, как все, почему у меня не может быть машины?

Машина стояла неподалеку от детской площадки. Черный джип.

— Это ты был в Шахове? — спросила я, хватая его за руку.

— Конечно. Я выпустил вас из подвала. Может, вы в конце концов и сами выбрались бы, но что-то я должен иногда делать.

— И ты сообщил парню из мастерской, где нас искать?

— Разумеется.

— Теперь я знаю, Ангелы ездят на джипах, — с усмешкой заявила я и в тот же момент услышала автомобильный сигнал, оглянулась и увидела «Жигули» Олега, они как раз въезжали во двор.

Признаться, я почувствовала досаду. Олег вышел из машины, поздоровался со мной, хмуро приглядываясь к Михаилу. Тот радостно улыбался, точно ждал подарка.

— Ты куда-то собралась? — спросил Олег.

— Да в библиотеку. Знакомьтесь, — кашлянув, предложила я. — Это Олег, он работает в милиции. Очень мне помог. — При этих словах Олег помрачнел еще больше. И в самом деле выходило, что я будто оправдываюсь. — А это Михаил, — скороговоркой произнесла я.

— Очень приятно, — сказал Ангел и протянул Олегу руку. Тот пожал ее, и мы несколько секунд напряженно молчали.

— Как Игорь? — спросила я.

— Плохо. Но шансы есть. Врачи обещали...

— Будем надеяться. Что-нибудь еще?

— А? Нет... что ж, я, собственно, узнать, как у тебя дела.

— Нормально. Будут новости, звони.

Михаил открыл дверь джипа и помог мне сесть, Олег вернулся в свою машину, сдал назад, чтобы освободить нам проезд, и мы выехали со двора.

— Симпатичный парень, — улыбнулся Михаил. — И ты ему нравишься.

— Не твое дело, — отрезала я.

— Здравствуйте. Как раз мое. Я должен следить, чтобы ты оказалась в надежных руках, ласковых и любящих.

— Чего ж тогда женщинам так редко везет?

— Встречаются халтурщики и среди нашего брата. Формальное отношение к порученному делу и все такое.

— Ты-то, конечно, горишь на работе, — съязвила я.

— Зря ты так, — он неожиданно обиделся, потом взял мою руку, я хотела сказать, чтобы он держал руль, но он и левой рукой прекрасно управлялся. Рука его была теплой, в ней чувствовалась сила, а еще ласка, и я положила вторую руку поверх его руки.

— Помнишь тогда, во время аварии, — заговорил он тихо. — Впереди вдруг возник свет. Помнишь?

— Да, — ответила я, замерев и как будто не дыша.

— Я едва успел вовремя. После этого решил не отходить от тебя ни на шаг.

— Откуда ты... — Он улыбнулся, а я выдернула руку, не зная, как отнестись к его словам. — Это не может быть правдой, — сказала я со злостью, а он грустно вздохнул:

— Правда то, во что ты веришь.

В библиотеке царила обычная тишина. Для того, чтобы пройти в читальный зал, надо было предъявить читательский билет или паспорт. Видимо, он у Михаила был. Когда я поднималась по лестнице, он догнал меня, ласково улыбаясь. Ксения Николаевна, поздоровавшись, спросила, как дела у Николая Ивановича.

— Хорошо. Мы очень интересно провели время.

Я объяснила, чего жду от нее, и она с готовностью пришла мне на помощь, просмотрев формуляр Платонова (он был очень пухлым, вкладышей десять, не меньше). Я выбрала книги, которые могли меня заинтересовать, судя по названиям. Минут через пятнадцать я их получила и устроилась за ближайшим столом. Михаил сел рядом, подпер щеку ладонью и поглядывал на меня. Я бы сказала, с удовольствием.

— Ты мне мешаешь, — заметила я.

— Чем?

— Ты... не даешь мне сосредоточиться. Лучше возьми книгу...

— Я терпеть не могу книги. Я люблю глянцевые журналы, особенно те, где много женщин.

— Ты довольно странный Ангел.

— Не так часто удается выбраться сюда в людском обличье.

— Так у тебя людское обличье? — хихикнула я.

— А ты сомневалась?

— Ангелы не имеют пола. Это знают даже дети.

— Вот уж чушь несусветная. Хочешь скажу, откуда пошла эта злостная выдумка? Наши очень любили спускаться на землю и иногда, как бы это помягче... нарушали запрет. Если честно, совершенно обнаглели, не столько следили за порядком, сколько валялись в постели с красотками. Само собой, добром это не кончилось. Теперь на материализацию надо особое разрешение, одних гербовых печатей восемь штук, а бюрократы у нас, скажу я тебе, похуже ваших, а чтоб красавицы от тоски не сохли, ожидая чуда, придумали эту гадость. Вот, — ткнул он пальцем в открытую книгу с весьма откровенным изображением сатаны. — У него сразу два детородных органа, что тоже глупость, конечно. А нам повязки рисуют, потому что воображение отказывает, ибо это откровенное насилие над природой. — Он склонился к моему уху и прошептал: — Он всех сотворил по образу и подобию. И вас, и нас.

— Значит, ты мужчина? — спросила я насмешливо. Он пожал плечами, мол, ты же видишь. — И ты можешь влюбиться?

— Это запрещено. Я же рассказывал, в прежние времена ребята совершенно распоясались, а мы теперь отдуваемся.

— То, что запрещено, я поняла. И спросила не об этом.

— Могу, — ответил он серьезно. — Только наказание будет ужасным. За ослушание у нас скоренько отправляют... сама знаешь куда. Заключение бессрочное, так что... — Он взял книгу и принялся с увлечением ее разглядывать, а я загрустила. Разумеется, я не поверила ни единому его слову, но мне сделалось как-то беспокойно, безнадежно, что ли.

«Должно быть, он женат», — подумала я. Но вскоре

мысли о Михаиле меня оставили, я просматривала книгу за книгой, и, странное дело, ни в одной из них не было упоминаний ни о таинственной секте Хранителей, ни о странных событиях в монастыре, ни даже об отставном полковнике Мартынове. Видимо, Платонов что-то перепутал, и я просматриваю не те книги.

Я достала телефон и позвонила Платонову. Мне никто не ответил. Это показалось еще более странным, старик — инвалид и, по его словам, всегда дома... Впрочем, день солнечный, он мог отправиться в сад, а телефон с собой не взял. Со все возрастающим недоумением я упрямо просматривала книгу за книгой, но ничего похожего на рассказы Платонова в них не обнаружила. Еще дважды звонила ему, с тем же результатом.

— Не понимаю, — пробормотала я.

— Что случилось? — спросил Михаил. Он с увлечением читал книгу «Процессы над ведьмами», иногда весело хмыкая.

— Наверное, он брал книги в другой библиотеке и просто забыл об этом.

— Со стариками такое случается, — кивнул Михаил. — Ну что, пойдем, или еще посидишь?

— Надо обратиться в музей, — озарило меня. — О бывших владельцах Шахова там наверняка знают.

Я еще несколько раз звонила Платонову, но его телефон не отвечал. Я терялась в догадках, где может быть старик. Это начинало меня беспокоить.

В музей мы приехали довольно поздно. Экскурсовод на мои вопросы ответить не смогла, выяснилось, что о Шахове и его бывших владельцах ей ничего не известно. О «Пятом евангелисте» она знает только то, что можно прочитать в любом справочнике.

— Я ведь экскурсовод, — точно оправдываясь, сказала она. — Научной работой не занимаюсь. Вам надо обратиться в музей-заповедник, но сейчас вы вряд ли там кого застанете, они работают до шести.

Можно было возвращаться домой и завтра вновь начинать поиски, но тут я вспомнила, что мать Юльки работает в музее-заповеднике, и не раздумывая позвонила ей. Юлька только что вернулась с работы и моему звонку обрадовалась.

— Как дела? Отдыхаешь или работу ищешь? — спросила она, поздоровавшись.

— Занимаюсь историей. В пятидесяти километрах от города есть село, бывшие владельцы которого очень меня интересуют.

— С чего это вдруг?

— Долго объяснять, но чем скорее я выясню, кто они, тем лучше.

— Это как-то связано... извини. Ну, если ты звонишь мне, значит, хочешь поговорить с мамулей. Без проблем. Ее хлебом не корми, только дай поболтать на исторические темы. А лучше ее вряд ли кто в этом деле сечет. Я ей позвоню...

Через десять минут Юлька перезвонила и заверила, что ее мама, Вера Аркадьевна, ждет меня. Где она живет, я знала, так как не раз бывала у нее с Юлькой. Она уже лет пять вдовствовала, жила одна (Юльке досталась квартира от бабушки) и все свое время посвящала любимой работе. Наш приход вызвал у нее радость и, вне всякого сомнения, любопытство, на Михаила она поглядывала с интересом.

— Это мой друг, — представив его, сообщила я, ее любопытство лишь увеличилось.

Он выдал свою лучшую улыбку и завоевал расположение Веры Аркадьевны в рекордно короткие сроки. Нас напоили чаем. Ангел с аппетитом съел предложенный ужин, смущенно глядя на меня и даже вздыхая, после чего я объяснила цель своего визита.

— Шахово, — кивнула Вера Аркадьевна. — Действительно, уникальное место. То, что оно пользуется дурной славой у местных, не удивительно, за многовековую историю имения там столько всего произошло. Убийство на почве ревности. Говорят, тень задушенной мужем Прасковьи Антиповой до сих пор можно видеть лунными ночами.

— В их имении находилась икона «Пятый евангелист», — напомнила я, желая выйти на интересующую меня тему.

— С чего вы взяли? Икона «Пятый евангелист» долгое время хранилась в церкви Вознесения. После пожара, когда пострадал серебряный оклад иконы, было решено его заменить. Оклад сняли и якобы обнаружили таинственную строку в книге. А дальше потрясающая история, которую вы наверняка слышали: икона исчезает при загадочных обстоятельствах, монаха-иконописца находят мертвым, а на его столе обнаружили копию иконы. До сих пор ученые спорят: была икона четырнадцатого века или это легенда.

— Но у меня есть сведения, что Мартынов, владелец Шахова, как раз и заказал копию иконы.

— Да ничего подобного.

Вот тут и выяснилось, все, что Платонов рассказал нам с Анной, ничего общего с действительным положением дел не имеет. Признаться, после того, как я не обнаружила в книгах никакого намека на те давние события, это меня не особенно удивило.

— Кто вам все это рассказал? — всплеснула руками Вера Аркадьевна, заинтригованная сверх меры.

— Один человек, по его словам, интересующийся

краеведением. Он же сообщил о секте Хранителей во времена разгрома катаров.

— Чудеса. Я не специалист по французскому Средневековью, но никогда ни о чем подобном не слышала. По-моему, ваш человек увлекся своими фантазиями. Кто он? Какой-нибудь пенсионер, решивший посвятить себя истории?

— И пенсионер, и инвалид, — вздохнула я. — Возможно, вы о нем слышали. Его фамилия Платонов.

Выражение лица Веры Аркадьевны мгновенно изменилось, теперь на нем читалось непонимание.

— Вы имеете в виду Николая Ивановича Платонова, нашего краеведа? Он издал несколько работ, у него была прекрасная библиотека, кое-что их семье удалось спасти после революции.

— Похоже, что это он, — кивнула я.

— И это он вам рассказывал о Шахове? Странно, ничего подобного нет в его работах. Очень интересно, невероятно интересно. И даже загадочно. О фантазиях здесь и речи быть не может, он серьезный человек, но... невероятно.

— Вы с ним знакомы?

— В основном по публикациям. Когда открывали экспозицию «Мир русской дворянской усадьбы», ездили к нему, ведь Шахово их родовое имение.

— Что? — едва не закричала я, так поразило меня это сообщение.

— Ну да, его мать Мартынова Ольга Илларионовна, сестра полковника Мартынова, погибшего в Первую мировую во время штыковой атаки. Он лично повел солдат...

— Платонов на самом деле Мартынов? И он унаследовал книги из имения?

— Да, его матери удалось кое-что вывезти еще до начала полного разграбления имения. Поразительная женщина, скажу я вам, и судьба к ней благоволила, она счастливо избежала репрессий, практически неминуемых при ее происхождении. Сыну в этом смысле повезло меньше, но, в общем, и для него все закончилось более-менее благополучно. Они долгое время жили в Казахстане, куда его выслали после войны, мать уехала к нему, а после ее смерти он вернулся в наш город. Жил в районном центре, в сорока километрах от Шахова, потом, когда он был уже в преклонном возрасте, его забрала к себе дочь. В последние годы жизни он чувствовал себя очень плохо, из дома практически не выходил.

— Вы хотите сказать, что Платонов умер? — спросила я, теряясь в догадках.

— Да. Год назад или чуть больше. Он был очень плох и ушел как-то незаметно. Даже некролога в газете не было, хотя человек, безусловно, заслужил его. У нас такое часто случается, — вздохнула она. — Я сама узнала совершенно случайно. Поехала к мужу на могилу перед Пасхой убраться, там рядом похоронена супруга Платонова, Анна Леонидовна. Так вот, Николая Ивановича к ней положили. Я и увидела. Честно говоря, о нем, о его жизни стоило снять фильм, я даже звонила с этой целью на наше телевидение, но они не откликнулись.

Я сидела, хлопая глазами. Платонов еще вчера был жив, следовательно, мы говорим о разных людях.

— Я с ним виделась на днях, — сказала я. — То есть я хочу сказать... вы не помните его домашний адрес?

— Нет. Знаю, что дочь живет за границей. Она хотела забрать отца к себе, но он не поехал. Мы обращались к ней по поводу библиотеки, но никакого ответа не получили.

Рассказ Веры Аркадьевны вовсе меня не успокоил, напротив, вызвал тревогу.

— У вас случайно нет его фотографии?

— Нет. Знаю, что у Николая Ивановича была отличительная особенность, — улыбнулась она. — Он всегда носил шляпу, не снимая ее ни при каких обстоятельствах, даже в помещении, за что еще в молодости получил прозвище Ковбой. Злые языки утверждали, что он просто очень рано облысел и стеснялся этого.

Я сидела в оцепенении, не в силах справиться с охватившей меня растерянностью. Теперь сомневаться, что мы говорим о разных людях, не приходилось. Значит, Вера Аркадьевна все-таки ошиблась и видела могилу однофамильца. Но такое объяснение меня не устраивало.

— Вы не могли бы объяснить, как найти могилу Николая Ивановича? — точно во сне спросила я. Вера Аркадьевна подробнейшим образом объяснила и даже начертила схему.

— Может, с вами разговаривал какой-нибудь родственник? Хотел, чтобы интерес к имению возродился? — предположила Вера Аркадьевна напоследок, я согласно кивнула, ни на мгновение в это не поверив.

Михаил во время нашего разговора молчал и усиленно налегал на печенье домашнего приготовления.

— Едем на кладбище, — огорошила его я, когда мы вышли из подъезда. Он вроде бы икнул от неожиданности и спросил:

— Зачем?

— Хочу убедиться...

— Может, проще заскочить к старикану? Ездить в такое время на кладбище весьма неразумно.

— Хорошо, поедем к нему, — согласилась я. Меня просто переполняла жажда деятельности, хотелось наконец разобраться в этой истории.

Мы поехали на Марксистскую. Жалюзи на окнах были опущены, дом выглядел необитаемым. Впрочем, не один этот, все дома на улице больше напоминали крепости, владельцы которых не стремятся к общению с внешним миром.

Я долго звонила, стоя возле калитки, но домофон безмолвствовал. Беспокойство мое лишь усилилось. Пока я пыталась дозвониться до Платонова, Михаил выбрался из машины, прогулялся и даже завязал беседу с проезжавшим мимо владельцем иномарки. Когда мое терпение иссякло и я присоединилась к ним, тот как раз рассказывал:

— Хозяйка вроде бы за границей, хотя точно не скажу. Дом, может, и сдают, я пару раз свет в окнах видел.

— С хозяйкой вы знакомы? — вмешалась я.

— Нет.

— Может, видели здесь старика на инвалидной коляске?

— А что тут увидишь? — кивнув на забор, спросил мужчина. Я вынуждена была с ним согласиться. Он поехал дальше, а Михаил с улыбкой спросил:

— Не открывают?

— Нет. Поехали на кладбище, — решилась я, Михаил пожал плечами, но устроился за рулем.

Когда мы подъехали к кладбищу, начало темнеть. Разумеется, в такую пору искать могилу было глупостью, но доводов разума я не слушала. На счастье, в машине нашелся фонарик.

Ворота были закрыты, и калитка заперта на здоровенный замок, но, насколько я помнила, кладбище с одной стороны не было огорожено, оно постепенно наступало на самый лес, и надобности в ограде там не возникло. Мы поехали по песчаной дороге, по страшным колдобинам, впрочем, джип легко преодолел их. Впереди показались первые холмики в обрамлении венков, машину пришлось оставить.

Хотя Вера Аркадьевна и начертила подробный план, для начала необходимо было сориентироваться, поэтому мы направились к центральной аллее. На то, чтобы выйти на нее, ушло довольно много времени. Здесь горел фонарь, но в его свете стало даже хуже, древний ужас все больше и больше охватывал меня. Первобытный страх и вера в то, что существует нечто злое и необъяснимое и ночью оно обретает власть.

Михаил взял меня за руку, легонько сжал.

— Рассказы о покойниках, которые бродят ночами, выдумка ваших беллетристов, — хихикнул он. — И не забывай, кто я, так что кончай мандражировать.

— Ужасно хочется тебя придушить или хотя бы щелкнуть по носу.

Я взглянула на схему и уверенно свернула направо. Очень скоро впереди показался крест из белого мрамора, от него опять надо взять вправо. Луч фонаря выхватывал из темноты даты, фамилии, иногда лица, а я подумала, как по-дурацки мы, должно быть, выглядим со стороны: двое людей бродят ночью с фонариком по кладбищу.

— По-моему, это то, что мы ищем, — сказал Михаил.

Луч фонаря скользнул по надписи: «Платонов Николай Иванович». Буквы складывались в слова, я прочитала их вслух, надеясь... на что я надеялась? Выше фамилии фотография: белый пиджак, белая шляпа, очки, борода и усы... Я вцепилась в металлическое ограждение соседней могилы, потому что мне стало трудно дышать. Все это действительно происходит со мной. Я вижу могилу человека, похороненного год назад, а между тем я вчера разговаривала с ним, видела его и даже пила с ним чай.

— Этого не может быть, — жалко вымолвила я и перевела взгляд на Михаила.

— Мы привлекли чье-то внимание, — сказал он тихо, схватил меня за руку и быстро направился в сторону леса.

— Эй! — крикнул кто-то нам в спину. — Вы что здесь делаете?

Если бы, повернувшись, я увидела скелет или существо в белом балахоне, под капюшоном которого отсутствовала бы физиономия, то ничуть бы не удивилась.

Я следовала за Михаилом, с трудом передвигая ноги и держа его за руку. В голове не было мыслей, лишь рвался наружу дикий ужас, хотелось открыть рот пошире и завопить во всю мочь.

Мы вернулись к машине, я упала на сиденье и закрыла глаза, Михаил завел мотор, но с места не тронулся.

— Этого не может быть, — все-таки повторила я и посмотрела на Михаила. Он улыбнулся и пожал плечами. — Этот человек мертв. Он умер год назад. Я видела его могилу. Я видела.

— Не вздумай задавать вопросов, — предупредил он. — Я не смогу на них ответить.

— Тогда чего ты ждешь? Поехали.

Я смотрела в окно, джип набирал скорость. Что, если это сон? Нет, хуже. Что, если это бред? Бред безумной. И меня здесь нет. Меня нет в машине, и нет кладбища, рядом нет этого парня, ничего нет, а я где-то в смирительной рубашке, в комнате с мягкими стенами, исхожу ужасом и ору один на один со своим кошмаром. Ничего нет.

Я резко открыла дверь, Михаил схватил меня за плечо, а я хлопнула дверью, подставив руку, и взвыла от боли. Михаил притормозил, закрыл дверь. Боль пульсировала в ладони, била в висок, я смотрела на свои пальцы, ноготь на указательном потемнел. Это не сон. Я чувствую боль, значит, все наяву. Я глубоко вздохнула и откинулась на сиденье.

Михаил тронулся с места, но теперь в нем чувствовалось напряжение, настороженность, он приглядывался ко мне, точно пытался угадать, что я сделаю в следующий миг.

— Едем к Платонову, — сказала я почти спокойно.

— Ты хочешь вернуться в тот дом? — вроде бы не поверил он.

— Если он умер год назад, а я с ним разговаривала еще вчера... Этому должно быть объяснение. Либо он жив, либо кто-то хотел, чтобы я так думала. Едем.

— Хорошо. Только что ты собираешься там делать?

Я не ответила, и за всю дорогу до дома Платонова мы не произнесли ни слова. Когда громада дома возникла из темноты, я вздохнула почти с облегчением, меня не покидала мысль, что дом вдруг исчезнет. Не только дом, исчезнет улица, весь этот город, который я привыкла считать своим.

— Что дальше? — спросил Михаил, останавливаясь в переулке.

— У тебя есть монтировка? — спросила я деловито.

— Хочешь проникнуть в дом? — Он вроде бы не поверил.

— Хочу.

— И ты всерьез надеешься найти там объяснения?

— Если ты не желаешь объяснять, придется мне самой.

— Я твой Ангел-хранитель, только и всего.

— Тогда давай монтировку.

— В таком доме наверняка есть сигнализация. Приедет милиция, и ты окажешься в трудной ситуации.

— А ты на что? — усмехнулась я.

— Ангел-хранитель не спасет от тюрьмы, — вздохнул он.

— Зато с тобой мне там будет не страшно. Ты идешь или будешь ждать меня здесь?

Он вышел первым и достал монтировку. Мы направились к калитке. Я все-таки нажала кнопку домофона, послушала тишину.

— Ломаем? — выждав немного, спросил Михаил и легко взломал замок на калитке. Мы прошли к дому. — Давай прогуляемся, — предложил он. — Возможно, есть еще какая-нибудь дверь. Эта выглядит несокрушимой.

Как заправские грабители, мы обошли вокруг дома, светя себе фонариком. Я надеялась, что соседи не обратят внимание на то, что происходит. Впрочем, кроме соседей, нас подстерегает масса неожиданностей, Михаил говорил о сигнализации, могут быть видеокамеры и бог знает еще что, но в тот момент меня это не особенно занимало. Мне нужно было попасть в дом.

В сад из дома вела дверь, наполовину застекленная. Михаил ударил по стеклу монтировкой, осколки, звякнув, разлетелись по плитке, он сунул руку в образовавшееся отверстие, нащупал ручку и открыл дверь.

Коридор, в котором мы оказались, тонул в темноте. Я шарила рукой по стене, пока не нашла выключатель, вспыхнул свет, и я на мгновение зажмурилась. Михаил с интересом разглядывал дверь.

— Не похоже, что здесь установлена сигнализация, — заметил он удовлетворенно.

Через несколько минут выяснилось, что дом пуст. Он был не таким уж и большим. Мы разделились, я осмотрела первый этаж, Михаил второй. Вскоре он позвал меня:

— Ульяна, как у тебя? Здесь ничего нет. Вторым этажом не пользовались, даже мебель отсутствует.

Я включила свет в гостиной, наплевав на соседей и милицию, и первое, что увидела, была инвалидная коляска. Она стояла возле камина. На подлокотник небрежно брошен плед. На тумбочке я заметила фотографию Платонова. Большая фотография в рамке. Мужчина в белой шляпе широко улыбался. Через нижний левый угол рамки пропущена черная лента.

— Господи, — прошептала я, мне захотелось рухнуть в обморок, чтобы ничего не видеть, не пытаться понять. Я услышала шаги, по лестнице спускался Михаил.

— Есть что-нибудь интересное? — спросил он, подходя ближе, заметил фотографию, взял ее, повертел в руках. — Старикан исчез, и коляска ему не понадобилась, — сказал он со вздохом. — И сигнализации нет, — добавил он с удивлением. — Чудеса.

Я подошла к книжным полкам, зачем-то вынимала том за томом, прекрасно понимая, что ничего здесь не найду. В доме не было разгадки, и я даже не знала, существует ли она вообще.

На меня напало странное равнодушие, я поставила книги на место, Михаил сидел на диване и с грустью наблюдал за мной.

— Идем отсюда, — сказал он тихо. Это привело меня в чувство, и я принялась за полки с удвоенным усердием. Вспомнила, что в доме был лифт, вышла в коридор. Так и есть. В лифте три кнопки: 1, 2 и 0. Я поднялась на второй этаж. Жалюзи опущены, двери трех комнат настежь, комнаты пусты. Я вернулась в лифт и нажала кнопку с цифрой 0. Лифт загудел и начал опускаться. Когда дверь открылась, я увидела просторную комнату, свет вспыхнул сам собой, сработала автоматика, видимо, свет загорался, как только открывались двери лифта. Комната была заставлена стеллажами с книгами, судя по обложкам, в основном по психологии. Огромный стол, на нем компьютер. Я подошла и включила его. На мониторе появились слова. «Привет. Я тебя ждал». Буквы стали растекаться, а потом экран погас.

— Сукин сын, все уничтожил, — услышала я и резко повернулась. За спиной стоял Михаил, в ярости сжимая кулаки. — Он все уничтожил и опять смылся. — Лицо его было бледным от бешенства, рот страдальчески кривился. — Идем, — решительно сказал он. — Мы лишь теряем время. Не удивлюсь, если через пару минут здесь все взлетит на воздух.

— Но... — начала я, Михаил перебил:

— Уходим.

Он потащил меня к лифту, в последнее мгновение я увидела картину, она стояла в кресле возле стены. Обнаженная девушка с опрокинутым вниз распятием в руках, точно такая же висела на моей стене, только с одним отличием: на этой картине у девушки было мое лицо.

Меня била нервная дрожь. Наверное, я бы все-таки упала в обморок, если бы Михаил не поддерживал меня. Не помню, как мы оказались в машине. Он обнял меня за плечи, прижал к себе. Я чувствовала его тепло, биение сердца под своей ладонью и его дыхание на своей щеке. Я сжала его руку и спросила сквозь слезы:

— Кто ты?

— Ангел-хранитель, — грустно ответил он, отстранился и завел машину.

Мы поехали к Анне. Глупо было поднимать ее среди ночи и морочить фантастическими рассказами. Чем мне могла помочь Анна? Кажется, никто на свете не мог мне помочь. Странно, что в тот момент я даже не подумала о милиции. Наверное, потому что рядом был Михаил, а я подсознательно боялась... чего? Далеко не все чувства возможно выразить словами.

Дверь Анна открыла после первого же звонка. Выглядела она так, точно в эту ночь не ложилась. Хмуро взглянула на нас и со вздохом предложила:

— Заходите. Присутствие Ангела на спасает от кошмаров? — невесело пошутила она, устраиваясь на диване под пледом. — Чего случилось?

— Он все врал, — сказала я и поморщилась, надо было успокоиться и во всем разобраться. Анна по-своему поняла мои слова.

— Этот? — кивнула она на Михаила, он вроде бы удивился и уставился на меня с видом мученика. — Олег звонил, — не дожидаясь моего ответа, продолжила Анна. — По-моему, он влюблен в тебя. Беспокоится, по крайней мере, по-настоящему. Проявил любопытство к нашему новому другу. — Михаил при этих словах лучисто улыбнулся. — Тачка зарегистрирована на имя Гарденина Михаила Игоревича. Вторая Ямская, дом 3, квартира 117. Не женат. Бывший военный, спецназовец. Сплошные горячие точки. Сейчас на заслуженном отдыхе. Вроде бы. Работал начальником охраны в фирме «Медтехника», но две недели назад неожиданно уволился.

Михаил слушал с улыбкой и время от времени кивал, вроде бы соглашаясь.

— Это правда? — спросила я, обращаясь к нему.

— В каком смысле?

— То, что она говорит, правда?

— Разумеется. Должен же я кем-то здесь быть, — заметил он с обидой. — У вас без регистрации в два счета окажешься в обезьяннике.

— Так ты бывший военный? — приставала я.

— Данная профессия мне наиболее близка. В военном деле я кое-что смыслю, а в остальных, извини, полный болван.

— Михаил-Архангел, — усмехнулась Анна. — А чего ж на пенсии?

— Для удобства.

— Кончай валять дурака и объясни... — взвилась я, он развел руками:

— Не могу.

— Так... — Я устроилась в кресле и вообразила себя совершенно спокойной. — Ты не хочешь объяснить...

— Надо понимать разницу между словами. «Не могу» не означает «не хочу». Так вот, я не могу. И я действительно твой Ангел-хранитель. Самый настоящий. Чтоб мне навеки крыльев лишиться, если вру.

— Заткнись. Без тебя во всем разберемся. Анна, настоящий Платонов умер год назад. — Она едва заметно поморщилась. — А тот, кто пудрил нам мозги... не одним нам пудрил, библиотекаря тоже водил за нос и вообще... Короче, он вместе со своим глухонемым исчез. И даже коляску не прихватил. Мы были в его доме. Там компьютер, я уверена, Азазель — это он.

— Ты хочешь во всем разобраться? — усмехнулась Анна. Услышанное, судя по ее виду, особого впечатления на нее не произвело. — Вот с этим?

— Она меня не любит, — улыбнулся Михаил. — Что и не удивительно.

— Точно. — Анна поднялась с места и приблизилась к нему. — Меня ты не обманешь, — сказала она тихо.

— Даже не пытаюсь. А у тебя это здорово получается. Скажешь, нет?

Лицо ее сменило выражение, теперь в нем была тоска, а еще смущение.

— Ну так что? Скажешь или нет?

— Что происходит? — забеспокоилась я. Михаил сложил руки на груди и сверлил Анну взглядом.

Плечи ее опустились, она точно стала меньше ростом.

— Анна, — испугалась я, — про что это он?

— Как вы вышли на Платонова? — с усмешкой спросил Михаил.

— Случайно. Мы обратили внимание на книги... не смей ее подозревать, — рявкнула я, саму себя удивив этим, рявкать вообще не в моем характере. — Это я обратила внимание, а вовсе не Анна.

— Правда? — усмехнулся он, продолжая разглядывать ее. Анна опустилась на диван, теребя бахрому пледа и не поднимая глаз.

— Он прав, — сказала она со вздохом. Чувствовалось, что признание далось ей нелегко. — Азазель позвонил мне... если бы ты не обратила внимания на книги, это сделала бы я, и мы бы все равно поехали к Платонову.

— Но почему ты мне об этом не сказала? — растерялась я. Еще один глупый вопрос. Анна вскинула голову.

— Откуда мне знать, какое задание получила ты? — спросила она неприязненно.

— У меня не было заданий, о которых ты не знаешь, — поспешила ответить я, вот только поверила она мне или нет? Я испуганно посмотрела на Михаила и спросила: — Что еще сказал Олег?

— Интересовался, давно ли ты знаешь своего Ангела.

— И что ты ответила?

— Что об этом лучше спросить у тебя. Ладно, топайте отсюда, — хмуро бросила она.

— Ты что, не поняла, Азазель — это Платонов.

— Да? И где он?

— Исчез. Но я его найду.

— Зачем?

— Что значит зачем? — возмутилась я.

— Зачем его искать, он нас сам найдет. Только ничего хорошего я от этого не жду.

— Этот чокнутый старик выдумал от скуки Пятое Евангелие и заставил нас его искать. Он потомок того самого Мартынова, то есть не он, а настоящий Платонов. Господи, но если нет никакого Пятого Евангелия, при чем здесь Мартынов? — озарило меня. — Ничего не понимаю.

— Я тоже, — кивнула Анна. — И не хочу, если честно. Я бы лучше поспала.

Ее нежелание обсуждать происходящее вызвало у меня досаду и даже злость. Мне хотелось уйти, хлопнув дверью, но необходимость разобраться все-таки пересилила.

— Анна, мы разговаривали с человеком, который умер год назад. Значит, он либо призрак, либо человек, который выдает себя за покойного. Первый вариант для меня совершенно неприемлем, согласись я с ним, и мне одна дорога — в сумасшедший дом. Значит, надо исходить из того, что липовый Платонов имел основания выдавать себя за покойного.

— Предлагаю самый простой вариант, — сказала Анна с таким видом, точно ей огромного труда стоило преодолеть лень и заговорить. — Ему, как и мне, позвонил Азазель и дал точные инструкции.

— Чего он хотел этим добиться? Должна же быть цель.

— С чего ты взяла? — вдруг разозлилась Анна. — А если нет никакой цели? Просто нет. Точнее, есть, но она в другом. Он просто развлекается. Играет с нами, дергает за ниточки, а мы скачем, боимся, мучаемся, подозреваем друг друга...

— Тогда он просто сумасшедший, — не выдержала я, вздохнула и продолжила спокойнее: — Давай исходить из того, что цель есть. Платонов, точнее, тип, который выдавал себя за Платонова, покинул дом. Что-то заставило его сделать это. Виталий тоже исчез, по крайней мере, ничто не указывало на его присутствие в доме. Я видела там картину, — сказала я немного невпопад.

— Какую картину? — нахмурилась Анна.

— Похожую на ту, которая появилась в моей квартире. У него был ключ от квартиры. Он ее подменил, когда я была на работе, а потом вернул на место мою картину, а ту забрал.

— Инвалид на коляске? — съязвила она, но чувствовалось, Анна говорит это скорее для того, чтобы досадить мне.

— Возможно, он отлично передвигается и без коляски, к тому же есть Виталий. Я несколько раз видела парня в черном свитере. Возможно, все того же Виталия. Он мог выкрасть ключи из моей сумки, вполне мог. И столкнуть Людмилу с лестницы. Только не спрашивай причину, я ее пока не знаю. Сейчас главное — дом, единственная ниточка, которая ведет к этому типу. Сами мы не можем выяснить, кому принадлежит дом, но для милиции это привычная работа.

— А что ты им скажешь? Дядя выдавал себя за покойника?

— Кстати, и этого достаточно, чтобы заподозрить неладное и дать себе труд проверить.

— У них без подобных глупостей дел невпроворот.

— Допустим, но я уверена, Олег захочет помочь мне.

— Он тебе нравится, — улыбнулся Михаил, до сей

поры молчавший как рыба. — По-моему, он хороший парень.

— Маши себе крыльями и помалкивай, — нахмурилась я. — Ты у меня на большом подозрении, но лучше, если будешь на глазах, так спокойнее.

— Не подозревай меня, не надо, — сказал он грустно с видом потерявшегося щенка, даже плакать захотелось от жалости. — Это очень скверно для Ангела, мы от этого болеем. Крылья усохнут, и я разучусь летать.

— Еще один кандидат в психушку, — буркнула я. — Я звоню Олегу.

— В такое время? — Анна кивнула на часы. — Может, дашь человеку поспать?

Но я уже набрала номер телефона. Голос Олега звучал недовольно.

— С ума сошли, что ли? — буркнул он. — Кто это? — Но, услышав мой голос, подобрел.

— Ты сможешь приехать к Анне?

— Сейчас?

— Да.

— Что-нибудь случилось?

— Расскажу, когда приедешь.

— Пойду кофе заваривать, — вздохнула Анна. — Поспать все равно не дадут.

Я пошла на кухню, решив, что и мне кофе не повредит. В окно я увидела, как во двор въехала машина Олега, пошла открывать и только тогда заметила, что Михаила в квартире нет.

— А где Ангел? — вернувшись на кухню, растерянно спросила я.

— Должно быть, улетел, — хмыкнула Анна.

— Ты о нем что-нибудь знаешь? — испугалась я.

— Об Ангеле?

— Ты же поняла. Что ты о нем думаешь? Он один из них?

Тут в дверь позвонили, Анна с облегчением вздохнула:

— Иди, открывай. — Кажется, она радовалась, что разговор пришлось прервать.

Мой рассказ занял минут десять, по неизвестной причине о фантастическом появлении Михаила я распространяться не стала. Из моего рассказа вообще невозможно было понять, когда и при каких обстоятельствах он появился. Олег спросить про это так и не рискнул. Рассказ о лже-Платонове произвел на него впечатление. Он, как и я, считал, что у Платонова должна быть веская причина морочить людям голову.

— Может, и есть какие-то сатанисты, и кто-то ищет книгу, — заметил он. — Нам, главное, ухватить ниточку. Дом — это хорошая зацепка. Установим владельца, вероятно, тогда что-то прояснится. И еще вот что... — Он поднялся, вышел в прихожую, вернулся с тонкой папкой. — Это я взял в архиве больницы, — кашлянув, сказал Олег, протягивая мне пожелтевшие от времени листы. — Ульяна, ты никого не убивала, даже нечаянно. Это был сон.

— Прекрати, — сорвалась я. — Девочка утонула...

— Прочитай, и ты все поймешь. Дай лучше я прочитаю. Я эти каракули весь вечер расшифровывал.

Он читал, а я сидела в оцепенении. Когда он закончил, я схватила мобильный и позвонила маме. Время самое неподходящее, но в тот момент мне было не до этого.

— Этот сон опять тебе приснился? — испуганно спросила мама, когда я объяснила, зачем звоню ей. — Господи, откуда этот кошмар...

— Мама, я ничего не понимаю...

— А что тут можно понять? Врачи и те были в растерянности. Мы отдыхали в деревне... Вряд ли ты помнишь, там была девочка Лена, вы дружили. В конце июня мы уехали. Через месяц Лена утонула. К нам заглянула их соседка, приехала в город по делам, и рассказала об этом. Наверное, ты слышала наш разговор. С той поры тебя стали мучить кошмары, точнее, кошмар: один и тот же сон. Самое невероятное оказалось, что... все так и было на самом деле. Я ездила к матери... Дети катались на надувной камере, она перевернулась, ударила Лену по голове, девочка, видимо, потеряла сознание и утонула. Но ты не могла этого видеть, потому что нас в деревне уже не было. Врачи сказали, что такое иногда случается. Сон долго не давал тебе покоя, я постаралась, чтобы ничто не напоминало тебе о той девочке.

— Теперь я взрослая, и мне гораздо легче справиться с этим, — успокоила я маму. — Просто надо было понять, что правда, а что сон.

Мы еще некоторое время поговорили с мамой, избегая этой темы.

Итак, к смерти Лены я не имею никакого отношения. Она утонула, когда нас в деревне уже не было. Но я, наверное, желала ей смерти, когда злилась на нее или мне казалось, что желаю, и когда она утонула, во мне появилось чувство вины. Сложновато для пятилетнего ребенка, но психологи лучше знают. Однако это не объясняет вещего сна. Как я могла представить то, чего не видела? Или все-таки могла? Я слышала, о чем говорят взрослые, испугалась и решила, что своими фантазиями накликала беду. Я не раз купалась в том пруду и представила, как все это произошло. И увидела все это во сне, испугалась, и сон начал повторяться. Чем больше я его боялась, тем чаще видела. Никакой мистики, все логично. «Азазель ошибся, — вдруг подумала я. — Он ошибся. Он знает не больше моего. Он не всемогущ».

— Расчет прост, — пробормотала я. — Человек испуган, он начинает вспоминать свои грехи и непременно что-то вспомнит. А если не вспомнит, то придумает, — как будто кто-то шепнул мне на ухо. — Игорь вспомнил того парня и...

— Игорь пришел в себя, — сказал Олег, с беспокойством наблюдавший за мной все это время. — Он не в состоянии объяснить, что произошло. Ни о записке, ни о том, что собирался покончить с собой, не помнит. Говорит, работал, а потом провал в памяти. Помнит только, что очень хотел спать и без конца пил кофе.

— Он успел найти что-нибудь интересное?

— Он в реанимации, и разговоры...

— А если кто-то подсыпал снотворное в кофе, а когда он уснул, инсценировал самоубийство? Почему бы и нет? Причина проста: Игорь слишком близко подобрался к Азазелю.

— Похоже на правду. Мне это нравится гораздо больше мистических штучек. — Анна демонстративно пожала плечами. — Давай-ка заглянем в дом, — вдруг предложил Олег.

— Заглянем? — не поняла я.

— Ты же говоришь, сигнализации там нет.

— Но... наверное, надо какое-то разрешение?

— Пока мы его получим... И получим ли вообще. Поехали, дом стоит осмотреть.

— А если хозяева...

— Тогда у меня будут большие неприятности, — усмехнулся Олег. — Но что-то подсказывает мне, что хозяев мы будем ждать напрасно.

Мы опять поехали к Платонову. К моему удивлению,

Анна отправилась с нами. Мне казалось, что эта идея ее совсем не увлекла, тем невероятнее было ее согласие.

Дом выглядел таким же нежилым, как и в прошлый мой приезд. Калитка оказалась чуть приоткрыта, видимо, Михаил повредил замок, и теперь она не запиралась, что вызвало легкое беспокойство, вряд ли это понравится хозяевам. Осколки стекла все еще валялись на плитке. Олег покачал головой, но, как и Михаил несколько часов назад, просунул руку в разбитую дверь и отпер замок. Перед тем, как вторгнуться на чужую территорию, мы несколько раз позвонили в дверь, хотя застать здесь хозяина я не очень-то рассчитывала. Чьи-то шаги явились полной неожиданностью. Я их слышала совершенно отчетливо, кто-то прошел по гравийной дорожке мимо окна.

— Слышите? — испуганно шепнула я. Мы замерли. Я судорожно искала выход из создавшегося положения. Хлопнула калитка, мы вздрогнули, а Олег вдруг бросился к двери со словами:

— О, черт...

Мы растерянно переглянулись, не понимая, что происходит. Олег вернулся очень быстро.

— Ушел, — сказал он со злостью.

— Кто? — не поняла я.

— Тип, который был в доме. Вряд ли хозяин, чего б ему от нас бежать. Мы позвонили в дверь, и он смылся через окно, а потом спокойно вышел через калитку. Черт, надо же так лопухнуться...

— Ты видел его?

— Когда я выскочил на улицу, он уже свернул в переулок, где-то здесь его ждала машина.

Пока мы разговаривали, Анна прошла в гостиную, я застала ее с толстым томом в руках. При нашем появлении она поставила его на полку.

— Надо обыскать дом, — сказал Олег. — Хотя, боюсь, мы опоздали.

— Тогда начнем с подвала, — кивнула я. — Там компьютер.

Однако в подвале мы ничего не обнаружили, то есть компьютер был на месте, но все записи уничтожены, я думаю, еще до нашего визита с Михаилом. Ни одного диска, записной книжки, никакого намека на владельца.

Открытие сделала Анна. Она находилась на втором этаже, который, как я помнила, был совершенно пуст, и вдруг позвала нас:

— Идите сюда.

Мы поднялись и застали ее в маленькой комнате, больше напоминающей кладовку. Здесь висело зеркало, а под ним валялся мешок. Анна извлекла из мешка светлый пиджак, рукав его был чем-то испачкан. Анна понюхала рукав, усмехнулась.

— Грим.

— Что? — не поняла я, но тут она достала из мешка парик и бороду. — Невероятно, — пробормотала я.

— Расчет прост, — взяв парик в руки, вздохнул Олег. — Что запоминается больше всего? Борода, усы. А у Платонова была еще привычка постоянно носить шляпу.

— Библиотекарь, — вдруг подумала я вслух. — Она должна была знать, что настоящий Платонов умер.

— Не обязательно, — возразила Анна. — А вот и шляпа, — усмехнулась она. И действительно, в руках у нее появилась шляпа.

— Он что-то говорил о болезни глаз, — вспомнила я. — А на самом деле все проще: приглушенный свет нужен был для того, чтобы мы не заметили грим. А перчатки... Ну, конечно, возраст человека выдают руки, как старого, так и молодого. На самом деле лже-Платонову далеко до старости.

— Что мы имеем? Парень умело гримировался и мастерски играл свою роль, — размышлял Олег вслух, — стоит поискать этого типа среди актеров.

— Допустим, мы найдем его. И что дальше? — спросила Анна, в голосе чувствовалось презрение, или мне так лишь показалось. — Спросим, что за охота пришла ему шутить?

— Не знаю, как ты, а я бы хотела услышать объяснения.

— У него их найдется с десяток, — засмеялась она.

Больше ничего интересного мы не нашли и покинули дом. Олег отправился по делам, Анна тоже вспомнила о своей работе, а мне ничего не оставалось, как ехать к себе.

Возле подъезда я увидела джип, за рулем которого сидел Михаил и вроде бы дремал.

— Ты так неожиданно исчез, — сказала я, открывая дверь с его стороны.

— Да я рядом пасся, просто не хотел, чтобы Олег меня видел. Ему ведь не докажешь, что я Ангел. Начнет ревновать, и это явится серьезным препятствием для вашей зарождающейся любви.

— Ты будешь здесь сидеть или поднимешься в квартиру?

— Я предпочитаю находиться в максимальной близости от тебя, — улыбнулся он. — Есть предложение.

— Какое?

— Садись в машину, и скоро узнаешь.

Вскоре с некоторым удивлением я обнаружила себя возле девятиэтажного дома на Поварской. Михаил притормозил, и я поинтересовалась:

— Куда мы приехали?

— Я здесь живу, то есть считается, что я здесь живу, — улыбнулся он. — В моем земном воплощении.

Хотя, можешь мне поверить, двадцать четыре часа в сутки я не смыкаю глаз на боевом посту. Где ты, там и я.

— И что дальше? — спросила я с усмешкой.

— В каком смысле? — Он вроде бы удивился.

— Зачем-то ты меня сюда привез?

— Мне показалось, ты немного расстроена. Я думаю, небольшая прогулка пойдет тебе на пользу.

— Прогулка? — переспросила я.

— Ульяна, — сказал он укоризненно. — Мои намерения исключительно чисты, ты что, забыла? Если я согрешу даже в помыслах, каюк карьере, а заодно и бессмертной душе. Дурак я, что ли, так подставляться? Ваш век — от силы сто лет, через сорок ты будешь старушкой, милой и наверняка красивой, но старушкой, то есть счастье так ничтожно коротко, а расплата безнадежна длинна... Шальных мыслей у меня не возникнет, крыльями клянусь.

— А это мы посмотрим, — разозлилась я и вышла из машины.

Мы вошли в подъезд и поднялись на девятый этаж. Здесь было четыре квартиры, игнорируя их, Михаил стал подниматься по узкой лестнице наверх.

— Куда ты? — удивилась я.

— Хочу тебе кое-что показать. — Он уверенно поднимался, и я последовала за ним.

Наверху была железная дверь, он открыл ее, и вскоре мы оказались на крыше. Под нами был город, ветер трепал мои волосы, я зябко поежилась и вдруг улыбнулась.

— Если бы мы приехали чуть раньше, — обнимая меня, шепнул Михаил, — то увидели бы, как восходит солнце. Чудо из чудес. Садись. — Он устроился на крыше и потянул меня за руку. Когда я оказалась рядом, расстегнул куртку и прижал меня покрепче, укрыв полой. Он смотрел на небо и улыбался. Я согрелась, но продолжала прижиматься к нему, чувствуя тепло его тела и горячее дыхание.

Где-то через полчаса я вспомнила слова Анны и с недоумением спросила:

— Но ведь это Поварская улица?

— Ага, — кивнул он.

— А Олег сказал, что ты живешь на Ямской.

— Правильно сказал. Просто это мое любимое место. Но если бы я позвал тебя на крышу, ты решила бы, что я спятил.

— Ты и вправду сумасшедший, — покачала я головой.

— Если только самую малость. — Он взял мою руку и осторожно поцеловал ладонь. — Теплая. Ты больше не похожа на испуганную птичку.

— На кого я похожа теперь?

Он улыбнулся и ничего не ответил.

—Кто ты? — спросила я. — Скажи мне, кто ты?

— Ты же знаешь.

— Нет.

— Да. Мир такой, каким мы его представляем. И я тот, кем ты хочешь меня видеть. Я — твой Ангел-хранитель. И я всегда буду с тобой.

— Но однажды ты оставишь меня, — сказала я грустно, поддавшись очарованию этой минуты.

— Ты говоришь о смерти? Смерти нет, есть конец земному существованию, и когда он придет, я возьму твою бессмертную душу и поднимусь с ней высоко-высоко... Будет так же хорошо, как сейчас, и даже лучше. Миг растянется в вечность, а вечность будет как один миг. И мы вдвоем, ты и я. Ты мне веришь?

— Я верю, что ты говоришь искренне. Но...

— Опять «но»... — Он вздохнул и отстранился. — Нет никакого «но», все так, как я сказал.

— Ты ведь не ожидаешь, что я поверю в это? — спросила я с обидой.

— Вы, люди, странные существа. Не умеете быть счастливыми, — нахмурился он и поднялся. — Идем.

— Куда? — Мне не хотелось покидать эту крышу. Самой себе я казалась глупой, не в меру романтической особой, но я верила, что миг можно растянуть на целую жизнь. Или хотя бы попытаться.

— Видишь соседнюю крышу? — кивнул он.

— Вижу.

— Хочешь, перенесусь на нее? Раскину крылья, и ты наконец поверишь, что я Ангел.

— Не хочу. Это опасно.

— Для Ангела? — засмеялся он. — Смотри.

Я испугалась, что он действительно прыгнет, крыша соседнего дома была рядом, но прыгать с крыши на крышу безумие, я заглянула вниз и невольно поежилась.

— Прекрати, — попросила я. — Ты меня пугаешь. Не надо ничего доказывать.

— Глупенькая, это так здорово — пролететь над бездной. Почувствовать себя свободной. Парить над городом... вдвоем. Ты и я. — Он засмеялся, отступая назад, глядя мне в глаза. Шаг, другой, третий, потом развернулся и побежал.

— Пожалуйста, не делай этого, — закричала я, а он прыгнул. И когда он завис над бездной, я в ужасе зажмурилась, прижав руки к груди, а когда открыла глаза, он уже стоял на соседней крыше и смеялся. — Зачем ты это сделал? — заплакала я, но злости на него не было, было счастье, что вижу его, а еще страх, что теперь он так далеко.

— Прыгай, — махнул он мне рукой.

— Я не смогу.

— Это твой страх и неверие. Ты сможешь.

— Я разобьюсь, — сказала я жалобно.

— Что за глупости ты болтаешь? Как ты можешь разбиться, если я рядом? Прыгай, я держу тебя.

— Я боюсь.

— Закрой глаза, разбегись и прыгай. И через секунду окажешься у меня на руках. Ты ведь хочешь этого? Хочешь?

— Хочу.

— Тогда прыгай.

— Я... я... — Слезы душили меня, они текли по щекам, меня трясло то ли от волнения, то ли от холода. Улыбка исчезла с его лица, теперь оно было очень печальным.

— Ты не веришь в меня, — крикнул он. — Значит, меня нет. — Он повернулся и пошел прочь.

— Куда ты? — испугалась я.

— Меня нет. У тебя может быть лишь то, во что ты веришь.

— Подожди. Я прыгну, — крикнула я в полнейшем безумии. — Я попробую.

— Давай, я держу тебя. — Он вернулся и теперь вновь улыбался мне.

— Я прыгну, — пробормотала я. — Если захочу, то прыгну.

Я отошла подальше от края крыши, чтобы было место для разбега, сердце стучало в горле. Я еще ничего не успела понять, и тем более решить, а уже бежала. В какой-то миг я поняла, что не смогу, но сделала последний шаг и прыгнула. Я отчаянно закричала, а потом увидела его лицо прямо над собой, почувствовала его руки, он крепко держал меня и смеялся, а подо мной была бездна. Наверное, на какой-то миг я лишилась сознания, а в следующий момент уже была на крыше, и он прижимал меня к груди.

— Вот видишь. Ты смогла. Ты сможешь все. Все, что захочешь.

— Это невероятно. Я спятила... это...

— Ты стала свободной.

Я помню, что он нес меня на руках, а я вцепилась в него и боялась разжать пальцы. И в груди была страшная боль, от которой хотелось выть. Когда мы оказались в машине, я понемногу пришла в себя. Мне было страшно рядом с ним, хотя он улыбался и держал мою руку, мне было страшно, и боль не отступала.

— Ты не должен был... — пробормотала я.

— Глупенькая... — Он поцеловал меня в висок. — Это было так же безопасно, как гулять босиком по песчаному берегу. Ибо сказано пророком: «Ангелам своим заповедает о тебе, и на руках понесут тебя, да не приткнешься о камень ногою твоею».

— Эти слова произнес дьявол, когда вознес Христа на крышу Иерусалимского храма, а Христос ответил: «Не искушай Господа».

— А, этот моралист из Галилеи, — отмахнулся Михаил. — У него не было воображения.

— Что? — Чувствуя, как сердце острее стянуло болью, спросила я.

— У него не было воображения, — засмеялся Михаил и завел машину.

Он привез меня домой и поднялся в квартиру. Я не возражала, потому что сама вряд ли смогла добраться. Я повалилась на диван, он заботливо укрыл меня пледом, потом принес мне чай. Я выпила, не чувствуя вкуса, и отвернулась к стене.

— Я напугал тебя, — сказал он с печалью и погладил

мои волосы. — Я думал, тебе понравится летать, но вы странные существа, вы предпочитаете землю.

— Не в этом дело, — кусая губы, сказала я.

— А в чем?

— Я могла разбиться. Ты рисковал моей жизнью просто так, из глупого желания побахвалиться, а я такая дура...

— Я бы не позволил тебе упасть. Как ты не понимаешь. Пока я рядом, с тобой ничего не случится, даже если тебе придет охота сигануть с девятого этажа. Отделаешься синяками, а потом тебя покажут по телевизору, и люди будут удивляться: надо же, свалиться с крыши и даже руки не сломать. Я бы мог и без синяков, но тогда тебя заподозрят в колдовстве и сожгут на костре. — Я невольно засмеялась, слушая его. — Не прогоняй меня, — скроил он забавную физиономию. — Так не хочется опять становиться невидимым и бродить за тобой по пятам. Куда приятнее держать тебя на руках.

— Идем на кухню, — вздохнула я, поднимаясь. — Я есть хочу.

Мы поели, Михаил пил чай, а я, глядя в окно, пыталась вспомнить мысль, которая мелькнула и исчезла.

— Лучше размышляй вслух, — сказал Михаил. — Так тебе будет проще.

— Я не виновата в смерти девочки. Азазель ошибся, понимаешь?

— Он не ошибся, — покачал Михаил головой. — Он прекрасно знал, что ты не убийца. И для этого вовсе необязательно быть Ангелом или бесом. Стоит просто взглянуть на тебя. Не знаю, какие грехи были у тех девушек, но ты точно ни в чем не виновата.

— И поэтому жива? — нахмурилась я.

— Мы же договорились: ты стараешься обойтись без вопросов. Договорились или нет?

— Невозможно разобраться во всем этом, если не видишь причину. Что связывает Ольгу, Людмилу, меня, Анну, этого лже-Платонова и родовое поместье Мартынова? Я могла бы предположить вещь фантастическую. Богатый дядюшка оставил нам миллион, и коварный родственник убирает конкурентов, но мы даже в отдаленном родстве не состояли, так что и эта версия никуда не годится. Но что-то нас связывает, и этот человек очень хорошо осведомлен... — Холодок внезапно пробежал у меня по спине. Я взглянула на Михаила.

— Меня подозревать глупо, — обиделся он. — Я здесь для того, чтобы помочь, а не пакостить.

— Почему же тогда не помогаешь? Не рассказываешь, кто ты? — Михаил страдальчески закатил глаза. — Если верить Анне, — продолжала я размышлять вслух, — Азазель знает о ней то, что может знать лишь очень близкий человек.

— Ты ей веришь? — спросил Михаил.

— Почему ты спросил? — испугалась я.

— Просто интересуюсь твоим мнением.

— Мне очень тяжело, — глядя на него, произнесла я, с трудом подбирая слова.

— Тебя не Анна беспокоит, а я, — улыбнулся Михаил. — Точнее, кто я. И можешь ли ты доверять мне? Отвечаю: можешь. Пожалуй, только мне и можешь. Олег, наверное, тоже не прочь сделать для тебя что-нибудь героическое... — Тут Михаил усмехнулся и лукаво посмотрел на меня, точно спрашивая, стоит ли продолжать.

— Он просто выполняет свою работу.

Михаил подошел ко мне, протянул руку и коснулся ладонью моей щеки.

— Олег хороший парень, — сказал он тихо. — Но не о нем ты мечтала.

— Откуда тебе знать, — начала я и испугалась, даже отступила на шаг.

— Я знаю все твои мечты. Я знаю даже, что все они осуществятся. Очень скоро. Ты мне веришь?

— Еще бы... мне гадалка нагадала... — Я хотела, чтобы это прозвучало насмешливо, но вдруг меня точно током ударило. Гадалка. Я вспомнила разговор с ней. Единственный человек, которому я открыла душу, рассказала все то, что никому никогда не говорила. Даже маме. Или близкой подруге. — Едем к Анне, — пробормотала я, потому что вспомнила, какая мысль мучила меня по дороге домой.

— Зачем? — удивился Михаил. Наверное, я в тот миг была похожа на сумасшедшую, однако чувствовала: я на правильном пути.

— У меня есть к ней один вопрос.

— Хорошо, едем к Анне, — кивнул Михаил, приглядываясь ко мне. — Жду тебя в машине.

Нетерпение переполняло меня. Я позвонила Анне, но она не ответила, возможно, еще не вернулась с работы. Когда я спустилась вниз, Михаил уже завел машину.

— Может, поделишься своим озарением? — спросил весело.

— Анне звонит якобы ее покойная мать, она знает вещи, которые никто, кроме матери и Анны, знать не может. Но человек, который звонит, знает. Ты ведь не веришь, что она звонит с того света? Я не верю.

— И что? — Он пребывал в недоумении, что, впрочем, и не удивительно.

— Значит, Анна сама кому-то об этом рассказывала.

— Звучит довольно бестолково, — пожал он плечами.

Когда мы подъехали к дому, Анна как раз возвращалась с работы. Я бросилась к ней.

— Вспомни, кому ты рассказывала о матери, о своем детстве, — хватая ее за руку, спросила я.

— У тебя теперь есть спутник, который готов за тобой и в огонь, и в воду, — вздохнула она. — Азазель помалкивает. Может, оставишь меня в покое, пока он опять не возник?

— Ты не ответила на мой вопрос.

— А мне нечего отвечать. Никому ничего я не рассказывала.

— Не торопись. Помнишь, ты говорила, что хотела наказать парня, который тебя бросил?

— О господи. Ну и что?

— Как ты хотела его наказать?

— Слушай, Ульяна, влюбленные бабы — дуры, и если их бросают...

— Что ты сделала? — перебила я. Она в досаде плюнула и покачала головой.

— Кащенко по тебе плачет, — отмахнулась она.

— К кому ты обращалась? К бабке, знахарке?

— Нашла тетку по объявлению.

Я зажмурилась и попыталась дышать ровнее, очень боясь спугнуть удачу.

— Ты помнишь адрес, как звали женщину?

— Амалия... или что-то в этом духе. Все тетки из магических салонов берут себе дурацкие имена. Ее контора где-то на Второй Ямской. И что? Все у парня отлично работает, я ж тебе говорила, девки виснут на нем, как и раньше.

— Что ты ей рассказывала?

Лицо Анны точно окаменело. Она смотрела на меня так, как будто видела впервые.

— Когда умерла мама... — наконец произнесла она, — я... я опять пошла к ней.

— Зачем?

— Не знаю. Хреново было. Тебя это удивляет? Хотела знать будущее. Есть ли там что-нибудь хорошее.

— Она гадала тебе на картах?

— Конечно, что еще она могла?

— И вы разговаривали?

— Да. Долго. — Она тряхнула головой и вдруг произнесла жалобно, точно просила прощения: — Ульяна, я ей все рассказала. И об этой дурацкой китайской вазе, что разбила. И о кошке... не может быть... я ей точно все рассказала. — Она провела рукой по лицу и нахмурилась. — Думаешь, мне звонит она?

— Возможно. Надо выяснить, обращались ли к ней Ольга и Людмила.

На это ушло много времени, но ничего такого, что могло подтвердить мою версию, мы так и не узнали. У Людмилы не осталось родственников, чтобы ответить на этот вопрос, мать Ольги не слышала от дочери, чтобы та обращалась к гадалке или хотя бы намеревалась это сделать. Я вспомнила о подруге Ольги Анастасии Довгань и позвонила ей. К сожалению, и она не смогла ответить.

— Едем к гадалке, — сказала я, поняв, что только зря теряю время. К Анне вернулся ее обычный скептицизм.

— Приедем, и что? Да она пошлет нас подальше — и все дела.

— Но теперь ты видишь, что ничего мистического во всем этом нет?

— Не больше, чем раньше. По-твоему, тетка развлекается ночными звонками, а между делом сбрасывает людей с лестницы?

— Тетка только звено, часть чужой игры. Но через нее мы доберемся до Азазеля.

— А мне твоя версия нравится, — весело кивнул Михаил. Анна взглянула на него с усмешкой.

Магический салон был закрыт. Мы долго звонили в дверь и даже заглядывали в окна. Толку от этого не было, занавески задернуты, а на звонки никто не реагировал.

Я набрала номер Олега, сбивчиво и, надо полагать, бестолково рассказала о гадалке.

— У меня тоже кое-что есть, — ответил он. — Вечером встретимся, расскажу.

Иуда

Олег выглядел усталым, но глаза его сияли.

— Вроде что-то вырисовывается, — сказал он, придвигая к себе чашку чая и стараясь не смотреть на Михаила, который с хозяйским видом жарил котлеты. Анна весь день пребывала в задумчивости. Сейчас она сидела у окна и делала вид, что наша суета ее совершенно не занимает, хотя, может, так оно и было. — Дом, где жил наш ряженый, действительно принадлежит дочери Платонова. Она уже больше двух лет живет в Швейцарии. Проблемы со здоровьем. После смерти отца продавать дом не стала. Год назад сдала его внаем некоему Савельеву Евгению Осиповичу. Но Савельев скончался в Магадане на семьдесят третьем году жизни три месяца назад.

— Еще один покойник, — хмыкнула Анна.

— Или когда-то потерянный паспорт, что больше походит на правду, — пожал плечами Олег. — А теперь самое интересное. С фирмой о сдаче дома договаривалась не дочь Платонова, а ее хорошая знакомая, которой она оставила доверенность. Знакомую зовут Подгорная Алина Станиславовна, и у нее имеется лицензия на индивидуальную коммерческую деятельность. Отгадайте, какую? — Олег обвел нас взглядом и, не дожидаясь ответа, кивнул: — Правильно, дама гадает на картах, предсказывает судьбу страждущим. Встретиться с ней не удалось. Сегодня она раньше обычного покончила с трудами, но дома так и не появилась, что весьма странно. Соседи говорят, по ней часы проверять можно. Живет тихо, ни родных, ни друзей. Захаживает к ней мужчина, но в основном на работу, там его видели довольно часто. Мужчина выглядит солидно, но все равно гораздо моложе, чем она. Граждане считают, что это сын, но такового в природе нет, если верить бумагам. Значит, скорее всего, любовник. Найдем гадалку, зададим вопросы и, может, узнаем, кто нам мозги пудрил. С библиотекарем я тоже разговаривал. Она не в состоянии объяснить, как могла выдавать книги умершему человеку. О том, что Платонов умер, она не слышала. Рассказала ей о нем коллега, которая уже на пенсии, старик всегда присылал за книгами кого-то из родственников. Глухонемой пришел после телефонного звонка. Если учесть, что книги на дом не выдают, некоторая расхлябанность вполне понятна. Сейчас она дома пьет валерьянку и грозится больше не подпускать граждан к книгам без документов на пушечный выстрел.

— Но все это по-прежнему мало что объясняет, — встревожилась я. — Допустим, гадалка и ее любовник, или кем он ей там приходится, водили нас за нос, запугивали... Но зачем? Ольга и Людмила погибли в результате несчастного случая, хотя, возможно, покончили жизнь самоубийством. Горбовский убит. Но что они-то от этого выгадали?

— Кстати, о Горбовском. Мы проверили в городе всех, у кого мог быть столь редкий яд. Некто Сафронов несколько лет жил в Южной Америке, работал шофером при посольстве, но дядька, говорят, с приветом. Увлекался всякой чертовщиной и вполне мог привезти яд. Так его бывшая жена утверждает, правда, она его не жалует.

— Ты с ним разговаривал?

— Нет. Он умер полгода назад от сердечного приступа. Может, в точности от такого, как Горбовский. А теперь самое интересное, на мой взгляд. Несколько лет назад Горбовский работал с известным врачом Латуниной, он по профессии тоже врач, Подгорная трудилась медсестрой, а дочь Платонова и Сафронов были их пациентами. Жена Сафронова говорит, что крыша у него конкретно съезжала, везде черти мерещились. Дочь Платонова за границей почувствовала себя значительно лучше. Разгадку следует искать в бывшем медицинском центре «Гиппократ».

— Латунина умерла, — заметила я. — Я недавно разговаривала с ее дочерью.

— Ничего. У нас есть гадалка.

— Ты думаешь, это какие-то опыты над людьми? — не выдержала я.

Олег растерялся.

— Не знаю. Как говорится, поживем — увидим. Главное, дело сдвинулось с мертвой точки.

— Нет никакого дела, — усмехнулась Анна. — Поболтаете с теткой, она нас даже вспомнить не сможет, у нее народу как грязи. Дом она через агентство сдала, ты сам сказал. Значит, за психа, что там поселился, не отвечает. И чем ты ее достанешь?

— А ты что предлагаешь? — разозлилась я. Она отвернулась и стала смотреть в окно. — Чего ты молчишь?

— А что тут скажешь? Зло неистребимо. Допустим, мы выиграем один раунд, спугнем его, и он исчезнет, а потом появится вновь. Еще сильнее, чем прежде.

На следующий день я поехала к Латуниной. Наверное, делать этого не стоило, раз теперь всем этим занимался Олег, но мне было необходимо поговорить с ней. Михаил отправился со мной.

Мы застали Ларису Львовну в рабочем кабинете, прием уже закончился. Она узнала меня и вроде бы удивилась.

— Прием закончен, — сказала она как-то неуверенно.

— Я знаю. Мне необходимо поговорить с вами. Это очень важно.

— Хорошо, присаживайтесь. — Она перевела взгляд на Михаила.

— Я была у вас несколько дней назад, — начала я. — Если вы согласитесь выслушать меня...

— Я вас слушаю. Говорите.

Мой рассказ занял много времени, но она ни разу не перебила, не выказала неудовольствия, но и ничем не выдала своей заинтересованности.

— Так вот в чем дело, — заметила она, когда я закончила. — У меня сегодня был молодой человек из милиции.

— И что вы ему рассказали?

— Что я могла рассказать? Я не работала у матери. В то время я вообще жила в Харькове. Я ничего не знаю о людях, которые с ней работали.

— Неужели она вам ничего не рассказывала? — не отступала я.

— О чем? — Женщина разглядывала ручку, повертела ее в руках, отбросила в сторону. — Зачем вы пришли ко мне? В милиции прекрасно осведомлены об этой истории, — сказала она с недовольством.

— Что тогда произошло?

— О господи... — Она вдруг закрыла лицо руками. — Неужели... этого не может быть. Ведь этот человек... невероятно. Эта история стоила моей матери здоровья, а возможно, и жизни, — резко сказала она. — В клинике работал врач, очень талантливый, Родионов Антон Петрович, мать обожала его. Я, признаться, даже ревновала. Он творил чудеса. Помогал людям, казалось бы, в безнадежных ситуациях. А потом начали происходить странные вещи. Сначала одно самоубийство пациента, потом второе. Потом... был суд, все это есть в материалах дела.

— Талантливый врач доводил людей до самоубийства? — робко спросила я, боясь, что она выдворит меня из кабинета и откажется разговаривать.

— Нет. Его брат. У него был брат, лет на десять моложе. Родители погибли в автокатастрофе, когда ему было тринадцать, и Антон Петрович заменил ему отца. Парень поступил в военное училище, был в горячих точках, возможно, это как-то повлияло... Хотя причина, скорее всего, самая банальная: деньги. Все, кого он довел до самоубийства, были состоятельными людьми, но после их гибели родственники оставались у разбитого корыта, собственность была уже продана, а деньги куда-то исчезали. Антон Петрович начал что-то подозревать. Подозрения постепенно перешли в уверенность. При работе с пациентами он делал записи, ими этот негодяй и воспользовался. Потом следствие, суд. Это было тяжелым ударом для всех. Клинику закрыли. Мама после всего этого так и не оправилась.

— А что с Антоном Петровичем? — спросила я. — С Родионовым?

— Для него это был крах... полный. И не только крах карьеры. Тут все значительно сложнее. И страшнее. Брат был смыслом его существования. Понимаете? Он был его семьей, его другом... всем. Антон Петрович выступал свидетелем на суде, вынужден был давать показания против брата. Собственно, он сам и обратился в милицию, когда его подозрения перешли в уверенность. Думаю, он считал, что брат болен. Наверное, какие-то основания у него для этого были. Бог знает что пережил мальчишка в этой нелепой войне. Но экспертиза признала Романа Родионова вменяемым. Так что сумасшедшим он не был. Работу Антон Петрович бросил, устроился то ли дворником, то ли сторожем. Потом я потеряла его из вида. Кажется, он уехал из города. Думаю, для милиции не составит труда... Но после вашего рассказа... все очень похоже на тот случай. По-моему, Роману дали пятнадцать лет, а это значит, он еще в тюрьме. Если только амнистия... Такое возможно?

Уже из машины я позвонила Олегу.

— Будут новости, сообщу, — буркнул он, чувствовалось, что у него нет времени на разговоры.

— Куда теперь? — спросил Михаил.

— Домой, — ответила я. — Олег все узнает об этом Романе Родионове. Этот тип каким-то образом выбрался из тюрьмы, возможно, бежал...

— Нет, — покачал головой Михаил. — Он погиб. Через три месяца после суда.

— Откуда ты... — начала я и осеклась. — Ты его знал... Ты бывший военный, а он... он был твоим другом?

— Даже больше, если это возможно.

— Он спас тебе жизнь? И ты не веришь, что он виновен?

— Конечно, нет. Он и не был виновен. И он любил своего брата.

— И взял чужую вину на себя? Конечно, — пробормотала я. — Все эти разговоры об Иуде, все эти нелепые выдумки. Он предал брата, и брат погиб. Донес в милицию на невиновного, сфабриковал улики и даже свидетельствовал против него на суде. А теперь этот сукин сын взялся за старое. Но грех не дает ему покоя, и он придумал всю эту нелепую историю с Пятым Евангелием. Невероятно. Теперь его найдут...

— Я ищу его не один год. Если он в городе, то под другим именем и, скорее всего, с другим лицом. Не знаю, мучает ли его совесть, но одно несомненно: от старых привычек он не отказался.

— Но почему ты не сказал мне сразу? Почему? Зачем понадобилась эта выдумка с Ангелом-хранителем?

— Это не выдумка. Я действительно твой Ангел-хранитель, — улыбнулся он. — Я ни минуты не верил, что Ромка виновен. Чушь. Но он молчал, как проклятый. Он очень любил брата. Тот ему был вместо отца, понимаешь? И он пошел за него в тюрьму, хотя должен был понимать, брат вряд ли угомонится. Подождет, когда страсти утихнут, и опять возьмется за старое. Я с самого начала подозревал Антона. Достаточно было взглянуть на него. Глаза прятал, трясся весь... Когда Ромка погиб, я ушел из армии, чтобы было время и возможность разобраться в этой истории. Но Антон исчез из города. Я пытался его найти, безрезультатно. У меня есть друзья в милиции, от них я и узнал о тебе, точнее, об этих странных несчастных случаях. Латунина права, все очень похоже на то, что происходило тогда. И я понял: он здесь. А еще я понял, что тебе нужен Ангел-хранитель.

— Я вроде подсадной утки, да? — спросила я с горечью.

— Дурочка, — засмеялся он. — Какая ты дурочка.

Мы остановились возле моего подъезда. Меня душила обида, мне не хотелось его видеть, но, когда он пошел за мной, я не возражала. Он гремел посудой на кухне, а я вжалась в кресло и пыталась бороться со слезами.

— Хочешь чаю? — спросил он, заглядывая в комнату.

— Нет. Спасибо.

Михаил подошел и присел на корточки рядом со мной.

— Чего ревешь?

— Я не реву.

— Глупо врать своему Ангелу.

— Ты не Ангел, — покачала я головой. — В этом все дело.

— Прости за ту глупую выходку на крыше. Я был уверен, что ты не прыгнешь. И страшно испугался. У меня до сих пор сердце сжимается, как вспомню.

— Ты мне врал.

— Я должен был понять, на чьей ты стороне.

— Теперь знаешь?

— Теперь это безразлично. Кем бы и с кем ты ни была, это не изменит моего отношения к тебе.

— Ты не мог бы выражаться яснее? — нахмурилась я.

— Буквально в трех словах? — улыбнулся он.

— Ужасно противно навязываться, — усмехнулась я и смущенно вздохнула, потом спросила: — Ты женат?

— Нет.

— Но есть человек... — Он приподнялся и поцеловал меня. — В тот момент, когда я увидел тебя, все остальное перестало иметь значение. Я всегда буду рядом. Даже если ты выберешь этого парня, я буду твоим Ангелом-хранителем.

— С чего ты взял, что я... мы с Олегом едва знакомы. — Он сжал мою руку.

— Тогда тебе только остается поверить... — И он опять поцеловал меня.

— А как же правило Ангела-хранителя, о котором ты мне рассказывал? — улыбнулась я. — Если Ангел полюбит земную девушку...

— Он лишится бессмертия, — засмеялся Михаил и сказал серьезно: — А на фига мне оно, когда есть ты? Лучше миг с тобой, чем вечность без тебя.

— Вот мы решили, что спятивший психолог заварил всю эту кашу, — рассуждала я вслух, поглаживая плечо Михаила. — Но он не мог все это проделать в одиночку...

— Как ты не можешь отвлечься от своих мыслей даже рядом со мной, — усмехнулся он и чмокнул меня в нос.

— Извини. Просто я...

— Просто ты очень любопытна.

— Я хочу разобраться. Что в этом плохого?

— Пусть менты разбираются.

— Ты посвятил этому делу многие годы...

— А теперь хочу быть просто счастливым. Что в этом плохого, — передразнил он. — Этому типу стоит сказать спасибо. Если бы не он, мы могли бы никогда не встретиться. Бр-р, — передернул он плечами. — Подумать страшно.

— Что это за наколка? — ткнула я пальцем в татуировку на его плече. — Она что-нибудь означает?

— Так, глупость. Мальчишество. Все кололи, и я за компанию.

— Расскажи мне о себе.

— Обязательно. Ты все обо мне узнаешь. Нет, пожалуй, не стоит. Немного загадочности не повредит. Иначе я покажусь тебе совершенно обыкновенным.

— Вот уж нет. Ты необыкновенный. И я люблю тебя.

— Правда? — спросил он серьезно.

— Конечно, — ответила я. — Надо позвонить Олегу, вдруг есть новости.

— Имей в виду, я ревнивый. И запросто могу свернуть шею твоему Олегу. Иди, звони, — засмеялся он. — Любопытная Варвара...

Олег подтвердил, что Роман Петрович Родионов погиб в местах лишения свободы несколько лет назад. Через полгода после этого его брат исчез из города при невыясненных обстоятельствах. Родственников у него не было, и на то, что дома человек не ночует, внимание обратили далеко не сразу. Когда он не появился на работе в течение двух недель, забили тревогу. Вскрыли дверь квартиры, где он жил, но не обнаружили ни его самого, ни записки, ничего, способного пролить свет на то, куда он мог деться. Человек просто исчез. Розыск ничего не дал. Родионов до сих пор числится пропавшим без вести.

— Латунина утверждает, многие из тех, над кем он проводил свои эксперименты, были состоятельными людьми, — заметила я, закончив разговор с Олегом.

Михаил, сидя напротив, заметил:

— Не хмурь лоб.

— Что? А-а... думаю, у него были деньги. Немалые. Он мог изменить внешность, мог некоторое время жить где-то далеко отсюда, но потом вернулся. Что-то притягивало его сюда.

— Преступника вечно тянет к месту совершенного преступления, — кивнул Михаил. — Азбучная истина.

— И кто-то помогал ему.

— Гадалка. Они работали вместе.

— Были еще люди, что следили за нами.

— Тогда логично предположить, что он создал банду, которая неплохо на всем этом зарабатывала. Но с тебя денег не требовали, так?

— У меня их просто нет. Тем более таких, чтобы кому-то стало интересно их получить. Почему он выбрал меня — вообще загадка.

— Только не для меня. Ты красавица.

— Прекрати дурачиться, — рассердилась я.

— Хорошо. Внимательно слушаю твои фантазии.

— Все-таки банда — это слишком. А что, если допустить самое простое? — озарило меня. — Если он, к примеру, обратился в частное агентство...

— И попросил следить за тобой? — хихикнул Михаил.

— Не так глупо, как кажется. Выдумал историю с изменой жены...

— Гениально, — кивнул Михаил.

— Ты издеваешься.

— Я далек от этого. Все, что ты говоришь, представляется мне гениальным. Иди ко мне.

— Такое впечатление, что тебя это дело больше не интересует.

— Меня интересуешь ты.

— Знаешь, о чем я подумала?

— Надеюсь, все-таки обо мне. Хотя надеяться на это глупо.

— Зачем-то он отправил нас в Шахово.

— Зря надеялся, — развел руками Михаил.

— Ты будешь дурачиться или послушаешь меня?

— Зачем-то он вас туда отправил. А какой-то гад запер вас в подвале.

— Ты его видел? — встрепенулась я.

— Нет, конечно. Не то бы душу вытряс. Но я слышал, как вы кричали, и поспешил на помощь.

— Если лже-Платонов не инвалид, а он не инвалид, в этом я уверена, мог и сам последовать за нами. Или послать Виталия. Вот что мне пришло в голову... — ахнула я.

— Опять? — поднял он брови и весело фыркнул.

— Я серьезно. Мы никогда не видели их вместе.

— Кого?

— Лже-Платонова и Виталия. И нам приходилось долго ждать, когда он появится.

— Если хочешь, чтобы я понял, поясни.

— Дверь нам открыл Виталий. Потом мы долго ждали старика, а когда уходили, он сказал, что Виталий нас проводит, и мы опять очень долго ждали. Мы видели Виталия только в полумраке и старика тоже. А в доме нашли грим.

— По-твоему, не было никакого старика и глухонемого, а был один человек, который мастерски разыгрывал две роли?

— Только не говори, что у меня весеннее обострение.

— Мы имеем дело с психом или гением. Почему бы и нет? Одно я знаю наверняка: ты у меня точно гений. Как считаешь, мне повезло?

— Попробовал бы ты сказать, что нет, — усмехнулась я. — Мне на дает покоя это Шахово. Его мучила мысль о предательстве, и он придумал историю о Пятом Евангелии. Он ничего не делает просто так, все имеет свою логику, пусть извращенную, логику сумасшедшего, но логику. Мы должны поехать туда, — твердо сказала я.

— Прямо сейчас? — вздохнул он. — У меня были другие планы.

— Твои планы подождут. И вообще, тебя никто не спрашивает, твое дело следовать за мной, точно тень.

— Настоящий Ангел всегда на шаг впереди.

Когда я позвонила Олегу и сказала, что еду в Шахово, он удивился. И мои объяснения, кажется, не произвели на него впечатления.

— Ульяна, тебе лучше посидеть дома. Не забывай, что этот псих где-то рядом. И уж совсем ни к чему болтаться по развалинам.

— Не беспокойся обо мне, со мной Ангел-хранитель.

— Ну да, как же...

— Лучше скажи, можно ли проверить частные агентства? Не обращался ли к ним кто-нибудь с пожеланием узнать обо мне побольше? Ведь откуда-то эти парни появились, — вздохнула я, прекрасно понимая, что Олег тоже может решить, будто у меня обострение. — Смотри, что у меня получается: если догадка верна и лже-Платонов и Виталий одно и то же лицо, то логично предположить, что как раз его я видела в офисе и на кладбище. Мне почему-то кажется, что сколачивать банду он не стал, разумнее рассчитывать на свои силы. К тому же он псих, обожает переодевания и прочую чепуху. Проверь агентства, уверена, в моей догадке что-то есть. Хотя одна сообщница у него все-таки была — гадалка. Но с ней их наверняка связывают давние чувства, ведь они вместе работали в клинике. И когда он вернулся...

— Сиди дома, — буркнул Олег и добавил с неприязнью: — Со своим Ангелом. Но лучше с ним, чем одна.

— Все-таки придется свернуть ему шею, — с грустью заметил Михаил.

— Едем в Шахово, — напомнила я, решив проигнорировать слова Олега.

— Что за блажь, — пожал Михаил плечами. Настроение у него испортилось. Может, он действительно ревновал, а может, считал мою затею глупостью и злился. Я положила руку на его ладонь, легонько сжала.

— Хороша же я буду, если мы там ничего не найдем, — засмеялась я, вышло это у меня как-то виновато.

— Скажи, ты меня любишь? — хмуро спросил Михаил, когда мы выезжали со двора.

— Я тебя люблю. Только почему ты спрашиваешь так странно, вроде бы сердишься.

— Я ревную. — Он вдруг ударил кулаком по рулю. — Я чертовски тебя ревную. У тебя с ним ничего не было?

— Прекрати. Конечно, ничего. Я знаю его чуть больше тебя.

— Вот именно.

— Тебе не стыдно?

— Стыдно, но я ничего не могу с собой поделать.

Хочу, чтобы ты принадлежала только мне и никому другому.

— Так и есть, — вновь я сжала его руку, а он улыбнулся.

Мы свернули с пустынной дороги, впереди появилась стена бывшего санатория. Михаил подъехал почти вплотную к дому Мартыновых.

— Ну вот, мы на месте. Что дальше?

— Ужасно не хочется, но придется заглянуть внутрь.

— Идем.

Он вышел из машины и помог выйти мне. Я посмотрела на дом и невольно поежилась.

— Не бойся, — сказал Михаил, наблюдая за мной. — Я рядом.

С опаской я вошла в дом.

— Было бы отлично, подскажи ты, что мы ищем, — заметил Михаил.

— Если бы я знала... Там, в подвале, он оставил надпись — Азазель.

— Наверняка для того, чтобы вы вошли, а он запер дверь. Давай поищем надписи, если хочешь.

С полчаса мы бесцельно бродили по дому, в некоторых местах это было сопряжено с риском, гнилые доски прогибались, стропила, казалось, могли рухнуть в любой момент. Я испытывала неловкость, идея ехать сюда теперь казалась мне глупостью, но одновременно с этим... что-то происходило. Я шла, осторожно ставя ноги между искореженных плит и гор мусора, и во мне рос страх. Он наползал тихо, со спины, заставляя сердце стучать сильнее и леденя душу. Я почувствовала, как вспотели руки, торопливо вытерла их платком. Михаил молчал, я видела, что он приглядывается ко мне, вроде бы чего-то ожидая.

— Я боюсь идти в подвал, — сказала я.

— Хорошо, мы туда не пойдем.

— А если...

— Что — если, Ульяна? Что ты здесь ищешь? Скажи мне.

— Не знаю. Странное ощущение, будто кто-то смотрит. Ты ничего не чувствуешь?

— Ты сама себя пугаешь. А меня напугать не так легко. Давай руку и перестань дрожать. Здесь самые обычные развалины, в подвале надпись: «Азазель». Вот и все. — Он сильнее сжал мою руку.

Я спросила:

— Что это?

— Где? — не понял он.

Перед нами была кирпичная кладка. Вряд ли свежая, но что-то здесь переделывали не так давно. Я быстро огляделась.

— Здесь была ниша. Так? — спросила я тревожно.

— Ну... похоже, была.

— Была. Четыре ниши для скульптур или ваз, осталось только три.

— Дом перестраивали...

— Нет, посмотри, плитка отбита. Видишь? Нишу заложили уже после того, как отбили плитку со стен, то есть уже после закрытия санатория.

— Допустим.

— Но зачем? — Я с трудом смогла произнести это, глядя на Михаила во все глаза. — Зачем это делать, если... если дом бросили на произвол судьбы?

— Ты хочешь сказать, он что-то спрятал здесь?

— Я не знаю... У меня голова кругом. — Я вцепилась в него и зажмурилась.

— Ты очень впечатлительна. Вот что, идем в машину. У меня там найдется кое-какой инструмент. Я разнесу эту стену к чертям собачьим, уж можешь мне поверить, а ты подождешь в машине. Включишь музыку, двери запрешь и будешь чувствовать себя в безопасности. Хорошо?

— Идем в машину, — кивнула я.

Инструмент действительно нашелся. Михаил открыл мне дверь джипа, но я сказала:

— Я пойду с тобой.

— Ты...

— Я пойду с тобой. Я просто боюсь оставаться одна. Мне там очень страшно, но без тебя еще страшней.

Мы вернулись в дом.

— Не знаю, как это делается, — вздохнул Михаил, снимая куртку. — Попробую справиться.

После третьего удара один из кирпичей треснул и раскрошился. Михаил вынул его, дальше дело пошло быстрее. Кладка в два кирпича была очень прочная. Михаил вспотел, дышал с трудом, наконец появилась дыра сантиметров сорок в диаметре.

— Черт, забыл фонарик в машине, — выругался Михаил. — Придется идти.

— Я принесу. Где он?

— В бардачке валяется. Идем вместе. — В его поведении чувствовалась легкая нервозность. — Предпочитаю, чтобы ты была на глазах.

Мы сходили в машину, вернулись с фонариком. Михаил подошел, осветил дыру.

— Ничего не видно. Надо расширить отверстие.

— Если там ничего не окажется, ты меня убьешь, — пошутила я, но он даже не улыбнулся.

От мощного удара осколки кирпичей разлетелись в разные стороны. Через пять минут дыра стала намного больше. Михаил взял фонарик и осветил пространство ниши. Лицо его приняло странное выражение, наверное, это была игра света, но мне вдруг показалось, что он улыбается. Луч скользнул вниз, и Михаил издал приглушенный крик.

— Что? — спросила я, приближаясь. Левой рукой он схватил меня за плечо.

— Уходим отсюда.

— Что там?

— Труп.

— Что? Ты уверен?

— Я их всяких навидался. Идем. Здесь ничего трогать нельзя, вызовем милицию.

Бегом мы бросились к машине. Я была не в состоянии ни о чем думать, хотелось как можно скорее оставить это место.

Когда мы выехали на шоссе, я набрала номер Олега, он ответил сразу.

— Это я, Ульяна, — пискнула я испуганно, растерялась и не знала, что сказать. Михаил взял у меня из рук телефон.

— Олег, в Шахове в доме труп. Замурован в нише. Сообщи куда следует. Мы его не трогали. Кладку я разбил наполовину, но там точно труп.

Я не слышала, что ответил Олег. Михаил остановил машину и с беспокойством взглянул на меня.

— Придется их дождаться. Как ты?

— Не знаю, — честно ответила я. Он обнял меня, прижал к себе покрепче. — Кто это может быть? — не выдержав, спросила я.

— В милиции разберутся. Надеюсь, теперь разберутся, — повторил он. — Возможно, ответ знает Анна.

— Анна? — испугалась я и даже приподняла голову, чтобы видеть его лицо.

— Неужели ты до сих пор не поняла, что она... она предала тебя. Притворялась, морочила тебе голову.

— Зачем ей это надо?

— Она же сама сказала, что получала приказы. И выполняла их.

— Потому что боялась.

— Потому что ей нравилось это. Потому что она наслаждалась, видя твой страх. А как только появился я, ушла в тень. Меня ей было не провести.

— Нет-нет. Ты не прав. Я уверена, она хорошая.

— Глупенькая, тебе просто хочется в это верить. С тех пор, как я рядом, ты не получила ни одного письма от него. Возможно, Анна не так плохо разбирается в компьютере. Ты ведь, в сущности, ничего о ней не знаешь. И она работала медсестрой. Она помогала разыграть эту комедию с картиной. Она восприняла мое появление в штыки, она ничего не желала обсуждать и убеждала нас, что бороться со злом бесполезно...

Олег приехал очень быстро, хотя, возможно, мне так только показалось. Вместе с ним приехали еще четверо мужчин. «Жигули» замерли рядом с нашей машиной на пустынном шоссе, Олег выбрался из кабины, а Михаил распахнул свою дверь.

— Как Ульяна? — спросил Олег.

— А ты как думаешь? — буркнул Михаил.

Я поспешила выйти.

— Нам нужно будет туда возвращаться? — спросила я испуганно.

— Тебе необязательно присутствовать. А ты уверен, что там труп? — спросил он Михаила. Тот закатил глаза.

— Проверьте, а я отвезу Ульяну...

— Давайте сначала посмотрим, что там, — сказал мужчина лет сорока, приблизившись к нам.

— Тогда поехали, — кивнул Михаил.

Мы развернулись и отправились к бывшему санаторию.

— И как вас только занесло в это место, — заметил один из мужчин, когда мы входили в дом. Я испугалась, что он нас подозревает.

— Я просто подумала... — начала я торопливо и замолчала, все объяснения сейчас звучали бы глупо.

— Я тебе говорил, это очень странная история, — пришел мне на выручку Олег. Второй из приехавших с Олегом мужчин кивнул на инструмент, оставленный возле ниши.

— Твое добро?

— Мое, — кивнул Михаил. — Улепетывали без задних ног, — добавил он, точно оправдываясь. — Вот фонарик.

Мужчина осветил нишу и присвистнул.

— Дела. Придется ломать дальше.

Вчетвером, сменяя друг друга, они быстро разрушили стену. Когда пыль осела, я увидела... Человек, скрючившись, сидел в нише. Мужчины вроде бы забыли про меня, а я не могла оторвать взгляд от этой картины.

— Мама дорогая, — сказал старший. — Ты глянь на его руки. Он был еще жив, когда его замуровали. Ему сунули в рот кляп и связали, но он смог как-то освободиться и пытался выбраться, пока воздух не кончился. Ну и смерть у мужика. Что за псих до такого додумался?

— Труп мумифицирован, — заметил другой мужчина. — Он здесь как минимум несколько лет.

Я почувствовала дурноту и ухватилась за подоконник, Олег повернулся, взглянул на меня.

— Ульяна... я же говорил, нечего ей здесь делать. Увези ее отсюда.

В полуобморочном состоянии я дошла до машины, Михаил поддерживал меня.

— Все нормально, — шептал он. — Сейчас приедем домой, выпьем чаю. Все нормально.

Не помню, как я оказалась в своей квартире. Мысли путались, боль и страх терзали меня, хотелось кричать в голос, я кусала губы, закрывала лицо ладонями. Михаил принес мне воды, уложил на диван.

— Кто этот человек, там, в нише?

— Откуда мне знать? И с чего ты взяла, что он имеет отношение к нашей истории?

— Имеет. Я знаю. По-другому просто не может быть. Ведь он отправил нас в Шахово...

— Успокойся. Постарайся не думать ни о чем. Тебе надо уснуть. А когда ты проснешься...

Когда я проснусь... Я видела его. Он сидел на полу, поджав ноги, руки за спиной связаны, в глазах ужас, он пытался ползти вдоль стены, опираясь на нее плечом, прекрасно понимая, как это бессмысленно. Он смотрел на руки человека, который не торопясь перемешивал цемент на грязном полу.

— Ах, ах, ах, — сказал тот. — Нам страшно. Уверяю тебя, ты умрешь не сразу, придется помучиться.

Человек выпрямился и шагнул к тому, что был связан.

— Вот и все. История подходит к концу.

Человек наклонился, наслаждаясь видом пленника, желая запомнить все в мельчайших деталях: ужас в глазах, нервную дрожь, бесконечное отчаяние. Но что-то его вдруг насторожило. Шорох? Он начал медленно поворачиваться, и я поняла, что сейчас увижу его лицо. Отчаянно закричала и проснулась.

Комната тонула в темноте, я не сразу сообразила, где нахожусь, сон еще держал меня. Я вскочила и включила свет. Лицо было мокрым от слез, я проснулась от своего крика.

— Это сон. Сон, — повторила я. — Мне все это приснилось.

Михаила в квартире не было. Я без сил опустилась в кресло. Телефонный звонок заставил меня вздрогнуть. Я бросилась в прихожую.

— Ульяна, — голос Олега звучал виновато. — Извини, что разбудил. Как ты себя чувствуешь?

— Скверно.

— Ты... ты одна? — спросил он.

— Да.

— Я сейчас приеду, никому не открывай дверь. Никому.

— Человек, которого мы нашли, — Родионов? Антон Петрович Родионов? Исчезнувший врач?

— Откуда ты знаешь? — удивился Олег. — То есть мы еще не уверены, но, судя по одежде, и...

— Я видела сон.

— Сон? Я сейчас приеду. Ради бога, никому не открывай дверь.

Я повесила трубку.

— Я должна была догадаться, — прошептала я. Письма действительно перестали приходить, когда он появился. Тут он прав. И он не мог, просто не мог ничего знать об аварии и еще об очень многих вещах, если только... не услышал о них от гадалки. Что тогда сказала Анна? Я придумываю новую реальность. Конечно, ему даже не пришлось взять на себя этот труд. Он выдал себя за бывшего военного, и, узнав о Романе Родионове, все остальное я придумала сама. Ему осталось только со всем согласиться. Мне дали подсказку, и я обрадовалась. Все логично, просто и ясно. Выдумка, которая предпочтительнее правды. — Я должна была догадаться, — повторила я. Надпись на книге — вот ключ к разгадке. Брат предал брата, дал показания в суде, это сбило меня с толку. Роман поплатился за чужую вину, взяв чужой грех. Все так просто, что вывод напрашивается сам собой. Только Анна права, он великий путаник. Это он предал брата, воспользовался его доверием, а потом убил его. Надпись в книге Иоанна... Иуда, с его точки зрения, вовсе не предатель. Он герой, он выше Христа, что ему какой-то моралист из Галилеи, он сам почти бог. Во всем виновата Анна, эту мысль он хотел мне внушить. Конечно, Анна. А он Ангел. Спустился с небес, но нарушил обет и теперь исчез. Конец истории... Анна, боже мой, Анна...

Я вскочила, бестолково заметавшись по комнате. Схватила трубку, набрала номер. Семь гудков, дольше не было сил ждать. Набрала номер Олега.

— Где ты? Поезжай к Анне. Я тоже еду туда. Я уверена, он там.

— Ульяна, не надо никуда ехать. Я отправлюсь к ней, а ты жди меня дома и, если что, сразу звони в милицию.

— Он не погиб? Роман Родионов не погиб?

— Считается, что погиб при попытке к бегству. Но трупа никто не видел. Его унесла река. Ульяна, я тебя не спрашивал, не решался спросить... Михаил... Как давно ты его знаешь? При каких обстоятельствах вы познакомились?

— У Романа была на плече наколка? — перебила его я.

— Была. И еще: любовником гадалки был младший брат.

— Олег, поторопись. Я боюсь, мы опоздали.

Я бросила трубку, на ходу надела куртку и выбежала из дома. Вспомнила, что забыла ключи от машины, жалко всхлипнула, понимая, что теряю время. В темноте сверкнули фары, я выскочила на дорогу, размахивая руками.

— Ты что, спятила? — завопил водитель, открыв дверь.

— Помогите, пожалуйста, моей сестре плохо.

— Где сестра-то?

— Я объясню, куда ехать.

Когда мы собрались ехать к Платонову, он просто сбежал из моей квартиры. Ему надо было попасть в дом раньше нас. Мы едва его там не застали. И когда я звонила из библиотеки, а Платонов не ответил... он и не мог ответить, раз сидел рядом. А там на крыше он повторил слова Платонова... Вряд ли это совпадение... Парень в черном свитере, лица которого я не видела, лже-Платонов, глухонемой... В нем живет великий актер. Возможно, в этом главная причина: сыграть все роли?

— Вам плохо? — участливо спросил водитель.

— Все нормально. Если можно, побыстрее.

На кухне, в квартире Анны, горел свет. Я выскочила из машины, забыв расплатиться, водитель об этом тоже не вспомнил. Дверь была не заперта. «Я опоздала», — с тоской поняла я, толкнула ее, и она открылась. Я сделала шаг. В квартире кто-то был. Кто-то тихонечко насвистывал. Я пошла в направлении кухни. В узком коридоре на полу лежала Анна. Глаза ее были закрыты, лицо бледное, на груди булавкой приколота записка «Прости». Над ней стоял Михаил с веревкой в руке, услышав меня, поднял голову и улыбнулся.

— Ну, вот и ты. Был уверен, что прибежишь. Ты умненькая. Догадалась. Впрочем, я сам виноват. Стоило следить за своей речью. Досадная оплошность.

— Что ты с ней сделал? — тихо спросила я.

— С Анной? Она отдыхает. Она себя скверно вела. Подозревала меня. Чувствовала. У этой девчонки редкое чутье. Когда я ее выбрал, думал, будет весело, но она только била поклоны своему Богу. С тобой куда интересней.

— Ты был там? Ты был у гадалки?

— Сидел в соседней комнате, все видел и слышал. И подсказывал, что и где сказать. Достижения цивилизации. Эта дура сама ни на что не способна. Ты мне понравилась. Очень. Красавица и умненькая. О любви мечтала. — Он опять улыбнулся.

— Ольга с Людмилой тоже были у нее?

— Они? Нет. Я их выбрал, когда решил познакомиться с тобой поближе.

— Ты убил их только для того...

— Ну, ну... не болтай чепухи. Их погубили собственные грехи. Мир такой, каким мы его воображаем, они вообразили, что очень грешны.

— И Горбовский вообразил?

— Горбовский мог понять, в чем дело. Не сразу, но мог. И поломать мне игру.

— Но зачем все это? — жалко спросила я. — Какой смысл?

— Смысл? — удивился он. — Какой может быть смысл в этой жизни? Просто игра...

— Кем ты себя вообразил? Богом? Вершителем человеческих судеб? Ты просто псих, ты больной сукин сын.

— Не смей меня так называть, — покачал он головой. — Ты... ты такая же, как и все. Цепляешься за дурацкую мораль. А я думал, ты любишь меня. Любишь по-настоящему, слепо веря: я есм твой бог, — громко сказал он, вскинув голову, и опять засмеялся, бросил веревку и шагнул ко мне, а я с опозданием поняла, что не успею добежать до двери, не успею закричать.

Он схватил меня, стиснул рот рукой.

— Давай посмотрим на звезды, девочка. Ты любишь смотреть на звезды? Я обожаю.

Он потащил меня к двери, я не сопротивлялась, берегла силы. Он поволок меня по лестнице на крышу. Я надеялась, что дверь окажется запертой, но тут же подумала, что он, должно быть, хорошо изучил и подъезд, и дом, придумывая для Анны испытания. Я отчаянно толкнула его, попыталась укусить за руку, но сразу поняла, что это не поможет, в нем была чудовищная сила, с которой не справиться. Он пнул дверь ногой, и она распахнулась.

— А вот и звезды, девочка. Видишь?

Он разжал руку и поцеловал меня. Мы стояли на крыше, внизу простирался сияющий город, а над нами горели звезды. Было так красиво, что захватывало дух.

— Теперь ты можешь кричать, все равно никто не услышит. Но лучше не надо, лучше поцелуй меня.

— Ты меня предал, — сказала я. — Ты хотел меня убить, там, на крыше.

— Я держал тебя за руки, — покачал он головой. — Я мог их разжать. Но я держал тебя. — Я вспомнила эту сцену, и на мгновение он показался мне тем, прежним...

— Господи, как такое могло случиться... — Я заплакала и обняла его. — Я не верю, что ты...

— Мне очень жаль, — шепнул он. — Правда, жаль. Я думал увезти тебя далеко, далеко. Но ты оказалась очень умненькой девочкой, ты все поняла.

У меня в кармане зазвонил мобильный. Михаил засмеялся.

— Твой Олег, надо полагать. Хочешь с ним остаться? Жить скучной, размеренной жизнью, водить детей в детский сад? Ну, что же ты, ответь ему. — Он достал телефон из моего кармана. — Мы любуемся звездами, придурок, — крикнул он и отшвырнул телефон. — Полетели. — Он потащил меня к краю крыши.

— Подожди, — взмолилась я. — Ты мой Ангел-хранитель. Ты не можешь меня убить.

— Убить? — удивился он. — Кто тебе сказал такую

глупость? Мы полетим вместе. Ты и я. Я возьму твою бессмертную душу и вознесу к звездам. Разве ты забыла?

— Пожалуйста, отпусти меня, я боюсь высоты. Пожалуйста.

— Глупенькая, я же рядом. Я держу тебя за руку. Ты уже летала однажды, тебе ведь понравилось?

— Нет, не понравилось. Я боюсь!

— Стой, где стоишь, — услышала я за спиной голос Олега. — Ульяна, отойди от него.

— Изумительно, — по слогам произнес Михаил. — Как вовремя. А эта штука стреляет? Точно стреляет?

— Отпусти Ульяну.

— А я не держу ее, — усмехнулся он, толкнул меня, качнулся... Он не удержался на ногах и рухнул вниз. Я закричала...

— Иди ко мне, — позвал Олег.

— Дай мне руку, — вдруг услышала я. Михаил держался за металлическое ограждение крыши. — Дай мне руку, девочка.

Я наклонилась. Точно в бреду, медленно протянула руку, Олег подбежал и отшвырнул меня в сторону. Я успела увидеть, как на пруте металлического ограждения разжались пальцы. Он падал без крика, и это казалось особенно страшным.

— Идем отсюда, — шептал Олег. — Там Анна, ей нужна помощь.

Анну увезла «Скорая», по квартире ходили люди в форме, меня ни о чем не спрашивали. Я сидела в кресле, бессмысленно разглядывая ковер на полу. Олег подошел, погладил мое плечо.

— Я отвезу тебя домой. — К нему подошел мужчина, что-то шепнул. — Как не нашли? — нахмурился он и покосился на меня. — Что значит не нашли?

— Тела нигде нет. Там деревья, возможно, это смягчило удар и он...

Все поплыло перед глазами, и я потеряла сознание.

Я держала Анну за руку, рассказывала ей то, что успела узнать сама. В больничной палате она лежала одна. Лицо все еще бледное, но она уверенно шла на поправку.

— Сотрясение мозга — не такая уж страшная вещь, — оптимистично заметила я.

— Особенно в моем случае, — хихикнула Анна. — Сотрясать особо нечего.

— Врач сказал, тебя скоро выпишут. Гадалку нашли, она уже дала показания. Он был ее любовником, — помешкав, сказала я. — Точнее, она любила его. Любила так, что ни в чем не могла отказать. А он этим пользовался.

— Не удивительно.

— Что ты имеешь в виду?

— Только то, что сказала. Бабы — дуры, а эта вовсе без ума. Могла бы понять, что парень на двадцать лет моложе, пара для нее неподходящая. Тем более такой, как он.

— Она была убеждена, что в тюрьме он оказался из-за брата, и когда он появился здесь, рада была помочь. Он заманил брата в ловушку и убил его. Жил где-то в Сибири, сделал пластическую операцию, но потом все же вернулся сюда. У него были деньги, только жить, как все, ему было не интересно. Он открыл этот салон скорее от скуки. А потом... потом вернулся к своим прежним развлечениям. Она поняла, что происходит, но... наверное, боялась, что он убьет ее. Забавно, но я оказалась права: парни, что якобы следили за нами на черной машине, действительно из охранного агентства. Он сказал, что хочет познакомиться с девушкой, произвести на нее впечатление... Первый раз они появились в парке, но время было неподходящим, он спешил, зато вечером...

— Да уж, получилось романтичнее некуда.

— Ты ведь с самого начала подозревала его? — решилась спросить я.

— Он зло. Я это чувствовала. Я чувствую такие вещи.

— Но мне не сказала...

— А ты бы поверила?

— Наверное, нет.

— Значит, он исчез? — подумав, спросила Анна.

— Олег говорит, его спасло дерево... Он остался жив и смог уйти.

— Ты в это веришь? — усмехнулась Анна. Я поежилась.

— Но...

— Дерево — самое простое объяснение, — кивнула она. — Так уж мы устроены, ищем самое простое объяснение. Но самое простое объяснение не всегда самое правильное.

— Ты ведь не думаешь, что он ...

— Азазель? — подсказала она, видя мое замешательство. — Настоящий Азазель? Неважно, какое ты дашь имя. Я знаю одно: зло неистребимо. Он вернется, вот увидишь.

— Возможно. Но мы будем готовы. Зло неистребимо, но с ним можно бороться. — Я сжала ее руку и твердо сказала: — Спасение существует, потому что есть проклятие. Чьи это слова?

Она слабо улыбнулась, закрыла глаза и вскоре уснула. Я подошла к окну, вытерла запотевшее стекло. Я думала о своей жизни. Что она? Сцепление случайностей? Допустим, у меня не разболелся бы желудок или «ношпа» оказалась дома, лежала бы в аптечке, где ей и положено лежать. Я не пошла бы в аптеку и не уронила бы носовой платок, не подняла журнал и не заметила объявление, не отправилась к гадалке и весь этот ужас не произошел бы со мной?

В окно я увидела, как подъехал Олег, вышел из машины с букетом цветов, поднял голову и помахал мне рукой. Я помахала в ответ, улыбаясь ему.

Мир такой, каким мы его себе представляем, в этом он был прав. В нем только то, во что мы верим. И нет ничего случайного. И то, что произошло, должно было произойти. Это мой крест, я несу его и буду нести столько, сколько понадобится. Я взглянула на стекло и увидела то, что вывела на нем пальцем в глубокой задумчивости.

— Бог есть, — прочитала я и улыбнулась. — Бог есть, — повторила я вслух. — И это все меняет.

Литературно-художественное издание

Полякова Татьяна Викторовна

АНГЕЛ НОВОГО ПОКОЛЕНИЯ

Ответственный редактор *О. Рубис*
Редактор *Г. Калашников*
Художественный редактор *С. Курбатов*
Художник *И. Варавин*
Технический редактор *О. Куликова*
Компьютерная верстка *Г. Клочкова*
Корректоры *Е. Дмитриева, Н. Понкратова*

ООО «Издательство «Эксмо»
127299, Москва, ул. Клары Цеткин, д. 18, корп. 5. Тел.: 411-68-86, 956-39-21.
Home page: www.eksmo.ru E-mail: info@eksmo.ru

Подписано в печать с готовых диапозитивов 29.06.2004.
Формат 84×108 1/32. Гарнитура «Таймс». Печать офсетная.
Бум. тип. Усл. печ. л. 18,48. Уч.-изд. л. 14,9.
Тираж 85 100 экз. Заказ № 3952

Отпечатано в полном соответствии
с качеством предоставленных диапозитивов
в ОАО «Можайский полиграфический комбинат».
143200, г. Можайск, ул. Мира, 93.

ПРИ ЧТЕНИИ ШОУ-ДЕТЕКТИВОВ ГАЛИНЫ КУЛИКОВОЙ

ГАЛИНА КУЛИКОВА

НЕ смейся зажигательно!

НЕ смейся слишком громко!

03

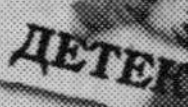

НЕ смейся заразительно!

ШОУ ДЕТЕКТИВ

www.kulikova.ru

www.eksmo

ТАКЖЕ В СЕРИИ:

NEW!

«Рукопашная с купидоном»,
«Правила вождения за нос»